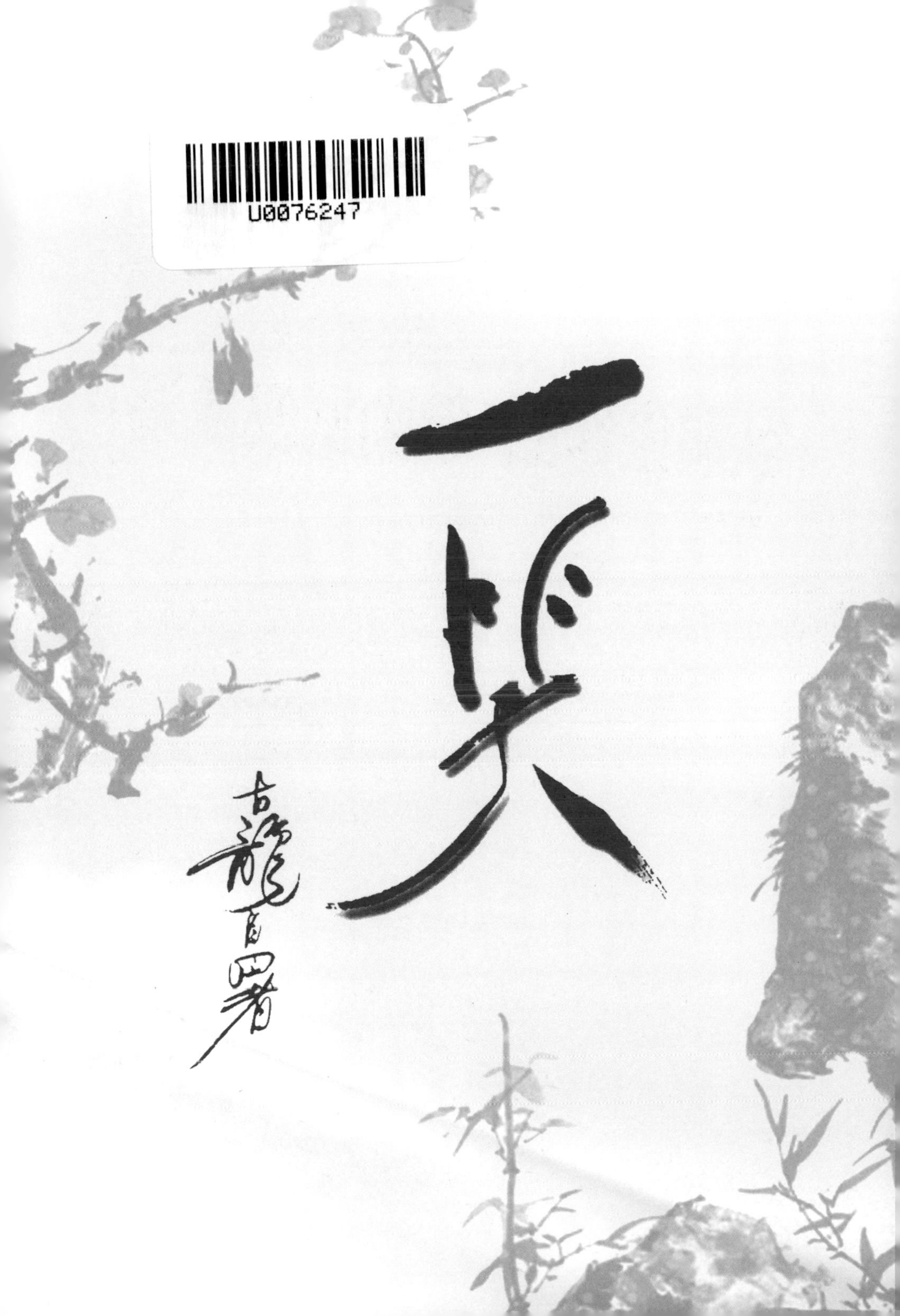
U0076247

盛期之風貌

臥龍生作品　帶動武俠風潮

《飛燕驚龍》開一代武俠新風

《飛燕驚龍》(1958)爲臥龍生成名作，共48回，約120萬言。此書承《風塵俠隱》之餘烈，首倡「武林九大門派」及「江湖大一統」之說，更早於香港武俠巨匠金庸撰《笑傲江湖》(1967)所稱「千秋萬世，一統」達九年以上。流風所及，臺、港武俠作家無不效尤；而所謂「武林盟主」、「江湖霸業」等新提法，竟成爲社會大眾耳熟能詳的流行術語了。

《飛燕》一書可讀性高，格局甚大。主要是寫江湖群雄爲覬覦傳說中的武林奇書《歸元秘笈》而引起一連串的明爭暗鬥；再以一部假秘笈和萬年火龜爲餌，交插敘述武林九大門派（代表正派）彼此之間的爾虞我詐，以及天龍幫（代表反方）網羅天下奇人異士而與九大門派的對立衝突。其中崑崙派弟子楊夢寰偕師妹沈霞琳行道江湖，卻如夢似幻地成爲巾幗奇人朱若蘭、趙小蝶之絕世武功技驚天龍幫，而海天一叟李滄瀾復接連敗於沈霞琳、楊夢寰之手；致令其爭霸江湖之雄心盡泯，始化解了一場武林浩劫云。

在故事佈局上，本書以「懷璧其罪」（與真、假《歸元秘笈》有關）的楊夢寰屢遭險難，卻每獲武林紅妝垂青爲書膽(明)，又以金環二郎陶玉之嫉才害能，專與楊夢寰作對(暗)爲反派人物總代表。由是一明一暗交織成章，一波未平，一波又起，極盡波譎雲詭之能事。最後天龍幫冰消瓦解，陶玉帶著偷搶來的《歸元秘笈》跳下萬丈懸崖，生死不明，卻予人留下無窮想像空間。三年後，作者再續寫《風雨燕歸來》以交代陶玉重出江湖，爲惡世間，則力不從心，當屬狗尾續貂之作。

在人物塑造方面，臥龍生寫男主角楊夢寰中看不中用，固然乏善可陳，徹底失敗；但寫其他三名女主角如「天使的化身」沈霞琳聖潔無瑕，至情至性，處處惹人憐愛；「正義的女神」朱若蘭氣質高華，冷若冰霜，凜然不可犯；「無影女」李瑤紅則刁蠻任性，甘爲情死等等，均各擅勝場。乃至寫次要人物如「賓中之主」海天一叟李滄瀾之雄才大略，豪邁氣派；玉簫仙子之放蕩不羈，爲愛痴狂；以及八臂神翁聞公泰之老奸巨猾，天龍幫軍師王寒湘之冷傲自負等，亦多有可觀。

與

摘自 葉洪生、林保淳著
《台灣武俠小說發展史》

台港武俠文學

流行天王

臥龍生

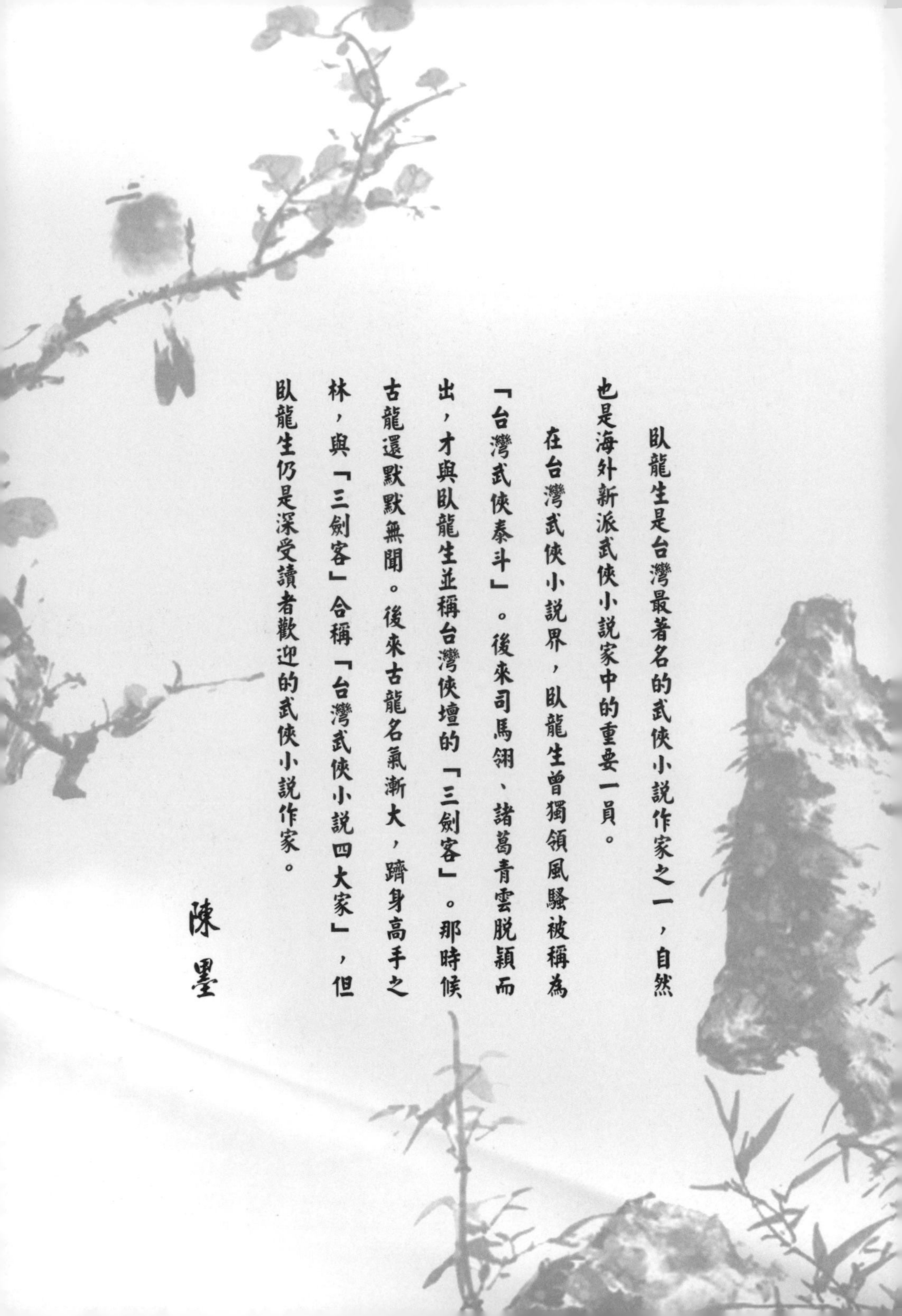

臥龍生是台灣最著名的武俠小說作家之一，自然也是海外新派武俠小說家中的重要一員。

在台灣武俠小說界，臥龍生曾獨領風騷被稱為「台灣武俠泰斗」。後來司馬翎、諸葛青雲脫穎而出，才與臥龍生並稱台灣俠壇的「三劍客」。那時候古龍還默默無聞。後來古龍名氣漸大，躋身高手之林，與「三劍客」合稱「台灣武俠小說四大家」，但臥龍生仍是深受讀者歡迎的武俠小說作家。

陳墨

臥龍生精品集 22

飄花令（二）

(二)

十七　金花舵主

但聞一陣叮叮咚咚之聲，數十枚金針，盡爲擊落。

金花少女發出金針之後，緊接著右手一揚，一道金芒自袖中飛出，點向慕容雲笙前胸。

慕容雲笙長劍疾揮，向那金芒之上迎去。

他眼見蛇娘子被困於兩條軟索繫住的金芒之中，心中早有戒備，眼看那金芒飛來，心中忽然一動，暗道：「她這小形金芒，後繫軟索十分細小，就算是極爲堅牢之物，也是難擋我利劍一削，如是削去她軟索上的金芒，豈不是叫化子沒了蛇耍？」

心中打定主意，縱身讓避開去。

那金花少女一連攻了數招，慕容雲笙都縱身讓避。

慕容雲笙心中知曉，如若他還擊一劍，即將爲那少女金芒所困，是以始終不肯還手。

金花少女連攻數次，始終不見慕容雲笙還手，立時冷笑一聲道：「你怎麼不還手啊？」

慕容雲笙全神貫注，運勁於臂，待機發劍，希望一擊成功，也不理那少女喝問之言。

但聞那金花少女說道：「哼！你倒是臉皮很厚啊！」

言罷，雙手齊揚，兩道金芒一齊發出，分取慕容雲笙的咽喉、前胸。

慕容雲笙一吸丹田真氣，橫裡跨出兩步，右手長劍陡然削出。

這一劍蓄勢而發，不但劍勢快速，而且力道甚強。

劍去如風，正斬在那軟索之上，卻不料那軟索雖細，但卻堅牢無比，慕容雲笙橫擊一劍，竟是未能斬斷軟索。

但見金芒打轉，竟然纏在兵刃之上，金花少女冷笑一聲，道：「好啊！你原來想削我軟索！」

左手一揮，金芒襲來，同時發出了一蓬金針。

眼看金針飛來，無法阻擋，手中長劍又被金芒軟索纏住，形勢迫人，慕容雲笙只好一鬆右手，丟了長劍，橫跨三步，避開金針。

金花少女逼落慕容雲笙手中長劍，冷笑一聲，道：「你還有什麼本領？」

右手一抖，軟索纏住的長劍，突然由艙門中飛了出去。

左手金芒，卻筆直地點向慕容雲笙右肩，她心分二用，左右雙手，一個拋劍，一個攻人，慕容雲笙一個快速轉身，避開一擊，蛇娘子右手一抖，道：「接著匕首。」直向慕容雲笙投擲過去。

慕容雲笙右手一伸，接著匕首，兵刃在手，膽氣一壯。

就在他接過匕首的同時，那金花少女兩道金芒，已然交叉攻到。

慕容雲笙右手一抬，匕首一揮，橫向金芒擊去，但聞砰砰兩聲，兩點金芒，盡爲震開，金花少女動作迅快，不待慕容雲笙還手，右手揮出，又是一蓬金針打到。

慕容雲笙縱身跨開兩步，避開金針。

在那金針和軟索金芒配合之下，慕容雲笙已無還手餘地。

蛇娘子急急說道：「住手！」

金花少女雙手一收，停手說道：「什麼事？」

蛇娘子心想再打下去，慕容雲笙勢必要傷在那金花少女手中不可，當下說道：「妳們志在圖我一人，不用和我的從人爲難了！」

金花少女淡淡一笑，道：「妳如自認不敵，那就要接受我們的條件了。」

蛇娘子已覺出傷處痲木，逐漸擴大，對方縱然不殺自己，也是難免毒發而亡，不禁黯然一嘆，道：「好吧，妳們放走他，我就當妳們之面，寫下令諭，要他們撤離江州。」

白鳳望了慕容雲笙一眼，道：「妳好像很關心他，是嗎？」

蛇娘子道：「不錯，怎麼樣？」

白鳳緩緩說道：「那我就先生擒了他，再逼他就範不遲。」

蛇娘子怒聲喝道：「我蛇娘子今日栽在妳們幾個小毛丫頭手中，已無顏再見江湖同道，放他離開，是唯一能夠使我答應和妳們合作的條件，殺了他，妳們將後悔不及。」

驀然，響起了一聲長嘯，打斷蛇娘子未完之言。

白鳳怔了一怔，道：「瞧瞧看來的是什麼人。」

兩個勁裝少女，應聲奔出艙去，白鳳目光轉到蛇娘子的臉上，道：「來人可是妳們三聖門中人？」

蛇娘子冷笑一聲，默不作聲，原來，蛇娘子也不知曉來者是何許人物。

白鳳不聞蛇娘子回答之言，誤認來人定然是三聖門中人無疑，目光一掠兩位金花少女，道：「有勞兩位舵主全力出手，先把那人擒下，也好全力對付來人。」

兩個胸佩金花的少女，齊齊應了一聲，分向那慕容雲笙撲了過去。

慕容雲笙當下大喝一聲，匕首揮動，分向兩人擊去。

兩個金花少女四腕齊揚，四道金芒，齊向慕容雲笙打出，她們軟索金芒，收發可長可短，慕容雲笙發出攻勢未至，四道金芒已然先到，分擊慕容雲笙身上四處大穴。

慕容雲笙原是搶先發動，想佔先機，但在軟索金芒奇形兵刃反擊之下，竟然變成了被動，迅若奔電的金芒，迫得他不得不縱身躍避，單是一人，慕容雲笙已非其敵，何況在兩個金花少女夾擊之下。

慕容雲笙勉強支持了十招，一個失神，被那金芒擊中右腕，手中匕首，跌落實地。

慕容雲笙正待伏身去撿匕首，但見金芒一閃，一道軟索，繞頸而過。

白鳳縱身一躍，落到慕容雲笙身前，一伸手，點了慕容雲笙兩處穴道。

兩個金花舵主收好了金芒，齊聲說道：「白鳳姑娘，如何處理這兩個人呢？」

白鳳道：「不敢有勞兩位舵主分心了。」

忽見兩個勁裝少女，急奔入艙。

白鳳嬌叱道：「什麼事？」

兩個勁裝少女齊聲應道：「有兩艘高挑紅燈的快舟，已然接近大船。」

白鳳道：「傳我之命，不擇手段，攻襲那兩艘快舟。」

兩個勁裝少女應了一聲，急急出艙而去。

白鳳回顧了兩個金花少女一眼，道：「此地已被人發現，不宜久停，咱們得立刻撤走。」

站在左側一個金花少女，笑道：「來的何許人物？何不讓他們登上大船？」

白鳳道：「我知兩位舵主武功高強。不過，還有更重要的事情，要借重兩位之力。」說著，從懷中取出一方圖案，放在木桌之上，道：「兩位過來看吧！」

三人圍繞木案而立，只見白鳳手指移動，低語數聲，兩位金花少女，齊齊點頭。

白鳳收了圖案，目光轉到蛇娘子的臉上，道：「妳不肯和我們和解，敝幫和妳三聖門結仇是結定了。」

右手揮動，點了蛇娘子幾處穴道，再拔下她身上金針，接道：「也許貴門終有一日要查明內情，兩位之死是我女兒幫之人所害，不過，我們還是要盡力做得不留痕跡。」

蛇娘子心中黯然，口中仍然冷冷說道：「如何一個不留痕跡之法？」

白鳳道：「我要把兩位用堅牢的繩索捆起，墜以大石，沉入江底。」

蛇娘子道：「手段很好啊！看來如若江湖霸主之位，落入我們女人之手，那是比男人還要殘酷一些了。」

白鳳冷笑一聲，取出兩個黑色的絨帶，道：「兩位只怕是死難瞑目，還是把眼睛蒙起如何？」

白鳳親自動手，用絨布蒙上了兩人的眼睛，又用絹布緊緊地塞起了兩人的耳朵。

慕容雲笙暗暗嘆息一聲，忖道：「想不到我慕容雲笙連殺死父母的仇人姓名還未查出，就這樣糊糊塗塗地被人沉入江心而死。」

只覺左手被人牽起，緩步向前行去。

這時，蛇娘子、慕容雲笙都被人蒙住了雙目，塞上了耳朵，目不能見，耳不能聞，只好任人牽著行去。

感覺中，下了大船，登上了一艘小舟之上。

隱隱間響起了木槳打水之聲。

大約過了頓飯工夫之久，小舟突然停下，慕容雲笙暗暗忖道：「完了，大概這地方就是葬身的江心了。」

但覺身子被人提起，下了小舟。

慕容雲笙從步履中判斷，顯是登上江岸，白鳳並未真的把兩人推入江心之中。

突覺腦袋撞在木欄之上，緊接輪聲轆轆，向前奔去。

不知道過了多少時間，奔行的馬車，突然停了下來。

慕容雲笙感覺到，又被人提起向前行去。

又是頓飯工夫之久，才停了下來。

耳中絹布被人撥出，眼上黑絨，亦被人解開，目光轉動，只見正停身在一座大廳之中。

四支高燒的火燭，照得大廳中一片通明，廳中除白鳳和兩位金花舵主之外，還有兩個身著勁裝的佩劍少女及蛇娘子。

蛇娘子已被除去了臉上的黑絨，和耳中堵塞的絹布，她流目四顧了一陣，道：「白鳳姑娘，怎不把我等沉入江心，卻帶來此地？」

白鳳冷冷說道：「我想了想，那等死法，也未免太過便宜兩位了。」

蛇娘子先是一怔，繼而淡淡一笑，道：「白鳳姑娘是想要我身上的圖案嗎？」

蛇娘子眼珠轉了兩轉，目光一掠慕容雲笙，接道：「只有一法，可以使我獻出圖案。」

白鳳道：「什麼方法？」
蛇娘子道：「放了我的兄弟，我要看到他安全離開此地之後，就獻上圖案。」
白鳳望了兩位金花舵主一眼，道：「兩位舵主意下如何？」
兩位金花少女同時微微一笑，道：「白姑娘做主吧！」
白鳳輕輕嘆息一聲，道：「好！我放了他。」
行近慕容雲笙，拍活他身上穴道，接道：「你可以走了。」
蛇娘子道：「慢著！」
白鳳道：「妳還有什麼事？」
蛇娘子不理白鳳，卻舉手對慕容雲笙招了一招，道：「兄弟，你過來。」
慕容雲笙緩步行了過去，道：「姊姊有何吩咐？」
蛇娘子道：「你放心去吧！不用掛念我。」
慕容雲笙接道：「我會設法救妳離此。」
蛇娘子格格一笑，道：「不用了，唉！你也不用回三聖門，早離江州，逃命去吧！」
慕容雲笙忖道：「這蛇娘子雖然不是什麼好人，但對我卻是情意深重。」
思念及此，不禁黯然一嘆，轉身離開大廳。
白鳳冷冷說道：「現在，可以拿來了吧！」
蛇娘子道：「再候片刻，待我確定了我那兄弟去遠之後，全無危險，再給妳不遲。」
白鳳無可奈何，只好耐心等了一刻工夫，道：「現在可以拿來了吧！」
蛇娘子微微一笑，道：「妳要什麼啊？」

白鳳怔了一怔，道：「一半圖案！」

蛇娘子淡淡一笑，道：「姑娘究竟是年紀輕啊，太容易相信人了。妳應該瞧到我圖案之後，再放走他不遲。」

一股怒火，由白鳳胸中泛起，大步行了過去，右掌揮動，左右開弓，啪啪兩聲脆響，蛇娘子粉白的臉上，登時泛起了兩頰指痕。

白鳳厲聲喝道：「那圖案究竟在何處？」

蛇娘子睜開雙目，淡淡一笑，道：「我那位兄弟，大概已經走得很遠了。」

白鳳氣得柳眉倒豎，杏眼圓睜，探手從懷中摸出一把匕首，輕輕一揮，劃破了蛇娘子的左肩，衣服裂開，鮮血泉湧而出。

只聽一聲大喝傳了過來，道：「住手！」

白鳳抬頭看去，只見慕容雲笙當門而立，手中橫著一柄長劍。

蛇娘子啓目望了慕容雲笙一眼，道：「你沒有走？」

慕容雲笙點頭應道：「咱們援手已到。」

白鳳冷冷說道：「來得正好，我正要擒你回來。」

兩個金花舵主，齊齊縱身而起，直向慕容雲笙撲去。

就在兩個金花少女躍起的同時，突聞金風破空，兩面大如輪月的飛鈸，旋飛而來。

飛鈸越過慕容雲笙，分向兩個金花少女飛去，白鳳大喝道：「小心飛鈸！」

喝聲中兩面飛鈸，已然旋飛而到。

兩位金花少女同時一吸真氣，向前奔衝的身子，陡然停了下來，四手齊揚，四道金芒自袖

中飛了出來，疾向飛鈸點了過去。

只聽啵啵幾聲脆響，四道金芒，齊齊點在那飛鈸之上。

兩面飛鈸吃那金芒點中之後，並未落下，去勢一轉，斜向一旁飛去。

兩個金花舵主只道那飛鈸已被自己金芒擊偏，不會再行傷人，同時一挺柳腰，仍向那慕容雲笙衝去。

只聽白鳳叫道：「兩位小心！」

兩位金花少女聽得白鳳呼叫之言，齊齊回頭看去。

只見那輪轉的飛鈸，一撞及實物之上，突然又回頭飛來。

右面飛鈸來勢較快，呼的一聲掠著右面一位金花舵主頭頂飛過，帶起了那金花舵主頭上一片青絲。

左首一位金花舵主，得白鳳之助，藉勢避開了旋飛金鈸。

這時，兩面飛鈸也旋轉力盡，砰的一聲，落在實地之上。

就這一瞬工夫，廳門口處，慕容雲笙身後出現兩人，正是飛鈸和尚及金蜂客。

白鳳目光一掠兩位金花舵主，道：「這兩人乃蛇娘子主要幫手，武功高強，和蛇娘子齊名江湖，兩位舵主不可大意。」

金蜂客冷冷說道：「姑娘誇獎了。」

目光轉注蛇娘子的身上，接道：「妳們幾位小毛丫頭，也敢和三聖門作對？」

右首的金花少女左手抬動，理一下散亂長髮，右手一揚，一蓬金針疾射而出。

慕容雲笙立時大聲喝道：「小心她袖中金針！」

其實，飛鈸和尙和金蜂客，眼看蛇娘子被人生擒，已知遇上勁敵，口中雖然輕蔑對方，心中卻是絲毫不敢大意。

那金花少女一抬右手發出金針時，金蜂客、飛鈸和尙已然同時縱身避開。

慕容雲笙長劍揮動，寒芒閃轉中，擊落了射向自己的數枚金針。

那金花舵主雖然一手打出金針，但因分襲飛鈸和尙及金蜂客、慕容雲笙等三人，十枚金針分成三股，威力大減，慕容雲笙才輕易地揮劍擊落。

金蜂客避開金針之後，左手高舉金籠，右手一抬，嗡嗡聲中，一串巨蜂，疾飛而出，衝入大廳之中，慕容雲笙站在金蜂客和金花舵主之間，聞得嗡嗡之聲，立時急急向旁側閃去。

那巨蜂在金蜂客指使之下，有如通靈一般，越過慕容雲笙，直向兩個金花舵主飛去。

這等役使巨蜂代做暗器傷人的事，武林中可算得罕聞罕見，白鳳和兩個金花舵主，都不禁看得一呆。

但聞一聲刺耳的尖叫傳來，一個勁裝少女舉手掩面，但見幾點黑影，在燭光之下流動，四隻巨蜂，齊齊飛向那少女身上。

兩個金花舵主四手並揚，數十枚金針，閃電射出。

飛向兩個金花少女的毒蜂，半數被那金針洞穿，墜落實地，那巨蜂生命力十分堅強，身爲金針洞穿，不能飛行，雙翼仍然不住撥展，掠地飛旋，這時，那爲巨蜂螫傷的勁裝少女，已然摔倒地上，滿地滾動。

要知那巨蜂奇毒無比，一隻巨蜂刺中，已非人所能受，那少女連爲數隻巨蜂毒針刺中，疼痛難支，早已神志迷亂。

金蜂客眼看放出十餘隻毒蜂，有五、六隻傷在那金針之下，亦是大爲痛心，不敢再放毒蜂入廳，這座大廳雖然不小，但在巨蜂飛旋之下，就顯得不夠開闊了，形勢所限，使巨蜂飛速大爲減少，這是兩個金花舵主和白鳳能夠勉強應付的主要原因。

只聽金蜂客說道：「大師父，放你飛鈸擊熄火燭。」

飛鈸和尚縱聲大笑，道：「好啊！我和尚助你一臂之力。」

雙手揚動，飛鈸出手，挾著一片嘯飛之聲，飛入大廳。

但見兩位金花少女右腕揚動，兩道金芒，陡然飛出，分向兩面鋼鈸擊去。

飛鈸和尚的飛鈸，大異於一般暗器，一般暗器，大都是講求速度，但這飛鈸卻是藉一種強烈的旋轉之力，破空飛旋，在它飛旋期間，很難看出它襲擊的方位。

但見那盤空飛旋的鋼鈸，在受到金芒擊中之後，陡然方向一變，疾快絕倫地飛向火燭之上。

白鳳急急抽出長劍，飛身而上，想阻擋飛鈸擊熄火燭，但仍是晚了一步，飛鈸過處，廳中火燭，頓時熄去。

敞廳中突然間陷入了一片黑暗之中，但聞白鳳喝道：「兩位舵主小心毒蜂。」

金蜂客冷冷說道：「張保、飛鈸和尚堵在門口，不要讓她們衝出去。」

慕容雲笙應了一聲，縱身一躍，退出門外。

這時，突見身後疾射來一道紅光，直向廳中飛去，那紅光飛入大廳之後，跌落實地，化成一團火焰，熊熊燃燒起來。

黑暗的大廳，又被那火焰照亮，慕容雲笙凝目望去，只見兩個金花舵主和白鳳，背對背站

在一起，揮動雙掌，四面亂打。

金蜂客怒喝道：「什麼人？」

只聽一個冷漠的聲音，應道：「不許動手！」

喝聲中，一條人影，直向大廳中衝去，慕容雲笙和飛鈸和尚在門口，先見那火焰射入廳中之後，兩人心中都已生出了警覺，那人影疾向廳中衝去，兩人不自覺間，一齊出手攔阻。

飛鈸和尚手中鋼鈸掄動，橫裡擊去，慕容雲笙長劍疾掃，向後推出了一招「拒虎門外」。

但聞一陣金鐵交擊之聲，慕容雲笙手中長劍，飛鈸和尚手中飛鈸，盡被震盪開去，那人影卻腳未沾地，衝入了大廳之中。

火光下，只見那落入大廳中的人影，竟是一個穿著黑衣的女子。

只聽那黑衣女子厲聲喝道：「放下兵刃，不許妄動！」

白鳳卻轉眼打量那黑衣少女一眼，道：「姑娘是何許人？」

那黑衣女子冷冷說道：「放下妳手中寶劍，再和我說話。」

白鳳柳眉聳動，似要發作，但她終於又忍了下去，緩緩把寶劍還入鞘中。

黑衣女目光轉到金蜂客等臉上，舉手一招，道：「你們三人都進來。」

飛鈸和尚、慕容雲笙都接過那黑衣少女的一招，知她厲害，忍隱未言，金蜂客卻冷冷說道：「姑娘對哪個說話？」

黑衣女道：「你！」人影一晃，衝出廳外。

金蜂客心中一震，暗道：「好快的身法。」

右手一揚，劈出一掌，那黑衣女右手一揮，幻起一片劍影，逼得金蜂客急急收回右手，讓

避劍勢。

金蜂客只顧避開那黑衣女的劍勢，卻不料左手一麻，提在左手的金籠疾向地上落去。

原來那黑衣女左手一拂，金蜂客整條左臂，突然完全麻木，五指難以自張。

黑衣女手法快速，左手一伸，接住了金籠，緩緩放在地上。

飛鈸和尙萬未料到，兩人交手一招，金蜂客左臂已然受傷，念頭還未轉完，突然見黑衣女右手一揚，寒芒閃動，迎胸刺來。

匆忙間，一抬左手鋼鈸，硬接劍勢，但聞噹的一聲，金鐵交鳴，那黑衣女刺來的一劍，被飛鈸和尙一鈸擋開。

但那飛鈸和尙卻在擋開那黑衣女一劍之後，突然丟去右手鋼鈸。

但聞金蜂客大聲叫道：「鎖脈拂穴手！」

黑衣女冷笑一聲，道：「不錯！」

右手一揚，手中短劍，疾向慕容雲笙刺去。

黑衣女左手拂穴手法，和右手劍勢，配合得佳妙無比，右劍擊出，左手同時攻出。

慕容雲笙接下那黑衣女右手劍勢，左肩卻爲黑衣女左手拂中，頓時半身麻木。

那黑衣女在三招之間，連施「鎖脈拂穴手」，傷了三大高手，柳腰一挫，竄入廳中。

兩個金花少女齊齊蓄勢戒備，但卻未即刻出手，望著白鳳，似是等她之命。

白鳳緩緩說道：「姑娘不是三聖門中人？」

黑衣女冷冷說道：「但也不是妳們女兒幫中人。」

語聲一頓，接道：「我不管你們是何門派，但侵入我們住地，就該承受懲罰。」

慕容雲笙心中一動，暗道：「這座宅院，明明是我慕容世家的故宅，怎的會變成了她們居住之處。」

原來，他出了大廳之後，已然認出了是慕容故宅。

但聞白鳳冷冷說道：「這座慕容故宅，已然空了二十年，怎會是姑娘的居住之處？」

黑衣少女冷笑一聲，道：「宅院既是空著的，自然有一個先來後到，我等先你們一步到此，這宅院自然是我等所有了。」

語聲一頓，道：「除了慕容長青的後人到此之外，我等就是宅院的主人。」

白鳳年紀雖小，但處理事情，卻是十分老練，心中暗打主意道：「就算勝了這黑衣少女，這宅院之中，必然有其餘黨，何況她武功高強，合我們三人之力，也未必是她之敵，這一戰還是不打得好。再說她們住此甚久，這慕容故宅中縱有存寶，定然也被她們收去了。」

只聽那黑衣少女冷冷說道：「看在妳們也是女人的份上，我格外施情，不傷妳們，留下兵刃去吧！」

白鳳道：「留下兵刃，未免太過使人難堪……」

黑衣女怒道：「不知好歹，妳們不願自己留下，只有我來幫妳們了。」

右手一抬，快速無倫地抽出了白鳳背上長劍。

兩個金花舵主眼看她出手攻向白鳳，同時一揚右手，兩道金芒，疾攻過去。

黑衣女右手疾揮，就用白鳳之劍，封擋兩道金芒。

兩個金花舵主似是已然知她厲害，右手金芒攻出，左手也同時打出金針。

兩人同時出手，打出的金針不下二十餘枚，雙方距離既近，閃避實是不易。

但那黑衣少女確有非常的本領，嬌軀向後一仰，全身向下倒去，長劍由下向上翻起，一陣啵啵之聲，兩個金花舵主打出的金針，大都爲長劍擊落，幾枚未被擊落的金針，也被她施出鐵板橋的功夫閃過。

兩位金花舵主眼看金針亦未擊中對方，立時分向左右躍開，左手金芒，緊隨擊去。

黑衣女一個轉身，挺起嬌軀，兩道金芒已然上指前胸，下攻小腹，同時攻到。

黑夜女右手劃出一片劍芒，欺身而上，嬌軀疾轉，欺近了兩人身側，左手一拂，右首金花少女首被拂中了穴道。

她動作迅快無比，左首金花少女避開劍勢，還未來得及還手，黑夜少女已欺到身側，左手疾出，掠身拂過。

兩位金花舵主登時半身麻木。

黑衣女收拾了兩個金花舵主，緩步行到了白鳳身前，冷冷說道：「我原本念咱們同是女兒之身，不想傷害妳們，放妳們一條生路，哪知妳們竟然是不肯信我之言，硬要和我動手，如今她們都受懲戒，豈能讓妳一人倖免！」

白鳳心頭駭然，但卻仍然保持著鎮靜說道：「妳又要我怎樣呢？」

黑衣女冷笑一聲，道：「不知好歹！」舉手向白鳳左肩拂去。

白鳳自知無能倖免，也不讓避，任她拂中穴道。

黑衣女拂中白鳳穴道之後，大步走向蛇娘子的身前，說道：「妳呢？」

蛇娘子緩緩說道：「我被她們挾持來此，並非自願，縱犯禁地，咎不在我。」

黑衣女沉吟了一陣，道：「妳說的好像有些道理。」

蛇娘子心中暗道：「她如肯講理，那就好對付了。」

心中念轉，口中卻說道：「就連那門口三人，也是追蹤她們而來，並非自願來此。」

十八　鎖脈拂穴

黑衣女目光一掠室外的飛鈸和尚、慕容雲笙等，緩緩說道：「我已經對他們從輕發落了，如是他們自行犯此禁地，那就早已把他們碎屍於此了。」

蛇娘子緩緩說道：「姑娘對男人，似是心存偏見……」突然全身抖動，語焉不詳。

黑衣女一皺眉頭，道：「妳怎麼了？」

蛇娘子道：「我中了……毒！」

黑衣女仔細看她胸前，仍然釘著數枚金針，伸手拔了出來。

雙目一顧兩個金花少女，道：「妳們傷了她？」

兩個金花舵主傲然應道：「不錯。」

黑衣女大步行了過去，道：「解藥何在？」

兩個金花舵主相互望了一眼，默不作聲。

黑衣女緩緩揚起長劍，道：「兩位很英雄，定然是不怕死了。」

白鳳急急接道：「兩位舵主，不可輕生，快些拿出解藥。」

右首金花少女，緩緩取出解藥，遞了過去。

黑衣女接過解藥，交給蛇娘子服了下去。

蛇娘子服下解藥，發作的毒性，立時消滅，點頭一笑，道：「多謝姑娘。」

黑衣女正待答話，突聞一陣撲鼻的花香飄了過來，蛇娘子心中暗道：「這香味不似桂花，亦非茉莉，不知是何花氣？」

但見那黑衣少女，突然跪了下去，圓睜雙目，望著室門外面。

只見一瓣紅花，由夜暗中飄飄而來。

這花瓣似由微風送到，如波起漣漪，悠悠蕩蕩，飄入室中，直飛到那黑衣女的身前！

那黑衣女恭恭敬敬伸出雙手，接住了那飄蕩的花瓣，低頭瞧了一陣，收起花瓣，緩緩站起身子。

只見那黑衣女目光轉動，掃掠了群豪一眼，道：「諸位之中如有不怕死的，那就算了，如是珍惜生命，那就在第三日中午時分，趕往潯陽樓去。」

白鳳道：「去潯陽樓幹什麼？」

黑衣女道：「去那裡覓求活命之法。」

語聲一頓道：「諸位現在可以走了。」

白鳳目光轉到那黑衣女臉上，拱手說道：「還未請教姑娘姓名。」

黑衣女冷然一笑，道：「護花女婢唐玲。」

白鳳一揮手，道：「原來是唐姑娘，咱們青山不改，後會有期。」舉步向前行去。

兩個金花舵主，隨她身後而行，片刻間，走得蹤影不見。

唐玲目光一掠金蜂客等，冷冷說道：「你們還等什麼？」

蛇娘子服過解藥，精神大好，站起身子，道：「三日後我們將準時到潯陽樓，會見唐姑娘。」舉步向前行去。

金蜂客、飛鈸和尚、慕容雲笙魚貫隨在蛇娘子身後，離開了大廳。

行約三里，蛇娘子停下腳步，道：「諸位傷處如何？」

金蜂客望了飛鈸和尚一眼，欲言又止。

蛇娘子淡淡一笑，道：「此乃關係生死大事，諸位裝英雄，也不能裝得不要性命啊！」

金蜂客緩緩說道：「在下感覺著傷處擴展甚速，雖想運氣抗拒，但卻有所不能。」

飛鈸和尚點點頭，道：「貧僧亦有此感。」

蛇娘子道：「這麼說來，咱們是非得參加三日後的宴會不成了。」

飛鈸和尚道：「一個丫頭，已使咱們應付不易，三日後潯陽樓之會，定然是凶多吉少。」

蛇娘子沉吟了一陣，道：「此事要立刻稟報二聖，候諭定奪。」

語聲一頓，接道：「有一件事，叫人思解不透。」

飛鈸和尚道：「什麼事？」

蛇娘子道：「如若她們早已佔據了那慕容世家，為什麼那護守宅院的人，不肯報入聖堂呢？這等情形，不外兩途了。」

金蜂客道：「哪兩途？」

蛇娘子道：「一是那些護守宅院的人，都已被人殺死，但和聖堂聯絡的暗號，已然為人知曉，和聖堂中的聯絡，仍然保持，尚未為聖堂發覺；二是負責監視聖堂的人，早已變節降敵。」

只聽飛鈸和尚說道：「不管如何，強敵已非我們力量所能應付，非得設法稟報三聖不可。」

蛇娘子道：「眼下只有這一途可循，咱們先回莊院去吧！」

幾人傷勢，都有著快速的擴展，半個身子，都已經不聽使喚，連輕功也無法施展。

蛇娘子眼看三人舉步維艱之狀，嘆息一聲，道：「你們在此坐息，我去替你們找一輛篷車來。」隨即轉身而去。

約莫盞茶功夫，只見蛇娘子已雇得一輛篷車，飛鈸和尚等人只好上車趕路。

光陰如梭，三日似彈指即過。

三日間，蛇娘子、金蜂客、飛鈸和尚、慕容雲笙等，在莊院除自行運氣療傷外，並商討籌畫潯陽樓對敵之事，為了慎重起見，蛇娘子特命李宗琪率領部分青衫劍手隨行。

這日，一行人浩浩蕩蕩地抵達了潯陽樓下。

只見潯陽樓大門口處，站著一個身著黑色勁裝帶著面具的女子。

兩丈外站著數十個大漢，似是在瞧熱鬧，但卻又不敢逼近門口。

李宗琪緩步帶路，行到近門口處，停了下來。

原來那黑衣少女當門而立，攔住了去路。

李宗琪道：「在下護送三位求醫人，登樓赴約，姑娘可否請讓開去路？」

黑衣人冷冷說道：「身中鎖脈拂穴手，三日內還可行動，要他們自己上去吧！」聲音嬌脆，分明是一位年紀不大的少女。

李宗琪道：「在下奉命，送他們登樓。」

黑衣人道：「奉誰人之命？」

李宗琪道：「本門法主。」

黑衣女冷笑一聲，道：「那很容易，只要能夠接我三掌，我自會讓路。」

李宗琪一皺眉頭，道：「咱們是赴約而來……」

黑衣人接道：「我知道，但你並不是受邀之人。」

李宗琪正待接言，突然一個冷冷聲音，接道：「你退回去吧！用不著送他們上樓了。」

慕容雲笙轉目望去，只見一個面目冷肅的枯瘦老者，緩步而來。

飛鈸和尚、金蜂客，見那老者之後，竟然一齊欠身作禮，李宗琪也應聲退去。

枯瘦老者緩步行至那黑衣少女身前，道：「一定要接下三掌，才能登樓麼？」

黑衣女道：「不錯，閣下願否通名？」

枯瘦老者皮笑肉不笑的一裂嘴，道：「冷手搜魂戴通，姑娘請出手吧！」

黑衣女不再多言，揚手拍出一掌。

戴通右手一招，硬接一掌。

雙方掌力接實，那戴通紋風未動，黑衣女卻被震得倒退兩步。

戴通冷冷說道：「夠了麼？」

黑衣女一閃身，道：「閣下武功高強，一掌已夠，請上樓去。」閃身避到一側，讓開去路。

慕容雲笙心中暗道原來她站在門口，用心在攔閒人登樓。

戴通道：「嘿嘿，承讓了。」舉步向前行去。

金蜂客、飛鈸和尚、慕容雲笙，魚貫隨後行去。

那黑衣女卻未攔住三人，任憑三人行過。

那樓梯雖然不高，但三人已有半邊身子，不聽使喚，行來艱苦無比，足足耗了近一盞熱茶的工夫，才登上了樓梯。

目光轉動，只見那白鳳和兩位金花舵主，早已在座，三人桌上，還坐著兩個前胸各佩五朵金花的女子，一般的玄色勁裝，背插寶劍。

那兩人年紀較大，約已二十一、二的年歲。

整個二樓上，大部桌椅都已收去，寬敞的樓上，分成三角形，擺著三張圓桌。

女兒幫中五個人，坐了一桌，戴通獨坐一桌，還空著一桌無人。

金蜂客、飛鈸和尚、慕容雲笙三人，緩步行到戴通坐位上，依序坐下。

戴通對三人的傷勢，毫無關心之意，望也未多望三人一眼。

慕容雲笙心中暗道：那唐玲尚未到此，三聖門中人也只能算來到一個。蛇娘子和另外之人還未見到，不知是否能接下那女婢三掌，行上樓來。

過了一頓飯工夫之後，仍然不見有所舉動。

那白鳳最先忍耐不住，高聲罵道：「臭丫頭竟然說謊，已至午時，還不見……」

只聽一個清脆的聲音，接道：「你在罵誰？離午時還有半柱香的時光。」

說著話，由樓梯中走上一人。

慕容雲笙細看來人，正是那護花女婢唐玲，暗道：「這丫頭在對方不知是什麼身分？」

但聞一陣腳踏樓梯之聲，傳了過來。

轉眼望去，只見兩個身著紫色上衣，黑衣長裙的少女，緩緩行了過來。

慕容雲笙細看兩個紫衫少女，每人手中捧著一個木盤，盤上放著一個白色的小瓷盆，盆中各種著一株奇花，綠葉紅花，正值怒放。

那兩株奇花，高不過尺半，每株上各開兩朵紅花，整個花朵，也不過大如制錢，但香味卻是極爲強烈，滿樓都是芬芳花氣。

冷手搜魂戴通目光轉動，掃掠了白鳳和唐玲一眼，冷笑一聲，自言自語地說道：「我還道是什麼三頭六臂的人物，原來都是些黃毛丫頭。」

唐玲本已落座，聞言一挺而起，怒聲接道：「武林之中，似是不以年紀分高低吧？」言下之意，顯是要迫戴通出手。

戴通妄自尊大，豈肯受一個小姑娘的輕侮，緩緩站起身子，接道：「姑娘可是想較量老夫武功嗎？」

唐玲道：「你這人粗魯、莽撞，不配做我們的嘉賓，我要逐你下樓。」

戴通怒道：「小丫頭語無倫次，老夫非得教訓妳一頓……」

只聽一個細聲細氣的聲音，傳了過來，道：「戴兄，小不忍則亂大謀，請坐回原位去吧！」

慕容雲笙抬頭看去，只見一個身著灰袍，長眉細目的禿頂老者，緩步行了過來。在他身後，緊隨著蛇娘子和兩個全身白衣、白帽的大漢。

戴通對那灰袍禿頂、滿臉和氣的老者，似甚敬畏，欠身說道：「田兄之命，兄弟自當遵從。」緩緩退回了原位。

那灰袍老者回頭對唐玲一拱手，笑道：「姑娘既知他是粗人，不用和他一般見識，在下這裡代他謝罪了。」言罷，抱拳一揖。

唐玲不便再行發作，微微欠身，算是還禮，說道：「請教老丈大名？」

灰袍老者笑道：「老漢麼？田奉天。」說完又是一笑。

唐玲道：「老丈很愛笑。」

田奉天滿面春風地說道：「江湖稱老漢笑裡藏刀，老漢豈能讓他們白叫嗎！」拱拱手，緩步行向座位上坐下。

慕容雲笙看那田奉天長臉大耳，配上細眉小眼睛，看上去就帶著幾分笑意，再加上那嘴角上，永不消失的笑容，確實是一團和氣之相，心中暗道：「這人神態生相，實不似一個壞人，難道世間真有貌似忠厚，內藏奸詐的人物？」

忖思之間，田奉天已然就位落座，伸手蘸茶在木案寫道：「激雙方先行動手，我們居間取利。」

慕容雲笙暗道：「果然是厲害人物，單憑他寫出這兩句話，可見藏刀鋒芒。」

但聞白鳳高聲說道：「唐姑娘，午時已屆，我等如何一個求醫之法，可以說明了吧！」

唐玲冷冷道：「急什麼？午時三刻時分，自會告訴妳們求治之法。」

語聲甫落，樓梯上又行上來兩個身揹花鋤，手托瓷盆的少女。

這兩個捧花女婢手中所捧之花，色如白雪，大小卻和那兩株紅花相似。

在兩個女婢之後，緊隨著一個身著綠衣的少女。

唐玲低聲對那綠衣少女說道：「午時已屆，姑娘如何吩咐？」

那綠衣少女在唐玲耳邊低言數語後，坐了下去。

唐玲移動了一下木椅，也緩緩坐下。

慕容雲笙細看了一下三方面的實力，那女兒幫中，除了白鳳與三個受傷人之外，只有兩個胸佩五朵金花的少女；主人除了唐玲和綠衣少女之外，有四個捧花的女婢。

三聖門中除了自己、飛鈸和尚、金蜂客三個受傷人之外，田奉天、戴通，和兩個白衣白帽人，再加上蛇娘子，未受傷的人，已有五個之多。

單以人手計算實力，似乎是三聖門中最強。

但聞唐玲清脆的聲音傳入耳中，道：「我家姑娘原想親自見上各位一面，但她現在卻趕不及在午前到此了。」

蛇娘子道：「貴花主不在，由誰主持這次大會？」

唐玲一指鼻尖，道：「我！怎麼樣？」

田奉天輕輕咳了一聲，道：「不論大會由誰主持，都和我們無關，在下請教的是，姑娘召請我等到此，用意爲何？」

唐玲目光轉動，掃掠了全樓之人一眼，冷冷說道：「我記得沒有請你們啊，你們爲什麼要來呢？」

田奉天望了白鳳一眼，卻不再答話。

這人被稱做笑裡藏刀，爲人卻是陰險至極，他怕蛇娘子和唐玲先行衝突起來，反被那女兒幫坐收了漁人之利，故而接過話頭，問了一句，卻又默然不言。

白鳳卻忍不住接道：「姑娘約我等來此求醫，我等是依約而來。」

唐玲道：「堂堂的三聖門和女兒幫，竟然是無人能解得那鎖脈拂穴手法，未免是太可笑了。」

白鳳道：「武功一道，深博如海，各人修習不同，那也算不得什麼可笑的事。」

唐玲道：「既是貴幫中無人能夠解鎖脈拂穴手法，三位就該從命算了，還來此求的什麼醫呢？」

白鳳道：「我們雖然不畏死亡，但不能死得不明不白，毫無代價。」

唐玲道：「好強的嘴啊！明明是求命而來，卻又自詡不畏死亡，妳要如何一個死法，才死得甘心呢？」

語聲一頓，不待白鳳答話，搶先說道：「不過，還有一條可保妳們性命的方法。」

白鳳道：「什麼方法？」

唐玲道：「立下誓言，受命花令，立時可得解穴活脈，還妳武功。」

白鳳望了兩個胸佩五朵金花的少女一眼，欲言又止。

只見左首一位胸佩五朵金花的少女，緩緩站起身子，道：「唐姑娘口氣很托大……」

唐玲接道：「妳不服氣。」

那少女緩步離位，行入了場中，道：「不錯，妾身想領教姑娘鎖脈拂穴手法，開開眼界。」

唐玲道：「當得奉陪。」

正待起身，那綠衣少女卻搶先而起，道：「不用姐姐出手，小妹試試女兒幫中高手。」

綠衣少女一按桌面，嬌軀突然飛起，衣袂飄飄地落在胸佩金花女人身前，指著她胸佩的金花說道：「妳胸前插滿金花，代表什麼？」

金花少女接道：「幫主之下，女兒幫中僅有的兩位五花舵主。」

綠衣女少道：「妳有沒有姓名？」

金花少女道：「攝魂女歐陽倩。」

語聲一頓道：「姑娘似乎也該報上姓名。」

綠衣女道：「修花女婢賈萍。」

歐陽倩道：「修花女婢，那是一個丫頭了？」

賈萍怒道：「妳可是看不起丫頭嗎？」

歐陽倩目光一掠唐玲，道：「如是這潯陽樓上，還有身分較高的人，我希望能夠由那身分較高之人出面。」

賈萍冷冷說道：「我家姑娘，天上仙子，豈肯和妳們這些庸俗之人一般立門結幫，廣收弟子。除了我們四姐妹外，只有八個花女，餘下就是車夫、馬夫，那就更不放在妳的眼下了。」

歐陽倩微微一笑，道：「原來如此……」

暗中一提真氣，接道：「姑娘可以出手了！」

賈萍目光轉注到另一個胸佩金花少女的身上，道：「只妳一位嗎？如是兩位一起出手，一戰就可分出勝敗，如是咱們單獨動手，還得再打一場。」

歐陽倩道：「姑娘好像必勝無疑了。」

賈萍道：「我想差不多吧！」

歐陽倩臉上一變，道：「姑娘先勝了我，再誇口不遲。」左手一揚，呼的一聲，劈了過去。

賈萍也不讓避，左手一抬，硬接掌勢，右手緊隨著左手拂出。

白鳳叫道：「當心她鎖脈拂穴手！」

歐陽倩嬌軀一轉，陡然之間，閃到賈萍身後，雙掌開出，分攻賈萍兩處要穴。

這一閃避身法，快速絕倫，而且也巧妙無比，只瞧得慕容雲笙暗暗讚道：「好身法，想不到女兒幫中人，竟有這等高手。」

賈萍亦知遇上勁敵，臉上的輕鬆之情登時收斂，微一挺腰，向前竄出八尺。

哪知歐陽倩動作奇速，如影隨形，疾轉身後，賈萍不過剛停好身子，歐陽倩已然追到，揚手一拍，拍向賈萍背心。

賈萍本要轉身拒敵，突覺掌風逼來，只好又縱身向前竄去。

但那歐陽倩似是不願和她正式動手，以武功相搏，只是憑仗靈巧的身法，一直追在那賈萍身後。

賈萍只覺身後緊追的歐陽倩，有如附骨之蛆，揮之不去，心中大急，繞樓而轉，希望擺脫那歐陽倩的追蹤。

哪知每當她停下腳步時，歐陽倩掌勢即及時而至，迫得她無法轉身迎敵。

一個奔走，一個追趕，兩人繞樓而奔，片刻間，轉了數周。

笑裡藏刀田奉天，回目一顧戴通，道：「『附身鬼影』，這原是青城山鬼道人莫桑，獨步武林的身法，但那莫桑已然三十年未在江湖露面，且有傳言他已死去，又怎會把這套前無古人，獨善江湖的絕技，傳了下來？」
說話之間，忽聽賈萍嬌聲說道：「小心了。」翻腕抽出長劍。
她口中雖然呼叫，人卻未停過一步，而且奔行愈見快速。
那歐陽倩連番出手，一直未傷到賈泙，心中亦是暗自驚駭。
賈萍又繞樓奔行一周，陡然揮動長劍，向身後擊出。
長劍反擊，人隨劍轉，同時轉過身子。
哪知歐陽倩在那揮劍擊出時，已然停下了身子。
賈萍劍花閃動，連刺數劍。
歐陽倩遠站八尺開外，臉上帶著一抹冷笑，道：「這般揮劍亂刺，不覺得太緊張嗎？」
賈泙一臉通紅，收住長劍，冷冷說道：「釘在人家身後，豈算本領？」
歐陽倩道：「要如何妳才肯認敗？」
賈萍道：「一招一式，勝了我手中寶劍。」
歐陽倩回顧了唐玲一眼，道：「妳們兩位，哪一位說話算數？」
唐玲道：「我和她一樣，誰說了都算。」
歐陽倩道：「那很好。」
目光轉到賈萍身上，接道：「我如勝了妳，要立刻解去我幫中四位受傷姐妹的穴道。」
賈萍道：「妳如敗了呢？」
歐陽倩道：「敗了，我回頭就走，從此不再和妳江湖之上會面。」
賈萍道：「好！妳亮兵刃吧！」

歐陽倩冷冷說道：「希望妳不要變卦。」右手一抬，抽出背上長劍，賈萍領教過歐陽倩的輕功，哪裡還敢大意，當下凝神而立，平劍待敵。

歐陽倩長劍一探，腳踏中宮，直刺前胸。

笑裡藏刀田奉天輕輕咳了一聲，道：「好狂的劍招。」

原來武學之中，素有刀攻中心，劍走偏鋒的說法，那是千百年來使劍之人累積的經驗，劍走偏鋒，才能發揮靈巧之長。

歐陽倩劍走中宮，那是大背了武學規戒。

但見賈萍長劍一抬，一招「吞雲吐月」，長劍劃起了一道寒芒。

噹的一聲，雙劍接實，硬拚了一招。

賈萍腕沉招變，掠地狂飆，橫掃一劍。

歐陽倩手中之劍，被她封到外門，一時間收招不及，被迫後退一步。

高手過招，不得有一著失錯，歐陽倩變招稍慢，立失先機，賈萍劍招卻如長江大河一般，源源攻到。

賈萍攻勢猛銳，招中套招，一口氣攻出了二十四劍。

歐陽倩被那綿連不絕，快速絕倫的攻勢，逼得無還手之力，直待賈萍一套劍法用完，才借機反擊，揮劍搶攻。

笑裡藏刀田奉天，回顧了戴通一眼，低聲說道：「戴兄，那花婢劍法不弱，等一會兒咱們出手，不用和她們纏鬥，最好能在一、兩招內求勝。」

但見戴通不住點頭，似是已然領會了田奉天之言。

只見歐陽倩和那賈萍已進入了生死關頭，雙方劍來劍往，惡鬥劇烈至極。

突然間，人影交錯，寒芒連閃，歐陽倩和賈萍全都陷入了一片寒芒之中。

只聽一陣輕微的金鐵交鳴過後，兩條交錯的人影，突然分開。

凝目望去，只見二女各自持劍而立，四目相注，但卻都肅立原地，未再出手。

突見賈萍身子一顫，左肩之上，射出一股鮮血。

那歐陽倩左肩之上，也冒出一股鮮血，瞬息間，濕透了半個衣袖。

原來，兩人都被對方長劍刺傷，但兩人卻運氣止血，不讓鮮血流出，那賈萍功力較淺，先使鮮血流出，片刻之後，歐陽倩也無法控制傷處，流出血來。

賈萍原本一臉悲憤之色，眼看歐陽倩傷處流出鮮血，突然長吁一口氣，道：「這一戰，誰敗了？」

歐陽倩道：「誰也沒有敗，咱們可以再戰。」

但聞唐玲嬌聲喝道：「住手。」起身離位，緩步行了過來。

賈萍橫劍說道：「什麼事啊？」

唐玲緩緩說道：「妳已經打過第一陣，這一陣該我出手了。」

歐陽倩冷冷說道：「我們還沒有分出勝負。」

唐玲冷笑一聲，目注歐陽倩道：「這一陣，彼此未分勝負，自然可以下一陣比試，妳受傷不輕，我自然不會和妳動手，但妳還有一位同伴。」

白鳳心知唐玲武功的高強，在賈萍數倍以上，如若唐玲出手，毫無勝算，當下高聲接道：「歐陽姐妹，妳已穩操勝劵，不能答應換鬥第二陣。」

唐玲冷冷地瞧了白鳳一眼，緩緩對歐陽倩道：「但妳們都受了傷，再打下去，也是個玉石俱焚之局。」

歐陽倩道：「我還有再戰之能。」

目光轉注到賈萍臉上，道：「除非賈姑娘肯認輸。」

賈萍怒道：「誰認輸了？」

歐陽倩道：「姑娘不肯認輸也行，但得承認妳說過的話不算。」

只聽一個甜柔無比的聲音，接道：「說過的話，如何能夠不算呢？」

樓上群豪聞聲警覺，轉頭看去，只見一個手捧一株三色奇花的少女，站在樓梯口處。

她穿著一件白色宮裝，長裙拖地，秀髮長披，直垂腰際。

不知她是有心還是無意，手中捧的一株三色奇花，正好掩在臉上，使人無法看到她的面目。

唐玲、賈萍一見那白衣女，齊齊拜伏於地，道：「婢子們迎接公主。」

白衣女緩緩說道：「妳們起來。」緩步行到唐玲的座位上坐下。

唐玲、賈萍起身行了過去，分侍兩側。

白衣女低聲說道：「賈萍，妳如和人家許過約言，那就趕快依約行事。」

賈萍欠身說道：「小婢和她相約要決勝負。」

白衣女道：「那妳去吧！」

賈萍應了一聲，重又行入場中，道：「咱們還未分勝負。」唰的一劍，刺了過去。

歐陽倩揮劍封架，賈萍早已抽回兵刃，第二劍又已攻到。

歐陽倩吃了一驚，暗道：「這丫頭的劍法，怎麼忽然變了？」心中念轉，人卻疾快地後退了兩步，避開一劍，只見賈萍一上步，一劍迎胸刺去。

歐陽倩縱身避開，揮手一劍，反擊過去。

當她劍勢發出時，賈萍已然縱身避開，斜裡一劍，刺向右腕。

這一招不但變化迅快，而且拿捏的方位十分準確，迫得歐陽倩駭然收劍而退，心中暗道：「這丫頭用的什麼劍法，怎麼如此快速詭奇？」急急挫腕變招。

哪知就在她收劍變招之際，賈萍劍勢突然一橫，削了過來。

這一招變化得快速至極，歐陽倩收腕閃避，已自不及，吃賈萍一劍，正中右腕之上。

這一劍勢道甚重，歐陽倩五指一鬆，長劍跌落在實地之上。

賈萍如趁勢進擊一劍，不難削斷那歐陽倩的右腕，但她似無傷人之心，收劍而退，冷冷說道：「妳認不認敗呢？」

歐陽倩緩緩伸手，撿起長劍，道：「姑娘武功高強，我認敗了。」還劍入鞘，轉身下樓。

唐玲橫身攔住了歐陽倩的去路，道：「姑娘還是先請回原位落座。」

歐陽倩略一猶豫，回身行到原位。

兩人帶傷而戰，失血甚多，半身衣服，都為鮮血染紅，激戰過後，兩人的臉色，都變成一片蒼白，回歸原位，包紮傷勢。

但見唐玲緩步行入場中，說道：「女兒幫中還有不服之人嗎？」

另一個胸佩五朵金花的少女，緩緩站起身子，正待行入場中，白鳳卻嘆息道：「姐姐不用出手了，等此地約會完後，妳護送歐陽姐姐回去，把內情呈報幫主。」

那少女似是極聽白鳳之命，站起的身子，重又坐下。

唐玲目光轉到田奉天等臉上，道：「該你們了，哪一位先行出手？」

十九　降龍伏虎

田奉天目光一掠冷手搜魂戴通，低聲說道：「戴兄先打頭陣吧！不過，不要訂什麼約言。」

戴通望著田奉天一眼，欲言又止，緩緩站起身子，行入場中。

唐玲打量了戴通一眼，冷冷說道：「你有名字嗎？」

戴通道：「區區冷手搜魂戴通。姑娘姓名呢？」

唐玲道：「護花女婢唐玲。」

戴通道：「妳們很膽大，竟敢和三聖門正面爲敵。」

唐玲冷笑一聲，道：「聽說你三聖門很霸道，今天教訓你一番，也好讓那三聖知曉，天外有天，人外有人。咱們這番搏鬥，不分勝負，不許住手，我如敗在你手中，解了他們三人穴道，放你們離此。」

戴通道：「那很好，很好。」

唐玲不聞他接說下去，不禁一皺眉頭，道：「但你如敗了呢？」

戴通道：「老夫敗了麼，就算敗了就是。」

唐玲怒道：「你一把年紀，怎的說話沒有一點骨氣。」

戴通被她罵得兩耳發熱，滿面赤紅，但又不敢擅作主意，惱羞成怒，厲聲喝道：「小丫頭！竟敢出口傷人！」右手一拍，突然抓去。

戴通被人稱做冷手搜魂，指上功夫，十分惡毒，揚手間，立時有數縷指風，通向唐玲。

唐玲料不到他說話之間，突然出手攻來，心中警覺，爲時已晚，數縷指風已逼近穴道，心頭大駭之下，急急側身讓避，但右臂上兩處穴道，已被指風擊中，一條右臂登時難再運用。

戴通一擊得手，欺身而上，左掌一揮，拍了過去，唐玲右臂上兩處穴道被傷，心中又急又怒，暗中提起真氣，單用一隻左手對敵，避開戴通掌勢之後，立時揮掌反擊。

戴通雙手並用，左手封擋唐玲掌勢，右掌卻蓄勢準備反攻。

但唐玲掌法奇幻，變化莫測，雖只有一掌施擊，但攻勢十分凌厲。

戴通接下了二十多招，竟是未能找出反擊的破綻。

唐玲搶先攻擊中，陡然向後退了兩步。

戴通一直被迫得只有招架之力，無能反擊，正在籌思對策中，唐玲卻陡然倒躍而退，心中暗道：「這丫頭自棄先機，那是自找死亡了。」正待運氣發出搜魂指力，突見寒芒連閃，飛射而來。

耳際響起了唐玲的聲音，道：「小心了，我要斬斷你右手！」

戴通吃了一驚，那右手乃是他數十年的搜魂手功力所在，如被斬去，不但數十年功力盡付流水，而且從今之後，再也無能逐鹿江湖了。

心中一慌，揮起左手拍出一掌，希望一擋唐玲攻勢，再行發出搜魂指力。

寫來甚慢，但事情發生卻如電光石火一般，快速至極，戴通感覺到推出的左手一涼，緊接一陣劇疼。

寒芒收斂，人形重現，只見唐玲左手握著一把短劍，面色肅然而立。

戴通左手鮮血淋漓，向地上滴落，食中兩個手指，已被削斷，跌落在樓板上，仍然不停地顫動。

只聽那戴通冷冷說道：「妳突用兵刃施襲，勝之不武。」

唐玲道：「你出其不意，陡發指力，打傷了我右臂，難道那是很正大的做法嗎？」

那捧花的白衣人，似是根本未留心場中發生任何事情，對惡鬥勝負，全然漠視之。

唐玲揚劍指著戴通，道：「閣下是否願認敗呢？」

戴通轉眼望了田奉天一眼，緩緩說道：「這個麼？老夫很難決定。」

唐玲冷冷說道：「你如肯認輸，就認，不認就是不認，有什麼難於決定呢？」

戴通接道：「照說老夫應該認敗，但老夫是赤手空拳，妳卻用了兵刃，那是勝之不武，要老夫認輸，老夫實心有未甘，但老夫被削了二指，無再戰之能。」

唐玲冷冷說道：「你既不肯認輸，咱們只有再打一架了，你現在可以亮兵刃了！」

戴通道：「老夫說過，我已負傷，沒有了再戰之能。」

原來，他心中明白，雙方拳掌相搏，三、五回合，必傷在唐玲手下。

唐玲道：「我一臂為你所傷，仍可再戰，你既不肯認輸，又不願再戰，那要如何？」

戴通道：「這一陣，只能算秋色平分，未分勝負。」

回顧了田奉天一眼，道：「田兄覺得如何？」

田奉天緩緩站起身子，道：「戴兄既無再戰之能，那就請回休息吧！」

戴通就是想聽田奉天這句話，當下應了一聲，急急退回原位，閉目靜坐，運氣止血。

田奉天四顧了一眼，右手輕輕一彈，一點寒芒，破窗飛出，人卻舉步向場中行去，笑對唐玲說道：「姑娘一臂受傷，只怕已無再戰之能，可要易人出戰嗎？」

唐玲還未來得及答話，突見那白衣女手中捧著的三色奇花，飄飛出兩片白色的花瓣。

那花瓣雖是旋轉而行，但卻速度甚快，正撞在唐玲傷臂之上。

唐玲那一條麻木的傷臂，突然間血脈暢行，麻木盡消。

摘葉傷人，飛花殺敵，武林中並非絕學，但飛花療傷的事，卻是罕見罕聞。

唐玲緩緩舉動一下右臂，冷笑一聲，道：「不用換人了，咱們這次以兵刃相搏，閣下可以亮兵刃出手了。」

田奉天望著貼在唐玲右臂上的兩片白色花瓣，呆呆出神，似是根本未聽到唐玲之言。顯然，他已爲那白衣女飛花療傷神技所震駭。

唐玲卻是若無其事，揮動了一下手中短劍，道：「你這人怎麼了，還不亮兵刃？」

田奉天答非所問地，道：「那位姑娘是誰？」

唐玲道：「我們姑娘。」

田奉天緩緩說道：「那在下該如何稱呼她呢？」

唐玲冷笑一聲，道：「你也不用鏡子照照，就憑你這副模樣，也想和我們姑娘談話？」

田奉天似是有意在拖延時間，微微一笑，道：「今日咱們這一戰，不能打了。」

唐玲道：「爲何不打？」

田奉天道：「在下就算勝了妳，也一樣難離這潯陽樓，這一戰，勝之何用？」

唐玲道：「爲什麼？」

田奉天道：「在下自知勝不了妳們姑娘。」

唐玲淡淡一笑，道：「你是說我家姑娘會和你這等人動手嗎？」

田奉天心中暗道：「這群丫頭雖然個個武功高強，但終是年紀幼小，看來不難用話把她套住。」

心中念轉，口中卻說道：「如若在下勝了妳，難道妳家姑娘不會出手嗎？」

唐玲道：「不會，你不配和她動手，勝了我，你們就可以平安離此了。」

田奉天道：「姑娘講話算數嗎？」

唐玲道：「自然算數了，你亮兵刃吧！」

笑裡藏刀田奉天右手一探腰間，摸出了一個黃金打成的短棒，笑道：「在下兵刃沉重古怪，姑娘要小心了。」

唐玲早已等得不耐，田奉天兵刃一亮出手，立時揮劍刺出。

田奉天一吸氣，倒退兩步，並未還手，唐玲短劍一抬，劍芒連閃，分刺田奉天兩處要穴。

田奉天一側身，金棒斜裡擊出。

唐玲一挫腕，收回短劍，人隨劍轉，避開金棍，劍回如風，刺向田奉天右肋。

田奉天右手疾揮，金棍如輪，化成一片金芒，護住了身子，只聽一陣金鐵交鳴，唐玲一連攻他五劍，盡爲那田奉天的金棍擋開。

唐玲一陣急攻，無能克敵，立時一收短劍，縱身而退。

突聞唐玲嬌叱一聲，寒芒一閃，人劍合一，直撞過來。

田奉天吃了一驚，暗道：「這是什麼劍法？」

匆急之間，揮動手中金棍一擋。

只覺金棍落空，冷芒如風，掠身而過，左臂一涼，湧出一股鮮血。

回頭看去，唐玲已然收劍而立，站在四、五尺外，臉上帶著嬌媚的微笑。

田奉天望望臂上的傷口，只是劃破了肌膚，如論再戰之能，並未消失。

但這一劍雖未傷中要害，卻使田奉天不能再打下去，除了不計生死的捨命狠搏之外，只有認輸一途。

只見唐玲收斂起臉上笑容，道：「你認輸嗎？」

田奉天緩緩收起金棍，藏入懷中，道：「姑娘有何吩咐？」

唐玲緩步行入樓中，目光環掃了四周群豪，冷冷說道：「諸位之中，還有自覺武功高強之士，要出手嗎？」

她一連喝問三聲，但卻無人回答。

唐玲淡然一笑，道：「我們花主，已然給了你們足夠的時間，也給了你們很好的機會，如是你們之中，有人能夠解得鎖脈拂穴手，今日自是不會來此赴約了。」

突然提高了聲音，續道：「如是你們來人之中，能夠打上一個勝仗，諸位也可以平平安安的離開此地了。」

白鳳冷冷說道：「現在我們已經認輸了，妳用心何在，可以明說了。」

唐玲淡淡一笑，道：「我家花主最是敬重英雄人物，如若你們有不怕死的，儘管起身下樓，我再說明白一些，誰要動身下樓，那是格殺勿論。」

田奉天道：「留我等在此，用心何在？」

唐玲道：「留在此地，就要歸依我們花主，永為花奴。」

田奉天回顧了身後兩個隨行而來，身著白衣、頭戴白帽的大漢，緩緩說道：「兩位先行下樓！」

兩個白衣人應了一聲，齊齊向樓下行去。

只見兩人並肩而行，走得十分緩慢，顯然，兩人都已運功戒備。

那執花少女，仍然捧花掩面，端坐在木椅之上，唐玲也似未瞧到兩個白衣人一般。

這時，潯陽樓頭一片肅靜，所有人的目光，都盯注在唐玲身上，看她如何對付那兩個白衣人。

直待那兩個白衣人行到樓梯口處時，才聽唐玲冷冷說道：「兩位這是找死了。」

就在她啓齒說話的同時，兩片花瓣，陡然飛出。

只聽兩聲慘叫，兩個白衣人同時仰身向後栽倒。

笑裡藏刀田奉天，雖然是經過大風大浪的老江湖，此時也有些沉不住氣，急步奔行到白衣人屍體前面。

低頭看去，只見兩片紅色花瓣，有一半深入了兩人「腦戶穴」中，不禁心頭駭然，暗道：「常聞飛花卻敵，摘葉傷人的神功，想不到竟是果有其事。」

忖思之間，突見黃光一閃，兩片黃色的花瓣，破空而至，分別擊入了兩人頭頂的「百會」穴上，和那兩瓣紅花一般，嵌入一半。

突見兩個白衣人一躍而起，呼呼兩掌，疾向田奉大劈了過來。

田奉天這一驚非同小可，疾退三步，厲聲喝道：「你們瘋了嗎？」

唐玲道：「不錯，他們瘋了。」

但見兩個白衣人四掌交錯而出，疾向田奉天攻了過來。

田奉天心中大怒，左掌一揚，硬接了右面白衣人一掌，右手施一招擒拿手法，扣在左面白衣人的肘間，喝道：「可惡劣徒，難道連為師也不認識了嗎？」

左面白衣人雖被田奉天擒拿著右肘關節，右拳卻突然一抬，擊了過來。

田奉天料不到拿住右肘關節要穴之後，他竟然敢施襲，驟不及防，吃那白衣人一拳擊中在面頰之上，只打得田奉天頭暈腦漲，眼中金星亂冒。

右首那白衣人本來被田奉天一掌逼退了數步，此時又疾撲而上，雙掌齊出，分襲前腦、小腹。

但聞田奉天冷哼一聲，右手使力一帶，把左首白衣人拉擋在自己身前。

右首白衣人攻出的雙拳，正好擊在那左首白衣人的後背之上。

這一擊勢道極猛，左首那白衣人，登時被打得口中鮮血狂噴。

田奉天一鬆手，放開左面白衣人，左手探出，一把扣住右面那白衣人的右腕穴。

但聞砰的一聲，左面白衣人，直挺挺地摔在地上。

這時，田奉天已然心生警覺，右手疾出，點了右面白衣人兩處穴道。

再看那左面白衣人時，已然氣絕而逝。

田奉天轉過臉去，目注唐玲，緩緩說道：「妳傷了他們的大腦、神經，使他們陷入瘋狂狀態。」

唐玲冷然道：「不錯，那力道要恰到好處，因為重則殞命，輕則不足以使他們神經錯亂。」

目光一掠那被點穴道的白衣人，接道：「諸位都已見識過了，還有哪位不服，不妨試試。」

只見女兒幫、三聖門中人，面面相覷，默然不語。

唐玲突然舉手互擊三掌，說道：「拿上無心果來。」

只見一個青衣少女，抱著一個水桶般的瓷盆，緩步行了上來。

那瓷盆之中，植有一株三尺左右的小樹，樹上結滿了紫紅色的果子，形如櫻桃一般大小。

唐玲要那青衣女婢，把瓷盆放在地板上，說道：「我家姑娘，量大如海，又替你們多想了一條生路。」

白鳳、田奉天，雖未出言追問，但神色間卻湧出一股期待說明之情。

唐玲伸出纖指，指著那株樹，說道：「這樹名忘恩樹，果名無心果。」

場中不少人都是久走江湖的人物，經驗十分廣博，但也未聽過忘恩樹的名字，都不禁為之一怔。

但聞唐玲高聲說道：「如是你們不願留此，做為花奴，但又害怕死亡，還有一個法子，那就是食用下一顆無心果，就可以離開此地了。」

田奉天心中暗道：「這無心果，定然是一種大生的奇毒之物，怎的卻未聽人說過。」

但聞唐玲接道：「我要一位花女，搖鈴為號，鈴響十次之後，諸位還不肯動，那就證明諸位都是英雄好漢，我們花主自會成全你們，讓你們展開一場自相殘殺。」

言下之意，那無疑說明，要使廳中之人，個個都和適才那兩個白衣人一般，先行神經錯亂，然後自相殘殺。

只見唐玲舉起右手一揮，一聲鈴響傳了過來，田奉天回顧了戴通一眼，道：「戴兄，咱們既是無能衝出潯陽樓，只有食用那無心果了。」

戴通道：「田兄說得是。」

田奉天道：「戴兄先行服下一顆試試。」

戴通無可奈何地說道：「田兄，兄弟如若是中毒而死，還望田兄答允兄弟一事。」

田奉天淡淡一笑，道：「如是那果中有毒，食之必死，今日在場之人，不是中毒而死，就是要淪為花奴，就算我答允了你的請求，又有何用？」

田奉天望了蛇娘子一眼，道：「此刻此地，我三聖門中誰是主持人物？」

蛇娘子輕輕一扯慕容雲笙衣角，站起身子，說道：「兩位不用爭執了，賤妾願試毒果。」

蛇娘子道：「自然是你田兄。」

田奉天道：「既然是我主持，似是該由我發號施令才是。」

他的修養工夫，已到了爐火純青之境，縱然是氣憤至極，言語之間也是細聲細氣，毫不帶火藥味。

蛇娘子道：「田兄說得是。」又緩緩坐了下去。

此時鈴聲又響，算算已是響過四鳴了。

田奉天目光轉注戴通臉上，笑道：「戴兄是當真的不去嗎？」

戴通緩緩站起身子，道：「田兄如此相逼，在下是非去不可了。」

只見他行到毒果前面，瞧了一陣，並未食用，卻轉身行到唐玲身前，一抱拳，道：「老朽願爲花奴。」

唐玲微微一笑，道：「很好啊！請在一邊坐下。」

忽聞蛇娘子道：「田兄，我去試試那無心果如何？」

說話之間，又輕扯動了一下慕容雲笙的衣角。

慕容雲笙心中雖然不明她真正的用心何在，也只好站起身子，說道：「在下傷勢極重，只怕是難再復元，正好以身試那毒果。」

但聞叮叮雨聲，響過了第五次鈴聲。

蛇娘子也不待田奉天再回話，起身行了過去。

只見蛇娘子當先而行，伸手摘下了一粒無心果，瞧了一陣，放入口中。

只見唐玲說道：「吞下去，想藏在舌底之下，混離此地，那是作夢了。」

蛇娘子依言，把一顆無心果吞了下去。

潯陽樓頭，一片靜寂，所有人的目光，都投注在蛇娘子的臉上，希望看她吞服了無心果後，有何變化？

只見唐玲舉手一揮，目注蛇娘子道：「妳可以留在這裡，也可離開這裡。」

蛇娘子回顧了慕容雲笙一眼，緩步下樓而去，果然，唐玲和眾花女，不再出手攔阻。

經過這一陣，那鈴聲又響了兩次。

突見金蜂客掙扎而起，道：「在下有一事不明，請教姑娘？」

唐玲道：「時間不多了，鈴聲響過十下，想爲花奴，亦是不成，什麼話快些說吧！」

金蜂客道：「那花奴卻做些什麼？」
唐玲道：「聽命花令，死而無悔。」
金蜂客離座而起，行了過來，道：「在下願爲花奴。」
唐玲一躍離位，右手連揮，點了金蜂客一十三處穴道，然後一掌拍在金蜂客背心之上。
金蜂客打了一個冷顫，全身汗如泉湧，透濕衣衫。
唐玲探手入懷，取出一粒丹丸，投入金蜂客口中，道：「那邊去吧！」
金蜂客舉手拂拭一下頭上汗水，舉步向前行走，只覺全身頓然間輕鬆許多，痛苦盡消，行向一角。
田奉天望著那金蜂客走到戴通身側而立，也未出手阻止。
飛鈸和尚眼看金蜂客大傷立癒，隨著站了起來，掙扎行到唐玲身前，道：「在下亦願歸依花主。」
唐玲道：「很好啊！」
依法施爲，點了他一十三處穴道，給了他一粒丹丸。
白鳳和另外兩個一朵金花的舵主，低語一陣，也一齊站了起來。
唐玲依法施爲，解去被鎖之脈，拂中之穴，各給丹藥一粒。
鈴聲九響時，潯陽樓頭，只餘了田奉天和女兒幫兩個五朵金花舵主，未曾歸依花主，及那站在無心果前，呆呆出神的慕容雲笙。
突聞砰然一聲大震，站在那無心果樹前的慕容雲笙，一跤跌摔在地上。
田奉天滿臉惶恐之色，不時向窗外張望。

唐玲舉步行到慕容雲笙身體之前，右腿一抬，慕容雲笙身體翻轉，滾到屋角，冷笑一聲，道：「既不敢食無心果，又不肯屈就花奴，那是死定了。」

田奉天輕輕咳了一聲，舉步行了過來，伸手摘下一顆無心果，吞了下去。

唐玲冷冷說道：「你可是在等待援手嗎？」

田奉天淡淡一笑，道：「援手不能及時趕到，在下只有吞食毒果了。」

唐玲道：「食用毒果，和身爲花奴，不過殊途同歸罷了。」

田奉天正待問話，瞥見兩個五朵金花舵主，齊步行了過來，這兩人一個傷勢甚重，一個完好無恙。

只見未傷舵主一拱手，道：「我這位妹妹，願爲花奴。」

唐玲道：「妳呢？」

那少女也不答話，伸手摘下一顆無心果，吞了下去。

這時，鈴聲十鳴，潯陽樓中，三聖門和女兒幫中人，除了死亡之外，不是屈就花奴，就是食下了無心果，唐玲回顧了一眼，笑道：「千古艱難唯一死，看來是果然不錯，如是別有選擇，實是很少人肯選擇死亡之途。」

突然間，目光轉到慕容雲笙的身上，不禁一皺眉頭，心中暗道：「這人既未答允身爲花奴，亦未食用無心果，但他卻暈倒在此地，應該如何處理才是呢？」

她雖然聰明伶俐，但一時卻也想不出適當之策。

沉吟半晌，唐玲舉步行到慕容雲笙身前，一把抓起了慕容雲笙，右手一揮，疾向慕容雲笙天靈穴上拍去，原來，鈴聲早已響過十下，這慕容雲笙既未食下無心果，又未答應爲花奴，那

是理該處死了。

只聽一個清柔細微的聲音，傳了過來，道：「不要殺害他。」

聲音雖然細微，但傳入了唐玲耳中，卻有如巨雷震耳，駭得急急收住將要擊中慕容雲笙天靈之手。

手執三色奇花的白衣女，仍然把大半個臉兒藏在鮮花之中，一縷清音自花中婉轉而出，道：「解開他穴道，我要問他的話。」

唐玲應了一聲，解去慕容雲笙受傷的脈穴。

慕容雲笙全身大汗淋漓，長長吁了一口氣。

唐玲冷笑一聲，道：「你不甘爲花奴，也不食下無心果，本該處死，但因花主有話問你，故而解了你受傷脈穴，還不上前謝過花主！」

慕容雲笙抬頭望了那手捧奇花白女一眼，道：「誰是花主？」

唐玲怒道：「你瞎了眼嗎?那上面坐的，手捧三色花的，就是花主。」

慕容雲笙一拱手，道：「花主有何見教？」

只聽那清柔的女子聲音，道：「你姓什麼？」

慕容雲笙心中暗道：「此刻是凶多吉少，似是不用再隱藏自己的姓名了。」

當下說道：「在下複姓慕容，雙名雲笙。」

白衣女沉吟了一陣，道：「那死去的慕容長青，是你的什麼人？」

慕容雲笙道：「那是先父。」

此言一出，全場中大部分人，爲之震動。

白衣女道：「你是三聖門中人？」

慕容雲笙搖搖頭，道：「不是。」

唐玲冷冷接道：「胡說，你明明在三聖門中，為什麼還要狡辯？」

慕容雲笙道：「在下為尋訪昔年殺父的仇人，故意混入了三聖門中。」

白衣女緩緩說道：「你現在找到仇人了嗎？」

慕容雲笙搖搖頭，道：「沒有。」

語聲一頓，接道：「唉！就算找到了，也是無用，區區這點武功，就算找到了殺父仇人，也是無能為父母昭雪沉冤。」

白衣女道：「我們借住貴府，時間不短，因此格外施情，給你一個破例的選擇，你可以留此，也可以離去，免去食用無心果。」

這一下大出了慕容雲笙意外，不禁一呆。

但聞那白衣女接道：「你不用有所顧慮，心中想什麼說什麼就是。」

慕容雲笙突然想到父親遺物，如能在她翼護之下，拒擋強擊侵犯，能有一個從容時間尋找，或可得償心願。

心中一轉，說道：「在下有一個不情之求，不知姑娘是否能夠答應。」

只聽那白衣女輕輕嗯了一聲，道：「你說說看吧！不論你說些什麼，就算我不能答應你，但也不責怪你。」

慕容雲笙膽子一壯，道：「先父慘遭謀害，臨死之前，留下了部分遺物，交給晚輩，但他為了怕強敵找出遺物，故而把它藏了起來。」

白衣女道：「藏在何處呢？」

慕容雲笙道：「就藏在我慕容宅院之中。」

白衣女道：「嗯！要我如何幫助你呢？」

慕容雲笙道：「只要姑娘答應在下，在我慕容宅院之中停留一些時間，找出那些遺物就

是。」

白衣女道：「只有你一個人嗎？」

慕容雲笙道：「三個。除了在下之外，還有二位長輩，他們都是先父八拜之交。」

白衣女沉吟了良久，道：「你要多久時間？」

慕容雲笙心中暗道：「看來她頗有礙難之處。但我話已經說出了口，機會不可失去。」

當下說道：「多則一日，少則半日。」

白衣女又沉吟了一陣，道：「好吧！明天天亮時分，你們去那裡，但日落之前，不論是否

找到，都得離開。」

慕容雲笙一抱拳，道：「多謝姑娘，在下就此別過，明日自當如約前往。」

轉過身子，大步下樓而去。

田奉天突然舉步行到唐玲身前，道：「在下也想離開此地。」

唐玲道：「你這人變來變去，當真是麻煩得很，離開之後，不許再回此地。」

田奉天道：「這個自然。」急步奔下潯陽樓。

目光轉動，只見慕容雲笙站在街坊一角，正在和李宗琪談話，當下急急奔了過去。

李宗琪看到田奉天，即時欠身作禮，田奉天一揮手，示意李宗琪退開，卻低聲對慕容雲笙道：「老朽有要事想和世兄談談，如何？」

慕容雲笙冷冷說道：「閣下有何見教？」

笑裡藏刀田奉天淡淡一笑道：「此時此情之下，在下絕無和世兄動手之意，如若能信得過老朽，咱們借一步談話如何？」

慕容雲笙忖道：「此地亦非久留之地，早些離開也好，就算我非他之敵，逃走總算可以的。」

心念一轉，道：「咱們要到何處交談？」

田奉天道：「老朽帶路，世兄跟在老朽身後就是。」

慕容雲笙暗道：「他一定是想把我引入埋伏之中，生擒於我，其人號稱笑裡藏刀，陰險可知。」

田奉天似是已瞧出了慕容雲笙的顧慮，當卜說道：「世兄如是無法相信老朽，老朽有一個可使世兄解疑之方法。」

慕容雲笙道：「什麼方法？」

田奉天道：「世兄先點了老朽兩處穴道，使老朽失去抗拒之能，然後世兄再答應老朽之求如何？」

慕容雲笙暗道：「對這種人不能不防備一、二。」

右手揚動，點了田奉天「周榮」、「食竇」兩穴。

田奉天果不反抗，任憑慕容雲笙點了自己兩處穴道，然後轉身向前行去。

慕容雲笙急隨在田奉天身後而行。

田奉天行速甚快，不大工夫，已走了數里之遙。

這是片荒涼江岸，流目四顧，不見人蹤。

田奉天舉手拂拭一下臉上的汗水，道：「世兄當真是慕容大俠的公子嗎？」

慕容雲笙道：「我爲什麼要騙你。」

田奉天突然抱拳一揖，道：「想不到老朽還能見到慕容大俠的後人，實不虛這一趟江州之行了。」言罷，撩袍欲跪。

慕容雲笙急急攔住了田奉天，道：「這是怎麼回事呢？」

田奉天嘆道：「老朽一生之中，從未真正由內心崇敬一人，只有慕容大俠除外。」

慕容雲笙道：「此話是真？」

田奉天道：「不錯，昔年諸葛孔明七擒孟獲，把南疆綏定，但慕容大俠卻饒過在下八次，又救了我兩次性命。」

慕容雲笙道：「兄台把在下召來此地，只是告訴我這件事嗎？」

田奉天道：「八度相釋，兩次相救，這恩情是何等深重，田某雖被人稱做笑裡藏刀，但我也是有血有肉的人，慕容大俠已然死去，在下這一生中，永無報恩的機會，世兄既是慕容大俠的後人，在下自應力圖報效，粉身碎骨，在所不惜。」

慕容雲笙苦笑一下，道：「田兄的盛情，在下心領了，以先父威名之重，武功之高，仍然難逃強敵毒手，在下涉世未深，武功方面，更是愧不如先父萬一，這報仇之事，只怕是很難如

願了。」

田奉天肅然道：「慕容世兄所說誠然有理，但父母之仇不共戴天，豈能畏難逃避。」語聲微微一頓，接道：「慕容大俠餘蔭相護，武林相助世兄之人雖然很多，但謀圖世兄之人，亦是不少。世兄在潯陽樓頭，自洩身分，未免太過輕率，就以老朽而論，如若不是身受慕容大俠之恩，此訊立刻就可以傳遍江湖了。」

慕容雲笙道：「多謝關照，在下以後小心一些就是。」

田奉天道：「老朽食過那無心果，到此刻為止，還未覺毒性發作，但老朽必要留下有用之身，用作酬恩，不便多留，就此告別了，但得老朽不死，日後，自有見面機會，那時，老朽自當以行動證明老朽今日之言。」

轉身大步而去。

慕容雲笙道：「田兄留步。」

田奉天回頭說道：「世兄還有何指教？」

慕容雲笙道：「我要解了你的穴道。」右手揮動，拍活田奉天被點的穴道。

田奉天輕輕歎息一聲，道：「世兄珍重。」

慕容雲笙急道：「田兄準備行往何處？」

田奉天道：「求療無心果毒。」

慕容雲笙道：「田兄可是有把握尋得名醫麼？」

田奉天道：「名醫雖可覓得，但卻未必能療治無心果毒，但事已至此，也只有碰碰運氣了。」

慕容雲笙道：「可惜在下不解醫道，無能相助。」

田奉天淡淡一笑，道：「見著申大俠時，代我致候一聲。」

轉身疾奔而去，片刻間，蹤影不見。

慕容雲笙長長吁一口氣，辨識了一下方向，正待奔向申子軒等隱身的荒舍中去，突聞身後一聲輕笑，道：「你好啊！」

慕容雲笙霍然回頭望去，只見一個青衫劍手站在兩丈開外。一皺眉頭，道：「你是誰？」

只聽那人嬌聲說道：「好啊，才幾天不見，你就把我忘記了！」

慕容雲笙心中一動，道：「你是小蓮。」

慕容雲笙喜道：「妳很好麼？」

那青衫劍手，道：「小妖女。」

小蓮搖搖頭，道：「不好，這青衫劍手，一個個都蠢如牛馬，和他們日久相處，實在是沒味的很。」

慕容雲笙道：「他們的神智大都被傷，你要原諒他們才是。」

小蓮道：「我知道，但我幹不下去，所以找你說一聲。」

慕容雲笙心中暗道：她一個女孩子家，日夜和一群男人混在一起，實也是很痛苦的。當下點頭說道：「說的也是，不幹就不幹吧！」

小蓮微微一笑，道：「我想你一定要生氣，說我虎頭蛇尾，有始無終，想不到你竟一點氣也不生。」

慕容雲笙愕然說道：「我爲什麼要生氣？唉！妳混入青衫劍手之中，只不過是幫我的忙，

妳不想幹了，那也是應該的事啊！」

小蓮道：「你等我，我去換過衣服，咱們再說，我混入青衫劍手中時日雖然不長，但卻聽到了不少事情。」

也不待慕容雲笙答話，轉身疾奔而去。

慕容雲笙心中雖然想著急於去見申子軒等說明經過，但又不能不等小蓮，心中大是焦急。

小蓮動作甚快，奔入了一片草叢之中，不過片刻，已然恢復了女裝，奔了回來。笑道：「我心中一直擔心著怕你生氣，想不到你竟然一點也不生氣。」

說話時，眉目間洋溢著歡笑，顯然，她內心之中十分快樂。

慕容雲笙道：「你聽到了什麼消息？」

小蓮微笑著反問道：「你一臉焦急神色，心中定然有事了？」

慕容雲笙道：「我要急著去見兩位叔父，說明這幾日經歷的事情。」

小蓮道：「你知道他們的住處麼？」

慕容雲笙道：「在城郊一座茅舍之中。」

小蓮道：「搬了家啦。」

慕容雲笙道：「搬過家我就不知道了。」

小蓮道：「我知道，帶你去吧！」

慕容雲笙道：「妳怎麼知道呢？」

小蓮道：「咱們邊走邊說吧！」舉步向前行去。

慕容雲笙緊跟在小蓮身旁，落後一步而行。

小蓮回目一笑，道：「你很怕我，是麼？」

慕容雲笙奇道：「我爲什麼要怕妳？」

小蓮道：「小妖女素行不良，毒如蛇蝎，嚇得你走路也不敢和我並肩而行了。」

慕容雲笙加快一步和小蓮並肩而行。

小蓮微微一笑，道：「那青衫劍手領隊李宗琪，和你很好，是麼？」

慕容雲笙道：「我們有過數面之緣，談不上什麼交情。」

小蓮道：「他似是有意的掩護你，而且分明早已瞧出我是混入青衫劍手中的生人，但他卻故作不知，不聞不問。」

慕容雲笙細想這些時日中，那李宗琪的舉動，確有故意照顧之心，當下說道：「不錯，在下亦有此感，但我和他確無交情。」

小蓮一面加快腳步奔行，一面說道：「那蛇娘子對你很好啊！」

慕容雲笙道：「她很袒護我。」

小蓮道：「我瞧她那一股惡狀，心中就不舒服，早晚我得宰了她。」

慕容雲笙道：「她爲惡甚多，死不足惜，不過，現在倒不用殺她了，她已服下一種毒果。」

小蓮道：「什麼毒果？」

慕容雲笙道：「無心果，似乎是從未聽人說過。」

小蓮道：「服下之後，有些什麼反應？」

慕容雲笙道：「不知道。但是一種毒果，那是不會錯了。」

小蓮道：「無心果，等我見著我娘時，問問她就知道了。」

兩人一邊談話，一面奔行，不大工夫，已行出十餘里，到了一座農莊前面。

小蓮低聲說道：「你繼續往前走，繞過這座農莊，有一條小溪，沿溪而下……」

慕容雲笙道：「姑娘妳呢？」

小蓮道：「我立刻就追上你。」閃身躲入了一株大樹之後。

慕容雲笙還待再問，小蓮卻示意快走，只好依言向前行去。

繞過農莊，果然有一條小溪。小溪兩岸，長滿了高及腰際的荒草。

慕容雲笙分草而入，沿著小溪向前行去。行不過里許，突聞步履之聲，傳了過來。

回頭望去，只見小蓮奔行如飛趕了過來。奔到了慕容雲笙身前，微笑說道：「伸開手。」

慕容雲笙道：「什麼事啊？」但卻依言伸開右手。

小蓮左手一握拳，放入了慕容雲笙手中道：「你猜猜是什麼？」緩緩鬆開五指。

慕容雲笙仔細一看，不禁駭然一震，道：「人耳！」

小蓮微微一笑，道：「不錯啊！那兩個傢伙，鬼鬼祟祟的追在咱們身後，被我宰了，一人割他們一隻耳朵。」

慕容雲笙看她談話時眉開眼笑，似是極爲開心，心中暗暗忖道：就算那兩人該殺，殺了人，也該有些黯然才對，似她這等神情，好像把殺人之舉，看作了賞心悅目之事一般，未免是太過歹毒了。

只聽小蓮嬌聲說道：「喂！你怎麼不讚我幾句話啊？」

慕容雲笙奇道：「讚妳什麼？」

小蓮道：「我殺這兩人，只不過舉手之勞，乾淨俐落，不費吹灰之力。他們連手也未還，已被我點中了穴道。」

慕容雲笙道：「原來如此，姑娘的殺人手法，果然是叫人佩服。」

小蓮道：「稱讚得很勉強，但也一樣高興。」搶在慕容雲笙前面行去。

行約七、八里，到了一座荒涼的土坡前面，小蓮似是很熟悉地形，繞過一片叢草之後，到了一座茅舍前面。

只見茅舍柴扉大開，申子軒、雷化方並肩站在門前。

慕容雲笙搶先一步，拜倒於地，道：「見過兩位叔父。」

申子軒伸出手去，扶起了慕容雲笙，道：「孩子，你起來，這幾天，苦了你啦。」

慕容雲笙站起身子，道：「小姪很好。」

雷化方一閃身，道：「小蓮姑娘，慕容賢侄，請入室內坐吧！」

慕容雲笙舉步入室，只見室中布置得十分簡單，除了幾張竹椅之外，只有一張木桌。

申子軒一抱拳，道：「小蓮姑娘請坐，這些日來，多承姑娘相助，在下等感激不盡。」

小蓮微微一笑，道：「做些小事，何足掛齒？」口中答話，人卻坐了下去。

申子軒目光轉到慕容雲笙臉上，道：「孩子，你這幾日的情形，都是小蓮姑娘轉告我們，要不然，我們早去找你了。」

慕容雲笙回顧了小蓮一眼，目光又轉到申子軒的臉上，道：「目下江州有三大勢力，在抗衡衝擊，才使得三聖門無暇兼顧到咱們。」

申子軒道：「哪三大勢力？」

慕容雲笙道：「三聖門、女兒幫，和一位清雅絕倫的花主。」

小蓮突然接口說道：「那位花主是女的？」

慕容雲笙道：「是女的。」

語聲一頓，接道：「小姪已和那位花主約好，明日回小姪故宅，覓尋先父遺留之物。」

申子軒道：「那位花主答應了？」

慕容雲笙道：「答應了。」

二十　身世之謎

申子軒聽了慕容雲笙的敘述，沉吟了一陣，道：「賢侄把這幾日經過之情，詳細的說一遍。」

不待慕容雲笙開口，又搶先說道：「不要隱瞞什麼，有一句說一句。」

慕容雲笙無可奈何，只好把幾日來的經過情形，除了特別拗口者外，仔細地說了一遍。

申子軒點頭說道：「蛇娘子、田奉天、金蜂客、飛鈸和尚，都非江湖新手，雖然有幾人沒有見過，但大都聽人說過……」

目光轉到雷化方的臉上，道：「這十幾年來，小兄一直隱居江州，對江湖中事，知曉不多，那飄花令主，似是新近崛起江湖的一個門派了？」

慕容雲笙道：「如若說那飄花門想在江湖上揚名立萬，似乎又有些不像，畢竟，一個門派、幫會，如想在江湖揚名立萬，必須有著很嚴密的組織，但那飄花門卻是大爲不同，女的只分女婢、花女，男的一律稱爲花奴。」

申子軒道：「你大傷初癒，不宜再勞動，休息一會兒吧。」

慕容雲笙道：「兩位叔父呢？」

申子軒道：「我和你雷五叔，出去一下，希望能找到蛇娘子，或者那田奉天。」

雷化方道：「這茅舍十分簡陋，靠西首有個套間，裡面有一張竹床，你委屈著休息吧！」

申子軒轉對小蓮道：「我們想借重姑娘，協同一行，不知姑娘意下如何？」

小蓮微微一笑，目注慕容雲笙，道：「好，大哥好好的休息吧，我去把蛇娘子捉回來陪你。」

慕容雲笙一皺眉頭，那小蓮已飛身躍出茅舍。

申子軒道：「賢侄好好休息，我們去去就來。」

慕容雲笙心中暗道：「那小蓮生性難測，但申二叔和雷五叔此時，似是也有失常，不知是何緣故。」

但覺疑慮重重，卻又想不出原因何在？只好行向西面，伸手一推，果有一座門戶應手而開。

慕容雲笙心中暗道：「不論情勢如何，先行養養精神也好。」

當下盤膝坐上竹榻，閉上雙目，運氣調息。

正當他真氣暢行，漸入忘我之境時，那竹榻之下，突然伸出一隻手來，點向慕容雲笙的「京門」大穴。

待慕容雲笙警覺，睜開雙目時，穴道已爲點中。

那竹榻之下藏身之人，似是有意和慕容雲笙玩笑，並不立時現身，只把伸出之手，重又縮了回去，慕容雲笙穴道被點，口中既不能言，身子又不能動，只好望著那竹榻發楞。

大約過了一盞熱茶工夫左右，突聞步履之聲，傳了過來。

但聞嗤的一聲，暗門大開，申子軒、雷化方先後而入，慕容雲笙心中奇道：「他們去找蛇

問題。」

只聽申子軒沉聲說道：「賢侄，爲了謹慎，我們不得不小心一些，現在，你要回答我幾個

慕容雲笙瞪著眼，望著申子軒，卻說不出一句話。

申子軒低聲說道：「雲兒，出來吧！」

只聽一聲嬌笑，竹榻之下，閃出那一身白衣的雲姑娘。

只見她欠身對慕容雲笙一禮，道：「慕容大哥，對不住啦，申伯父要我如此，那也是沒有法子的事。」

雷化方道：「雲兒，妳點了他何處穴道？」

白衣女道：「好像點了他『京門』穴。」

雷化方道：「那是屬『足少陽膽經』的大穴之一，不便言語，換點他四肢穴道。」

雲兒無可奈何，只好伸手點了慕容雲笙四肢穴道，再拍活他「京門」大穴。

慕容雲笙長長吁一口氣，道：「這是怎麼回事？」

申子軒道：「有很多事，使人無法明白，因此，我和你雷五叔，不得不小心從事，施用一點手段。因爲賢侄武功高強，如若我們正面相問，賢侄不願說明，引起衝突，姑不論誰勝誰負，難免要有人受傷。」

慕容雲笙一皺眉頭，道：「申二叔要問什麼事？」

申子軒神情肅然的說道：「你是否是慕容雲笙？」

慕容雲笙道：「小姪身世已由兩位叔父證明，難道還會是假的不成？」

申子軒、雷化方相互對望了一眼，各自微微頷首。仍由申子軒問道：「你混入三聖門中之後，三聖門中人似乎對你很好，是嗎？」

慕容雲笙道：「對我好的只有一個蛇娘子，那金蜂客和飛鈸和尚，卻想殺了我。」

申子軒道：「青衫劍手的領隊，李宗琪對你如何？」

慕容雲笙道：「小姪也覺得奇怪，那人似乎是有意在暗中相助我們。」

申子軒緩緩說道：「這就使人不能不生疑心了。」

慕容雲笙道：「因此，兩位叔父懷疑小姪是三聖門中派來的人了？」

申子軒淡淡一笑道：「那倒不至如此。」

慕容雲笙道：「還有什麼事？希望兩位叔父，能夠坦然說出，小姪對自己的身世，原不明瞭，一切都是那位大師和兩位叔父所言所證，如若小姪不是慕容長青之子，只不過是一個幼失所依的無家孤兒，我自會歸見家師，問明內情。」

雷化方接道：「如若令師知道你的出身來歷，難道他一點都不肯告訴你麼？」

慕容雲笙道：「最低限度，家師總可以指示我一個方向，如若小姪出身是農工之家，自然不會有很多武林人物從中阻擾，好歹我也要找出生身父母，略盡人子之心。」

申子軒暗暗點頭，說道：「有一件事，使我和你雷五叔都陷入五里雲霧之中，但到此刻爲止，我們仍然相信你是慕容大哥的骨肉。」

慕容雲笙奇道：「這話怎麼說，難道又有一位慕容雲笙不成？」

申子軒道：「不錯，還有一位年輕人，自稱是慕容大哥之子，找上我和你雷五叔……」

慕容雲笙道：「有這等奇事，那人現在何處？」

中子軒道：「距此不遠的茅舍之中。」

慕容雲笙道：「不知可否讓小姪見見他？」

中子軒道：「可以，不過，就算你們見了面，也無法瞭然內情。」

慕容雲笙笑道：「兩位可是擔心小姪和他衝突麼？這一點兩位叔父盡管放心，如若他是真的慕容雲笙，小姪也想見識一下，慕容大俠令郎的風範。」

中子軒回頭和雷化方低言數語，雷化方轉身而去。

慕容雲笙心中暗暗奇道：這兩人不知談的什麼，難道要那位慕容雲笙來此見我不成？但中子軒舉手一揮，道：「雲兒，妳也出去，我要和你慕容大哥談點事情。」

雲兒道：「你們要談什麼？我不插嘴就是，難道不准聽聽麼？」

中子軒搖搖頭，道：「不能聽，快些出去！」

雲兒無可奈何，滿臉不悅之色，轉身而去。

中子軒直待雲兒去遠之後，才緩緩說道：「賢姪，就我和你雷五叔的觀察所得，你似乎是真身，但那人，卻握有慕容大哥的遺物，以及慕容大哥一封親筆遺書，所以，我和你雷五叔都有些茫然失措，不知該信任那個。」

慕容雲笙淡淡一笑，道：「那人手中拏的什麼遺物？」

中子軒道：「一塊玉佩，我和你雷五叔，都已經詳細看過，確是慕容大哥之物。」

慕容雲笙道：「小姪對自己身世，一片茫然，不論內情如何，我都無意破壞別人，不過，一塊玉佩豈能作得身世證明？」

中子軒接道：「不錯，慕容大哥遇害之後，任何人都可以取得那塊玉佩，重要的還是他身懷的一紙遺書。」

慕容雲笙沉吟了片刻，道：「兩位叔父準備如何處理此事？」

申子軒道：「那位慕容公子，也被我們點了穴道，在你們兩位之中，我們必將找出一個真正的慕容公子，至於那位假冒者，決然不能放過。」

說話之間，只見雷化方抱著一個藍衫公子，行了進來。

慕容雲笙凝目望去，只見那藍衣少年，生得十分清俊，只是臉色有些蒼白。

雷化方緩緩把藍衫少年放在木榻之上，道：「賢姪，見過此人麼？」

慕容雲笙仔細打量了那人一眼，搖搖頭，道：「小姪沒有見過。」

雷化方輕咳一聲，道：「賢姪帶有你三叔的書信，那是應該不會錯了，但這位藍衫人卻帶有慕容大哥的遺書和證物，因此，我和你二叔十分爲難。」

慕容雲笙道：「兩位叔父據情處理就是，如能證實小姪不是慕容大俠之子，對小姪而言，反使我放下千斤擔子。」

雷化方接道：「難的是我和你申二叔，都無法確認你的身分。」

慕容雲笙道：「那麼，小姪又有何能證實真僞呢？」

雷化方臉色突然一變，冷冷的說道：「這誠然是很爲難的事，但我們必得設法求證才成。」

慕容雲笙道：「如何一個求證之法？」

雷化方道：「先由兩位對質，我和你申二叔從旁觀察。」

慕容雲笙道：「小姪就無法瞭解我是與不是，如何一個對質之法呢？」

雷化方道：「你們一問一答，自會露出破綻，我和申二叔從旁觀察之後，至少可以多上三分瞭解。」

慕容雲笙沉吟了一陣，道：「我們要談什麼呢？」

雷化方道：「海闊天空，不加限制。」

慕容雲笙心中暗暗忖道：以這等對質之法，倒是從未聽過。

心中念轉，口中卻只好應道：「好吧！二位叔父既然覺著我們相互質問，有助兩位叔父的瞭解，小姪是恭敬不如從命了。」

雷化方道：「你既同意，我就拍活他的穴道了。」舉手向那藍衫少年背上拍去。

慕容雲笙急急說道：「慢著！有件很重要的事，小姪想在這位兄台神智尚未恢復之前，先說清楚。」

雷化方道：「什麼事？」

慕容雲笙道：「不論小姪是否慕容大俠之後，但我對兩位叔父的千秋義氣，十分敬佩，明日之約，你們定要遵守，在那飄花門中諸多花女、花奴的護守之下，你們可以放心的去尋覓慕容大俠的遺物，而且時間足足有一天之久，至少，可找出一些蛛絲馬跡出來。」

雷化方道：「那是說，明日我們也要帶你同去了。」

慕容雲笙道：「不錯，你們必得帶我同行。」

語聲一頓，接道：「不過，不用管我是否慕容大俠之子，那都無關緊要，就憑兩位叔父的這種千秋大義，小姪也該盡我之能，助兩位一臂之力。」

雷化方、申子軒，相對了一眼，卻未置可否。

慕容雲笙突然想到了小蓮，急急接道：「那小蓮哪裡去了？」

雷化方道：「你希望她來救你，是麼？」

慕容雲笙搖搖頭，道：「小姪不是此意，因那小蓮姑娘行事爲人，極端難測，如若她發覺小姪受疑，說不定會作出侵犯兩位叔父的事。」

雷化方道：「這個不勞費神，我們早有安排了。」

慕容雲笙淡淡一笑，道：「這我就放心了，解開這位兄台穴道吧。」

雷化方一掌拍下，那藍衫少年應手而醒。

只見他長長吁一口氣，四下望了一眼，緩緩說道：「這是什麼地方？」

雷化方道：「一座僻處荒郊，戒備森嚴的茅舍。」

藍衣人目光轉到申子軒的臉上，道：「如是小姪的記憶不錯，好像是申二叔點了我的穴道。」

申子軒道：「不錯。」

藍衣人道：「小姪如若有錯，兩位叔父盡管教訓就是，那也用不著點我穴道啊！」

雷化方緩緩說道：「你回頭瞧瞧那人，是否認識？」

藍衣人回過臉去，打量了慕容雲笙一陣，搖頭說道：「不認識。」

雷化方道：「他也是慕容公子，你們兩人只有一個真的，現在，你們要各就所知，舉證相辯，務求真假分明，水落石出。」

藍衫人怔了一怔，道：「小姪證物，均已呈交兩位叔父過目，難道還有不妥之處？」

雷化方道：「但那位慕容公子也有證物。」

藍衫人回頭望了慕容雲笙一眼，冷冷說道：「閣下什麼人，竟敢假冒先父之子？」

慕容雲笙原本未存爭辯之意，但聽那藍衫人口氣咄咄逼人，不禁有些動怒，再想到此事關係著申子軒、雷化方等安危，以及那慕容大俠的沉冤經過，不管自己是否和慕容大俠有關，也該盡一份心力才是。

心中一轉，緩緩說道：「朋友，又如何能證明你自己不是冒充的呢？」

藍衫人道：「我有玉珮、遺書為證，且先父遺書，出自親筆，難道也能假手別人造？況遺書已然經過了兩位叔父鑑定。」

慕容雲笙心中亦覺得那慕容長青遺書，既經申子軒、雷化方鑑定無誤，很難駁倒，但見他說話神情太過肯定，若有所恃，不禁心中一動，暗道：想那慕容公子在家遭大變之時，還是一位不解人事的嬰兒，怎能肯定那遺書出自慕容大俠手筆。當下說道：「閣下斷言那遺書出自慕容大俠手筆，不知據何而言？」

藍衫人道：「兩位叔父鑑定，自然是不會有錯了。」

慕容雲笙道：「那慕容大俠慘遭盜匪圍攻，已然二十餘年，那時慕容公子還在襁褓之中，這遺書的真假，是否出自慕容大俠手筆，只怕閣下無法肯定，自然是有人告訴你了。」

藍衫人怔了一怔，道：「先父被害之事，是家師所告。」

慕容雲笙道：「令師何人？」

藍衫人道：「家師因敵勢龐大，恩養我二十年後，指明我投奔到此，謁見兩位叔父，聽憑他們安排，但曾再三告誡於我，不許洩露他的姓名。」

慕容雲笙忖道：這一點倒是和我頗有類似之處，我那師父一直不肯認我為徒，也不告訴我

他的姓名，但聽他口氣，卻似知曉師父姓名，只是不肯說出。當下接道：「令師既然要你投奔兩位叔父而來，自然是識得他們，那還有什麼不能說呢？」

藍衫人略一沉吟，道：「家師之命，在下為人弟子，如何能夠不遵？」

慕容雲笙淡淡一笑，道：「兄台既是不願說，在下也不再強行追問了。」語聲一頓，接道：「除了那佩玉、遺書之外，閣下還有什麼證物麼？」

藍衫人怒道：「在下覺著那已經很夠了。」

慕容雲笙道：「閣下不肯說出令師姓名，但來自何處，可以說出來吧？」

藍衫人道：「那和奉告家師的姓名，有何不同？」

慕容雲笙臉色一整，神情嚴肅的說道：「有一件事，在下必得先說明白，慕容大俠遇害時，慕容公子不足週歲，別說那偷襲慕容世家的人存有斬草除根之心，就算不殺他，那慕容公子也無能離開慕容世家，必是有人相救了。」

藍衫人接道：「家師也就是救我之人。」

慕容雲笙道：「那就要先知令師身分了，他為何留在慕容府中？又如何能在無數高中圍殺之中，逃了出來？」

申子軒和雷化方只聽得暗暗心驚，但卻仍未接口插言。

只聽藍衫人說道：「閣下問了我半天，在下也該問問你了。」

慕容雲笙道：「自然可以，不過，你要先回答了我的問話。」

藍衫人淡淡一笑，道：「也許兄台認為這一問擊中要害，使我無法回答，是麼？」目光掃掠雷化方、申子軒一眼，接道：「兩位叔父是否能夠想到，在無數高手圍殺之中，如何脫逃而出？」
申子軒緩緩說道：「賢姪請說吧！此時此情，似不是賣弄才智的時候。」
藍衫人道：「家師把我用油布包起，上面插了一根竹管，他老人家，口中也啣了一根竹管，藏身在荷池之中。」
這番話，果是大出了申子軒等意料之外，全都聽得爲之一呆。
慕容雲笙道：「好法子！」
藍衫人道：「也是唯一能夠躲過那無數高手圍殺的辦法。」
語聲突轉嚴厲，說道：「閣下假冒那慕容公子，不知用何方法，躲過那許多高手的圍殺？」
慕容雲笙道：「在下是否慕容公子，自己還不知道。」
藍衫人奇道：「那你來此作甚？」
慕容雲笙道：「在我未確明自己的身世之前，只好借重慕容公子的身分了。」
藍衫人望著雷化方道：「兩位叔父，如此安排，是何用心？」
雷化方沉吟了一陣，道：「他說的都是實話。」
藍衫人道：「這麼說來，我說的不是實話了？」
雷化方道：「如若你不肯說出令師的身分，實是叫人無法相信……」
藍衫人怒道：「爲什麼？」
雷化方道：「因爲你說的太清楚了，令師遣你到此之前，似是已經料想到我們會對你生疑，是麼？」

藍衫人避開了雷化方的問題，答非所問的，道：「如若是我說出家師姓名呢？」

雷化方微微一笑，道：「自然我們要設法證實此事。」

藍衫人無可奈何的道：「家師名叫彭向陽。」

雷化方呆了一呆，道：「百步飛環彭向陽。」

藍衫人道：「不錯，正是他老人家。」

申子軒道：「那彭向陽現在何處？」

藍衫人道：「他老人家住在川鄂交界武陵山的萬鴉溝雙柏茅廬，夠詳盡了麼？」

申子軒右手一揚，又點了藍衫人的穴道，道：「我們求證之後再放賢侄。」

但這幾句話，那藍衫人已然無法聽到了。

雷化方抱起那藍衫人，又匆匆退了出去。

慕容雲笙眉頭微皺，道：「那人既能說出來歷和恩師姓名，老前輩怎的仍要點他穴道，如若他是真的慕容公子……」

申子軒接道：「迄今爲止，我和你雷五叔，仍相信你才是真的慕容雲笙，大哥留書上，指明你身上暗記，自然是不會有錯了，何況你還有三弟手書。」

慕容雲笙黯然說道：「在下並無意爭那慕容公子的身分。」

申子軒點點頭，道：「這也是我們相信你是那慕容公子的重要原因之一。」

慕容雲笙接道：「如若在下不是慕容公子呢？」

申子軒道：「就算你不是慕容公子，咱們義氣相投，也可交成好友。」

談話之間，雷化方已大步行了進來。

申子軒揮手拍活慕容雲笙的穴道，肅然說道：「慕容大俠，雖然已逝去二十年，但他遺在人間的遺澤，正迅速茁壯開花，搏殺慕容大俠之人，雖然用盡了恐怖、惡毒的手段，凡是到慕容世家憑弔之人，一律搏殺，但卻只能壓制於一時，近日中江湖之上，已隱隱掀起了替慕容大俠復仇暗潮，也許，有著很多像我一般，表面上息隱林泉，退出江湖，實則埋首苦練絕技，準備時機到來，好爲慕容大俠報仇，但等時機成熟，各路豪傑、隱俠，自會望風來歸。」

慕容雲笙道：「慕容大俠已死去二十年，幾時才算得時機成熟呢？」

申子軒道：「尋得慕容大哥遺物之後，再把慕容公子出現江湖爲父復仇的消息，公諸於江湖之上，就是成熟的時機了。」

慕容雲笙淡淡一笑，道：「兩位老前輩的義氣苦心，晚輩是敬重無比，不過，晚輩擔憂的是，如果我和藍衫人，都非慕容公子，兩位又該如何？」

雷化方道：「只要那慕容賢姪活在世間，不論他在天涯海角，我們都要找到他。」

他改口稱兩人爲老前輩，顯然是已經不再以慕容公子自認。

慕容雲笙道：「如若世界根本沒有慕容公子其人呢？」

申子軒道：「爲了替慕容大哥報仇，我們必須培養一個慕容公子來。」

語聲微微一頓，接道：「你和那飄花主人之約，是否還要遵守？」

慕容雲笙尋思了片刻，道：「如若在下已非慕容公子，此約不赴也罷！」

申子軒道：「但你訂下之約，對我們卻有著很重大的關係。」

慕容雲笙道：「如是兩位請在下相助，那自是又當別論了。」

申子軒和雷化方相互望了一眼，道：「如若閣下肯於相助，我等是感激不盡。」

慕容雲笙道：「好吧，我跟你們去一趟，不過，我體能尚未全復，必須運氣坐息才成。」

申子軒舉步行了過來，舉手拍活了慕容雲笙身上穴道。

雷化方一欠身，道：「多多保重。」轉身而出。

申子軒緊追在雷化方身後，退出室去。

慕容雲笙目睹兩人去後，立時閉上雙目，仰臥在竹榻之上休息。

他瞭然內情之後，心中卻有著大為輕鬆之感，躺在木榻上，不覺間睡熟了過去。

醒來時，只見白衣少女雲兒，坐在一張竹凳上，呆呆出神。

慕容雲笙挺身坐起，道：「姑娘，來了很久麼？」

雲兒正在想著心事，悠然神往，竟然不知那慕容雲笙幾時醒來，聞言一怔，道：「你幾時醒過來了？」

慕容雲笙道：「剛剛醒過。」

雲兒端著木盤行了過來，道：「慕容大哥，你心中恨我麼？」

慕容雲笙搖搖頭，道：「不恨，但以後不能叫我慕容公子了。」

雲兒道：「為什麼？」

慕容雲笙道：「因為我不是慕容公子啊。」

望了雲兒手中飯盤一眼，道：「是送給我吃的麼？」

雲兒道：「自然是了。」放下手中木盤。

慕容雲笙似是突然變得放蕩起來，取過碗筷，大吃起來。

他似是很饑餓，狼吞虎嚥，菜飯全都吃光。

雲兒看他似是仍未吃飽，急急說道：「我再去替你拿些菜飯。」

慕容雲笙道：「不用了，我已經用夠了。」

放下手中碗筷，接道：「現在什麼時候了？」

雲兒道：「日薄西山。」

慕容雲笙道：「天色不早了，姑娘請去吧，在下睡意未盡，還要再睡一覺。」言罷，仰臥榻上睡去。

這一連串的舉動，只瞧得雲兒呆呆的站在一側，不知所措，只待他閉上雙目，才緩緩說道：「慕容大哥，你……」

慕容雲笙揮手說道：「有什麼話，咱們改日再談。」

一宵無話。

次日，申子軒和雷化方、慕容雲笙一同趕到慕容故宅，已是日升三竿光景。

只見慕容世家那高大的黑漆大門，已然大開，護花女婢唐玲，站在門外，似是在等候幾人。

慕容雲笙低聲向申子軒、雷化方說道：「那位姑娘，名叫唐玲，自稱護花女婢，此女年事很輕，人亦美豔，只是脾氣很暴躁，兩位老前輩不可和她爭執。」

申子軒淡淡一笑，道：「咱們求人而來，自不會和人爭執了。」

說話之間三人已經行近了大門。

慕容雲笙一抱拳，道：「在下赴約而來。」

唐玲冷冷說道：「現在什麼時間了？」

慕容雲笙道：「卯時將盡。」

唐玲道：「容我等了你將近一個時辰。」

慕容雲笙道：「有勞姑娘了。」

唐玲緩步退開，道：「記著，日落之前，你們一定要自行離去，如是不遵守約定，那可是格殺勿論。」

慕容雲笙淡淡一笑，道：「記下了。」當先舉步，行入大門。

抬頭看去，只見大門內一片廣闊的庭院中，正有著四位花女，在修整盆花。

四女談笑自若，似是根本沒有瞧到三人，望也不望三人一眼。

慕容雲笙低聲說道：「花主很守約，那唐玲既未說明限制咱們活動地域，想來是包括全境了。」

申子軒低聲說道：「目下最爲要緊的事，是要設法解決那兩句遺書，究竟是指何而言。」

雷化方道：「那慕容大哥最後和敵人週旋之處必在後園，咱們到後園之中，也許有所發現。」

申子軒當先帶路，穿過那正在修整中的庭院，直到荷池旁邊。

那夜慕容雲笙來此之時，乃是夜晚之間，匆匆一眼，只留下一片模糊的印象，此刻豔陽當空，四週景物，清晰如畫。

目光轉動，只見這慕容花園中，果然是經過一番苦心佈設。

假山分峙，峰巒幽奇，名山氣魄，具體而微，一池荷水，清澈碧綠，水中的積葉、枯枝，

並未能影響水色的瑩潔，但表面上卻又瞧不出流水他去的溝渠。

顯然，在建築這荷池之時，已然預留地下水道，使這表面看來的一池死水，卻經常流動不息，水色常清。

飛閣瓊樓，隱現於花木之中，果然景物如畫。

慕容雲笙心中暗道：單看慕容長青建築這座後園，就可以使人感覺到是一位胸羅萬有，氣度恢宏的人物。

但聞中子軒輕輕歎息一聲，道：「慕容大俠在世之日，曾經和我們說過，他要這座佔地百畝的庭園，再擴大十數倍，然後分別把它修建成一座武林形勢圖，包括苗疆天山，以及遠在關外的白山黑水，然後再分區記述下來，歷代各地城中發生的糾紛、慘事，勸勉我武林同道，借古鑑今，不要再作名利之爭，鬧出無辜的殺戮，可惜他這宏願未克實現，已然遇害。」

慕容雲笙感慨萬千，心中暗道：第一次回到府中，爲了查證我的身分，在蓮上石花中，找出了我父親的遺書，才確定我是慕容雲笙，這次重回慕容府中來，我又被兩位叔父懷疑。

心中念轉，不禁黯然一歎，說道：「看來，那蓮下石花中的遺書，也是不足爲憑的了。」

中子軒、雷化方對望一眼，默然不語。

雷化方伸手指正東一座亭台，道：「咱們還是去金蘭廳上瞧瞧吧！」

當先舉步向前行去。

中子軒、慕容雲笙隨後而行，行過朱橋，登上了金蘭廳。

中子軒低聲吟道：「蓮下石花，有書爲證，清茶杯中，傳下道統，依序尋得，大哥重生，前兩句是在叫人辨認慕容賢姪的身分，後兩句是指名大哥留下的武功。」

雷化方道：「證實慕容賢姪的身分，再找著大哥留下的武功，那就等於慕容大哥重生了，乃最後兩句話中的意思了。」

申子軒喃喃自語道：「清茶杯中，決不會指那待客用的茶杯了。」

語聲頓了一頓，道：「五弟，你是否能記得這後園假山之下有石刻之杯。」

突然若有所悟，挺身而起，道：「五弟，大哥在世之日，曾經在這後園中，栽活了一株茶樹。」

雷化方道：「不錯啊！他栽樹之時，我和二哥，都在旁側。」

申子軒道：「那很好，咱們快些過去瞧瞧。」

雷化方記憶甚佳，帶著申子軒和慕容雲笙，行到了兩座假山夾峙之間的一片平地之間。

慕容雲笙望去，果見緊旁一座山壁之間，植有一株茶樹。

雷化方道：「不是二哥提起，小弟已經記不起了，大哥植種這株茶樹時，特別把我和三哥找來此地，要我們看看。」

申子軒望著那茶樹說道：「清茶杯中，傳下道統，這裡有茶無杯……」

雷化方低聲說道：「二哥，那茶杯可以影射麼？」

申子軒抬頭望望天色，道：「如若再想不起其他解釋，咱們只有一個機會。」

申子軒道：「此刻，還很難說，如若我說出來，只怕五弟要笑我異想天開了。」

雷化方看他不願說，不便勉強追問，只好忍下。

申子軒輕輕咳了一聲，道：「五弟你再仔細想想看，還有什麼可循之路。」

雷化方思索了良久，道：「想不起來了。」

申子軒道：「既然想不起來，咱們坐到旁邊休息一下吧！」緩步行向一側，坐了下來。

雷化方、慕容雲笙緩步行去，在申子軒身旁坐下，申子軒閉上雙目，靠在山壁上，養神休息。

雷化方不知那申子軒作何打算，但見他十分冷靜，心中雖然焦急，只好忍下不問。

慕容雲笙心中亦是暗暗納罕，忖道：「此刻光陰，何等寶貴，他竟然坐在這裡養神休息起來。」

時光匆匆，片刻間，就到了中午時分。

強烈的陽光，從兩山之間，照射了下來，申子軒霍然站起，凝目瞧著那屹立的茶樹。

只聽申子軒長嘆一聲，道：「你們瞧這茶樹之下，是否有一個很像杯子的陰影。」

雷化方、慕容雲笙齊齊聽得一怔，仔細瞧去。

果然，那太陽照射中，茶樹下有著一個形似茶杯的陰影。

申子軒道：「五弟，你躍上茶樹瞧瞧。那些枝葉，是否都經過絲繩綑紮？」

雷化方應聲而起，躍上茶樹，果然見那枝葉，都被一條堅牢的繩索綑起。而且那絲索也是染成了綠色，只是年深月久，絲繩上已然生出了黑霉。

當下叫道：「不錯，有絲索綑紮。」說著，人也隨著躍下茶樹。

申子軒目光轉動，道：「樹下陰影，構成杯形，也許只是一個巧合，除非能證明那是人爲，大哥死去二十年，這茶樹的陰影，仍能保持茶杯形狀，修剪決不可能，唯一的辦法，是用索繩把嫩枝紮起，使它們的生長，不致妨害到現在的陰影。」

語聲一頓，道：「五弟，你帶有兵刃嗎？」

雷化方摸出兩支小形金筆，道：「帶有兵刃。」

申子軒道：「好！你照那杯口處向下挖去。」

雷化方應了一聲，伸手在那陰影處挖了起來。

挖了大約一尺多深，筆鋒觸到了一處十分堅硬的所在。

雷化方收了金筆，低語說道：「似是有物。」

雙手齊出，分開泥土，伸手一拉，一個白瓷罈子應手而出。

申子軒道：「五弟，放遠一些，用金筆挑開蓋子。」

雷化方應了一聲，把手中瓷罈，遠放在五尺以外，挑開了蓋子。

良久之後，不見有何動靜。

三人緩步行了過去，低頭看去，只見罈子中一片紫黑色，似是一罈豆醬。

申子軒飛起一腳，踢碎了瓷罈。

凝目望去，果見那一地豆醬之中，放著個金色的盒子。

申子軒長長吁一口氣，道：「在這裡了。」伸手取過金盒。

打開瞧去，只見盒中放著兩本薄薄的冊子。

第一本冊子之上寫道《論劍篇》，下面是慕容長青輯錄。

申子軒取出《論劍篇》，只見下面一本薄薄冊子的封頁之上寫著「拳掌十三訣」，下面署名慕容長青收撰。

雷化方道：「慕容拳劍，各擅精絕，其中有不少精奇招數，都爲大哥所創，但他不肯居功，竟用輯錄、收撰之名記述。」

中子軒回顧了慕容雲笙一眼，只見他神色間一片平靜，對劍錄拳譜，似是毫無羨慕偷覷之心。

雷化方把破去的瓷罈和滿地的豆醬，匆匆收集起來，填入坑中，覆上泥土。

中子軒收好劍錄、拳譜，緩緩說道：「賢侄，你都瞧到了。」

慕容雲笙道：「瞧到了。不過，那該是慕容公子之物，於在下何涉？」

雷化方道：「看來，就是我們認定你是慕容公子，你也不肯承認了。」

慕容雲笙道：「兩位老前輩如若找不出證明，晚輩實在也不願借用慕容公子身分了。」

中子軒輕輕咳了一聲，道：「也許慕容大哥在這劍錄、拳譜之中，藏存有很詳細的記載，在未能明確的決定，誰是慕容公子之前，這拳、劍二譜，先由我來保管。」

忽聽一陣步履聲響，護花女婢唐玲，陡然出現在幾人身前，攔住了去路。

中子軒、雷化方都未見過她的武功，看她一個十幾歲的女孩子，並未放在心上，但慕容雲笙卻是知道厲害，急急向前跨了一步，攔住了唐玲，道：「妳家花主答應過我，一日出入自由，此刻時光還早。」

唐玲微微一笑，接道：「不要緊張，我們花主答應之事，決不更改。」

語聲一頓，接道：「不過，我家花主覺著幾位，在烈日之下曬了半天，又渴又餓，特地備了一桌便飯，請幾位過去進些酒食。」

雷化方接道：「有道是會無好會，宴無好宴，這席酒咱們不吃也罷。」

唐玲一皺眉頭，道：「這人說話無禮，我要教訓他一頓。」

雷化方看唐玲那點年紀，哪裡會把她放在心上，冷笑不語。

但慕容雲笙心中明白此女一出手，有如雷霆下擊一般，決非那雷化方所能招架，急急說道：「在下這兩位叔父，和人有約，必需得早些離此，在下奉陪姑娘，去見花主如何？」

唐玲搖搖頭，道：「不行，我家姑娘吩咐，是要三位一起去。」

雷化方冷笑一聲，道：「姑娘一定要強人所難嗎？」

唐玲目注慕容雲笙，道：「你聽到他說的話了，還不閃開。」

慕容雲笙近乎哀求地低聲道：「他們相犯姑娘之處，還望姑娘手下留情，一切請看在我的份上。」

唐玲微一頷首，道：「好，你閃開吧！」右手一揚，呼的一掌，劈了下去。

雷化方心中暗道：「這小毛丫頭，如此狂傲，給她一點教訓，對她日後的爲人，也是大有幫助。」

當下一揚右手，硬接一掌，但聞砰的一聲，雙掌接實。

那唐玲文風未動，雷化方卻被震得向後退了兩步，這一硬拚掌力之下，雷化方才知遇上修爲不著皮相的絕世高手，不禁心頭一震。

但聞唐玲說道：「看在慕容公子的份上，我不下手傷你，但你這人言語無禮，十分可恨，我要打你一掌出出氣。」聲落掌發，左手一拂，劈了過去。

雷化方一招「腕底翻雲」，左手疾急而起，扣向唐玲脈穴。

唐玲左手加速，暗勁大增，逼開雷化方左手，直擊向前胸。

雷化方閃身避開，回腕擒拿。

她這一擊奇奧異常，雷化方收勢不及，正被擊中了右腕。

雷化方冷哼一聲，向後退了三步。

唐玲冷笑一聲，道：「我無意傷害你，因爲你們來此，已得我家花主應允，但你們一定得去赴宴，如是不肯去，在下只有動強了。」

中子軒輕輕咳了一聲，望了慕容雲笙一眼，道：「賢侄，咱們應該去嗎？」

慕容雲笙道：「如若這位唐姑娘堅請，兩位老前輩最好走上一趟。」

中子軒目光轉到唐玲的臉上，接道：「那就有勞姑娘帶路了。」

唐玲微微一笑，暗道：「世上就有這等人，敬酒不吃吃罰酒。」轉身向前行去。

中子軒、雷化方、慕容雲笙魚貫相隨身後，行到了一座花廳。

唐玲停下腳步，回顧了三人一眼，道：「三位請在廳外稍候。」大步行入廳中。

片刻之後，重又行了出來，道：「三位請入廳中坐吧！」閃身退到一側。

中子軒、雷化方、慕容雲笙魚貫行入了花廳之中，抬頭看去，只見廳中一張方桌之上，擺滿了佳肴，和一壺美酒。

但整個大廳中，卻不見一個人影。

中子軒和雷化方，當年都是這花廳中的常客，對這花廳中的景物，十分熟悉，知道這花廳中還有一套房間，屏風擋門，不知內情之人根本想它不到。

唐玲緩步隨行而入，緩緩說道：「三位累了半天，想必腹中已饑餓，請自行用些酒飯吧！」

中子軒一皺眉頭，道：「在下帶有乾糧已用過，花主和姑娘盛情，在下等心領了。」

唐玲道：「你可是認爲這酒菜之中有毒嗎？」

申子軒搖搖頭道：「在下怎敢生此妄念。」

唐玲道：「既然不怕中毒，你們就吃一點吧！」

慕容雲笙拿起酒杯，喝了一口，又舉起筷子，每樣菜食用了一口。

唐玲微微一笑，道：「慕容公子，你很有豪氣，可惜你兩位叔父都是貪生怕死的人。」

慕容雲笙口齒啓動，欲言又止。

申子軒心中暗道：「我身上現有慕容大哥的劍錄、拳譜，這兩件東西，乃是爲慕容大哥報仇的希望，無論如何不能失去，也許她早已知曉，或是暗中瞧到，此地是非甚多，不宜久留，還是早些離開的好。」

心中一轉，道：「酒菜也已用過，花主的盛情，我等已經心領身受，就此別過了。」

但聞一個嬌美的聲音，傳了過來，道：「三位急什麼呢？」

申子軒等回頭望去，只見一個全身白衣，長髮披垂，面如桃花，美麗絕倫的少女，站在屏風前面，對著三人微笑。

此刻，她懷中未抱鮮花，面目輪廓，清晰可見，慕容雲笙等望了一眼，一齊別過頭去，心中暗暗忖道：「好一個人間殊色的美女子。」

只聽那白衣女子，緩緩說道：「三位怎麼不說話呢？」緩步行了過來。

申子軒、雷化方、慕容雲笙欠身說道：「姑娘可是司花令主嗎？」

白衣女子淡淡一笑，道：「我只是天性愛花，愛各色各樣的花，也許人家因爲我太過愛花，就叫我司花令主，其實花開花落，全由自然，花主之稱，我是當之有愧。」

說話之間，白衣女已然行到了三人酒席前面，自行坐了下去，白衣女動人心魄的秋波，一掠慕容雲笙，笑道：「幾位好像很緊張？」

廿一　情意綿綿

申子軒輕輕咳了一聲，道：「在下和人有約，必需早些離此。」

白衣女充滿笑容的臉上，突然間笑容斂失，一語不發。

守在門口的唐玲，突然行了過來，接道：「鬼話連篇，如是你們找不到慕容長青的遺物呢？現在也要走嗎？」

申子軒吃了一驚，心中暗道：「果然被她們瞧到了，今天只怕是一個難了之局。」

心中念轉，口中卻說道：「在下等就算找不到應得之物，也無法停留到日落之後！」

唐玲正待接口，那白衣女突然舉起右手一揮，道：「妳退下去。」

但聞那白衣女嘆息一聲，說道：「唐玲生性暴躁，希望諸位不要放在心上才好。」

她聲音動人，用詞又十分柔和，只聽得申子軒茫然不知所措，一時間，竟不知她用心何在，還是慕容雲笙接口說道：「姑娘答允我們來此，不知何以又留難我等？」

白衣女眨動了一下圓圓的大眼睛，奇道：「我請你們吃飯，哪裡是留難你們？」

慕容雲笙輕輕嘆息一聲，道：「我們已經用過酒飯了，急於離此，不知姑娘是否應允？」

白衣女道：「你們爲什麼急著走呢？」

目光轉到申子軒的臉上，接道：「你們太小氣了，本來，我不想瞧看你們的東西，現在，我卻非要看看不可了。」

申子軒呆了一呆，道：「果然是這麼回事，姑娘要看，爲何不當面說出，卻繞了這麼大一個圈子？」

白衣女道：「你錯了。我原本是一番好意，留你們在此便餐，而你們不但不領我之情，反以小人之心度君子之腹，認爲我別有所圖。」

白衣女微微一頓，緩緩說道：「我既已被你們誤會，那也不用再把你們當賓客看待了！這是你們自作自受，與我無干。」

申子軒當下說道：「姑娘不用多作詭辯，意欲何爲，還是明說了吧！」

白衣女嬌艷的臉上，突然一變，如罩上一層冰霜，她冷冷地望了申子軒一眼，緩緩站起身子而去，進入那屏風之後，消失不見。

花廳中又只剩下申子軒等三人。

慕容雲笙輕輕嘆息一聲，道：「申老前輩，你得罪了她。」

申子軒略一沉吟，道：「我知道，也許我說話過火一些，但這是爲了保全慕容大哥的遺物，這是唯一爲他報仇的希望，我寧可捨棄了性命，也不能輕易讓此物爲人取去。」

慕容雲笙低聲說道：「據晚輩的看法，那位花主，臉上猶帶稚氣，不似在江湖上走動很久的人物，也許她和一般江湖人物不同。」

申子軒低聲說道：「哪裡不同了？」

慕容雲笙道：「這個晚輩說不出來，晚輩之意是說對付她的方法……」

申子軒霍然站起身子，道：「咱們走吧！」大步向外行去。

雷化方、慕容雲笙無可奈何，只好站起身子，緊隨申子軒身後行去。

只見人影一閃，唐玲陡然出現在花廳門前，攔住三人去路。

申子軒一皺眉頭，道：「姑娘請讓讓去路，好麼？」

唐玲雙目滿是怒火，凝注申子軒的臉上，道：「我家姑娘從未對人這等好過，設下酒宴，親身相陪，但你們三個不知好歹的傢伙，竟然得罪了她。」

申子軒道：「我等並無開罪她的地方，姑娘不要誤會。」

唐玲冷笑一聲，道：「那是我家姑娘放三位離開了。」

申子軒道：「雖未言放，但也未言阻攔。」

唐玲道：「她既未言放，三位再請回花廳中坐吧！」

一向沉著的申子軒，此刻突然變得暴躁起來，冷笑一聲，道：「要如何在下等才能離開？」

唐玲顰了顰柳眉兒，道：「聽你的口氣，似是很想打一架，是麼？」

申子軒道：「在下實不願和姑娘等動手，但如別無其他之法，那也只好冒險一試了。」

唐玲冷笑一聲，道：「如非我家姑娘嚴令我等不得擅自出手，我就立刻取你之命。」

申子軒心中已打定主意，無論如何忍辱受氣都可以，只要能把慕容長青遺物帶走就成。當下說道：「姑娘既然奉有嚴令，不得和我等動手，在下要去時，姑娘也不便攔阻了。」

唐玲冷冷說道：「我們可以不和你動手，但如你先要動手，那就不同了。」

申子軒道：「好！在下不動手。」身子一側，疾向外面衝去。

唐玲嬌軀疾閃，人影一閃，攔住了申子軒的去路。

申子軒身子連轉，左右閃避。哪知唐玲動作，比他更快，申子軒一連十數次，都未能衝得過去，始終被唐玲攔在前面。

這時，申子軒才警覺到遇上勁敵，心中暗自忖道：看來，今日如不出手，實是難脫此危境。

心念一轉，暗中提聚真氣，疾向旁側，閃開五尺。

身子剛剛站好，瞥見人影一閃，唐玲又已攔在身前。

申子軒右手疾出，道：「姑娘請讓去路吧！」

駢指如戟，點向唐玲肋間。

唐玲冷笑一聲，道：「是你先出手啊！」嬌軀一閃，讓避開去。

申子軒正待向前奔衝，突然右腕一麻，被人點了一指。

這一指落勢甚重，申子軒整個的右臂，都感到麻木起來。

雷化方和申子軒相距甚近，瞧的甚是清楚，當下一跨步衝到申子軒身旁，道：「二哥受了傷麼？」

申子軒不理雷化方的問話，急道：「咱們快衝出去。」

雷化方知他心意，暗中運氣，蓄勢雙掌，擋住了唐玲，道：「二哥先走。」

申子軒一提氣，飛躍而起，直升起一丈四五尺高，頭下腳上，斜向左前方落去。

這一起一落，少說點，也有三丈多遠。

就在他雙足剛落實地，瞥見人影一閃，唐玲又攔在面前。

雷化方急躍而起，追到唐玲身側，道：「姑娘如要留人作質，在下留此足矣。」

唐玲搖搖頭道：「未得花主之命，三位一面也不能走。」

雷化方目光轉動，四顧了一眼，只見四外一片靜寂，除了唐玲之外，不見人影，心中暗道：我如突然出手，制住這丫頭，二哥豈不可以離開此地麼？

心念一轉，突然揚手一指，點向唐玲。

哪知唐玲早已有備，右手一揮，冷笑一聲，道：「你先出手。」反手一把，扣住雷化方右腕脈穴。

這一擊奇幻難測，雷化方竟是不及防避，被唐玲一擊得手。

唐玲左手扣住了雷化方穴脈，右掌一起，兜頭劈下。

慕容雲笙心中大急，道：「姑娘住手！」

唐玲收住右手道：「什麼事？」

慕容雲笙道：「花主既交代姑娘不許先行出手，自然是更不能擅自傷人了。」

唐玲道：「但他們先行出手，那自是又當別論了。」

慕容雲笙道：「在下自知不是姑娘之敵，不過，我可以去見花主。」

慕容雲笙道：「是的，我去見花主，要她下令姑娘放人。」

唐玲格格大笑一陣，道：「你好像很有把握。」語聲一頓，接道：「花主對你，似乎有點特殊，不過，我還是不信她會答應你，你去碰碰運氣吧！我等你回來。」

右手連揮，點了雷化方兩處穴道，目光轉注到申子軒的臉上，冷冷說道：「你如敢再行一步，我就先殺了你的同伴。」

申子軒眼看雷化方和唐玲動手，只一招就被唐玲所擒，心中大是震駭，暗道：五弟武功和我相差不過一籌，舉世間能夠在一招之內，制服於他的人，只怕很難找得出幾個？這丫頭有此能耐，就算我出手，也非其敵。何況，還有五弟性命作質。果然站著不敢再動。

且說慕容雲笙轉身直回花廳，繞過屏風，凝目望去，只見一個佈置精美的雅室中，放著一張長桌。桌上擺了五盆奇花，那白衣女坐在桌前一張木椅上，望著五盆奇花，呆呆的出神。慕容雲笙輕輕咳了一聲，道：「姑娘。」

白衣女緩緩回過臉來，望了慕容雲笙一眼，道：「叫我嗎？」

慕容雲笙道：「是的，在下有一件事，想求姑娘幫忙。」

白衣女緩緩說道：「什麼事？」

慕容雲笙答道：「姑娘答應在下來此之時，想來並未存傷害我等之心。」

白衣女道：「現在也沒有，因爲我隨時可以殺死你們。」

慕容雲笙呆了一呆，道：「在下相信姑娘有這份能耐，但在下想明白姑娘此刻是否存有殺死我等之心。」

白衣女搖搖頭，道：「沒有。」輕輕歎了一口氣，道：「我娘說世道崎嶇，人心險惡，我還不信，想不到真的如此！」

眨動了一下雙目，兩道炯炯的眼神盯注在慕容雲笙的臉上，道：「我從沒有像今日這樣面對面和男人說過話，也從沒有受過人的輕侮、羞辱。」

慕容雲笙道：「姑娘受了什麼人輕侮、羞辱呢？」

白衣女道：「你們，三個男人！」

慕容雲笙心中暗道：「此女雖然自負，但看去還很純潔，似是很少在江湖上走動，此刻救

人要緊，似是不用和她辯論此事了。」

他心中明白，此刻唯一能解救申子軒和雷化方的辦法，只有求這位白衣姑娘下令，除此之外，再無良策。當下說道：「也許我等適才講話，修詞不慎，但絕無故意羞辱姑娘的用心，我等急於離此，難免躁急了一些。」

白衣女臉色和緩下來，道：「你們不吃我爲你們備下的酒飯，可是瞧我不起嗎？」

慕容雲笙道：「沒有的事，我們只是想早離此地，無心領受。」

白衣女淡淡一笑，道：「你們急什麼呢？」

慕容雲笙暗道：如若她已在暗中窺看，早已瞭然內情，我如出言騙她，那將更激起她的怒火，說不得只有據實而言了。當下說道：「我們尋得慕容大俠遺物，急於離開此地。」

白衣女奇道：「慕容大俠不是你的父親嗎？」

慕容雲笙歎息一聲，道：「現在又很難說了。」

白衣女道：「爲什麼呢？你這人好奇怪喲，父親也能夠冒認的嗎？」

慕容雲笙道：「在下身世一言難盡，姑娘請先釋放和我同來的兩位老前輩離開，在下願留此作爲人質。」

白衣女嫣然一笑，接道：「我很寂寞，你留這裡作我上賓，談談你的身世。」

慕容雲笙道：「好吧！」

白衣女站起身子，道：「咱們一起去吧！」

慕容雲笙怕她再改變主意，急急起身，道：「在下替姑娘帶路。」舉步向外行去。

白衣女當真隨在慕容雲笙身後，行出花廳。

唐玲看那慕容雲笙竟然真的帶著花主行了過來，心中大是奇怪，暗道：這人當真是神通廣大，花主素有潔癖，一向不喜和男人談話，但對他卻似破例優容。

忖思之間，慕容雲笙已然行到唐玲身前，說道：「在下傳話，只怕姑娘不信，只好勞請花主一行了。」

白衣女望了申子軒和雷化方一眼，道：「放他們兩人去吧！」

唐玲應了一聲，伸出玉腕，解開雷化方被點脈穴，道：「兩位可以走了。」

申子軒回目望著慕容雲笙，道：「賢姪不和我們一起走嗎？」

慕容雲笙輕輕咳了一聲，道：「晚輩要留在此地。」

雷化方接道：「賢姪可是為了我們，留此作為人質嗎？」

慕容雲笙道：「晚輩自願留此。」語聲一頓，接道：「如若明日天黑之前，晚輩還未回去，兩位老前輩就不用再等我了。」

申子軒道：「唉！賢姪無論如何必須回去，這關係太重大了，我和雷五弟偷生了二十年，都為等待這一天。」

慕容雲笙道：「晚輩知道，兩位老前輩請吧！」

申子軒低聲說道：「五弟，咱們走吧！」聯袂而去，片刻間走得蹤影不見。

白衣女又如受了什麼委屈，又似想著什麼心事，仰首望天，長長歎息一聲，回身向花廳行去。慕容雲笙望著那白衣女的背影，只覺跟去不是，不跟去也不是。一時間，呆在當地，不知所措。

唐玲低聲說道：「跟她去吧！她對你的優容，我從未見過。」

慕容雲笙望了唐玲一眼，緩步行向花廳。只見那白衣女端坐在一張木椅之上，臉上是一股自惜自憐的神情，不知在想些什麼。

慕容雲笙仔細望了她一陣，只覺她花容玉貌，有著一種很奇異的瑩潔，使人油然生出自慚形穢之感，不自覺的垂下頭去。但聞那白衣女柔甜的聲音，傳入了耳際，道：「你可是真的自願留此陪我嗎？」

慕容雲笙道：「自然是真的了。」

白衣女道：「我想，你是爲了要我放他們，才這樣說，那不是出於真誠。唉！其實你也不用爲難了，你如心中很想離開這裡，現在你也可以走了。」

慕容雲笙道：「在下講過的話，自然是不能不算。」

白衣女搖搖頭，道：「不用了，我不想使你很痛苦的留在這裡。」

慕容雲笙道：「在下並無痛苦啊！」

白衣女道：「如果是有些勉強，我也不要，」

慕容雲笙微微一笑道：「不勉強……」

白衣女突然回過頭來，嫣然一笑，道：「這話當真嗎？」

慕容雲笙話未說完，但見白衣女臉上的歡愉之色，只好把下面之言，重又嚥了回去，點頭笑道：「自然當真了。」

白衣女道：「嗯！那很好！咱們好好的談談，明日，我要好好款待你一番，咱們再行分手。」

舉手理一下鬢邊散髮，接道：「我本來無意看你們取得之物，但你那兩位叔父太小氣了，我故意嚇嚇他們罷了。」說完話，又是微微一笑。

顯然，她心中有著很難抑制的歡愉，慕容雲笙一直靜靜地聽著。

白衣女不聞慕容雲笙接口，忍不住說道：「你怎麼不說話呢？」

慕容雲笙如夢初醒般啊了一聲，信口說道：「姑娘還要留此多久？」

白衣女道：「我本來早該走了，但我看不得三聖門和女兒幫中人的囂張之氣，所以多留幾天，教訓他們一頓……我這是第一次出門，我原想出門玩玩一定很快樂，但我看了幾處地方之後，覺著一點也不好玩，所以心懷歸念。」

慕容雲笙心中暗道：「聽她口氣，果然不似久在江湖上走動之人，但她又怎的知曉三聖門和女兒幫呢？至於她的人，有如霧中之花，充滿一種朦朧的神秘。」

但聞那白衣女道：「你在想什麼？」

慕容雲笙道：「我在想……在想姑娘何以知曉三聖門和女兒幫呢？」

白衣女道：「本來我不知曉，前幾天，萬事通告訴我，我才知曉此事。」

慕容雲笙道：「萬事通又是誰？」

白衣女道：「萬事通是個酸秀才，但他學問淵博，不論我提什麼事，他都知道，我就叫他萬事通，可惜他現在不在此地，要不然我就叫他來，你考考他。」

慕容雲笙心中暗道：「如若真有這樣一個人物，倒可藉求教的機會，打聽一下三聖門中情形。」

心中念轉，口中問道：「可惜！可惜！這等奇人，在下竟然無緣一會。」

白衣女笑道：「你不要急嘛，他至遲明晨一定回來，你留在這裡，自然會見到他。」

慕容雲笙喜道：「好極了，在下心中正有著很多不解之事，向他請教。」

忽見那白衣女一皺眉頭，道：「慕容雲笙！你怎連我姓名也不問？」

慕容雲笙先是一怔，繼而淡淡一笑，道：「請教姑娘貴姓？」

白衣女道：「我姓楊，叫楊鳳吟，很俗氣，是嗎？」

慕容雲笙道：「怎麼會，鳳吟龍嘯，一鳴驚人，好極了！」

楊鳳吟接道：「瞧不出啊！你還會替人戴高帽子。」

慕容雲笙只覺臉上一熱，笑道：「在下說的並非虛言，只瞧姑娘那隨身花婢的武功，就不難想像姑娘的武功成就。」

楊鳳吟道：「我從能記事起就開始苦習武功，今年十九歲了，從未和人動過手，究竟我有多大本領，自己也不知曉。」

慕容雲笙道：「不知姑娘習的哪一門武功？」

楊鳳吟笑道：「我學的很博雜，拳掌、兵刃，樣樣都學。」

忽見楊鳳吟凝目思索，片刻道：「不過，我學過兩種很特殊的功夫，名叫『血光掌』和『流星劍』，不知你聽說過沒有？」

慕容雲笙口中喃喃自語道：「『血光掌』、『流星劍』，均未聽人說過。」

楊鳳吟道：「血光掌傷人於無聲無息之中，似是太惡毒，至於那流星劍很好玩，如是以後有時間，我就教給你。」

只聽護花女婢唐玲的聲音傳了進來，道：「姑娘啊，吃藥的時刻到了。」

慕容雲笙心中一震，暗道：「原來她身上有病，每日還要吃藥。」

忖思之間，只見唐玲手中捧著一個玉盤，潔白瑩光，纖塵不染，盤中白玉杯，更是擦得潔淨無比。

緊隨在唐玲身後，一個身著綠衣少女，捧著一個玉盆，玉盆覆著白絹。

楊鳳吟伸出嫩蔥般的玉指，在玉盆中洗過，唐玲隨著也淨了手，然後，又從懷中摸出一塊白色的絹帕，擦去手上水珠，捧起玉杯，遞了過去。

但見楊鳳吟揭開玉杯上蓋子，輕啓櫻唇，一口喝下杯中藥水。

唐玲接過玉杯，捧起玉盤，轉身而去，那綠衣女也緊隨唐玲身後退出。

楊鳳吟掏出絹帕，擦拭一下櫻唇，笑道：「慕容兄，見笑了。我天性喜愛潔淨，食宿不能目睹纖塵。」

慕容雲笙心中忖道：「但滔滔人世，勞碌奔波，有誰不身沾塵土呢？」

楊鳳吟似是已瞧出慕容雲笙心中所思，微微一笑，道：「世間之人誰也不似我這般喜愛潔淨，但我又不能遺世獨立，所以，每次我出門之時，總是抱上一束奇花，那幽幽花香，可使我渾忘處境。」

慕容雲笙忖道：「原來她抱上一束鮮花，還有如此作用。」

楊鳳吟突然嗤的一笑，一朵紅暈，泛上雙頰，眼珠溜了慕容雲笙一眼，垂下頭去，緩緩說道：「你可是覺得我很可笑嗎？」

慕容雲笙一時間，實也想不出應對之言，只好硬著頭皮，說道：「在下在想，如是有一天，姑娘被困在一個很荒涼的地方，那裡無花無水，只有荒草泥土，姑娘又該如何呢？」

楊鳳吟似未想到他有此一問，沉吟了良久，道：「我不知道，也許我會改去喜愛潔淨的習慣，也許我會自絕死去。」

突然間，室門外響起了唐玲的聲音，道：「稟報姑娘，萬事通回來了。」

楊鳳吟喜道：「快些請他進來，這位慕容兄有事情問他。」

唐玲應了一聲，轉身而去。

楊鳳吟笑道：「萬事通當真聰明，他好像知道了我有事問他，竟然提前趕了回來。」

慕容雲笙看她歡愉之情，形諸於眉目之間，心中暗忖道：「她雖然聰慧絕倫，看來還不失天真之態。」

當下說道：「他在百里之外，怎會知曉妳心中所思，不過是湊巧罷了。」

只聽有人接道：「自然是知道了，我這萬事通之名，豈是讓人白叫的麼？」

回頭看去，只見一個身著青綢子長衫，足著白襪福履的五旬老者，舉步行了進來。

楊鳳吟微微一笑，道：「萬事通啊，你找到什麼奇花了？」

萬事通道：「如若那花能叫出名字，那也不算奇了。」

楊鳳吟道：「我識得數百種花名，你拿給我瞧瞧，也許我認得出來。」

萬事通道：「我已把那奇花，交給楊萍notation水沖洗去了，過一會，她自會拿給姑娘瞧看。」

楊鳳吟道：「我不信，世上還有我叫不出名字的花。」

萬事通道：「姑娘瞧到之後再說，現在，咱們不用爭執了。」

楊鳳吟打量了萬事通一眼，道：「萬事通，我很少瞧到你穿著這樣乾淨的衣服？」

萬事通道：「和你姑娘談心，自然要穿得乾淨一些了。」

飄花令

楊鳳吟臉色突然一變，幽幽說道：「萬事通啊！我爲什麼害怕灰塵、泥土呢？」

萬事通微微一笑，道：「這是因爲你很少接近它們之故。」

楊鳳吟呆了一呆，道：「爲什麼？」

萬事通道：「你找上兩個情投意合的玩伴，多和泥土接近，再想想那美麗的花朵，都是泥土中長出來的，自然就不會怕了。」

萬事通笑道：「問我啊！天下的事，我是無所不知，無所不曉。」

楊鳳吟點點頭道：「你說的很有道理。」語聲一頓，接道：「還有一件事，我不明白。」

楊鳳吟道：「我的本領有多大？」

萬事通似是料不到她有此一問，沉吟了一陣，道：「你的本領是當今第三名武功最強的人。」

楊鳳吟道：「那是說還有兩個人的武功，在我之上了。」

萬事通道：「正是如此。」語聲一頓道：「一位是你的父親……」

楊鳳吟接道：「還有一位我知道了，那是我的母親了。」

萬事通搖搖頭，道：「不對，不對！」

楊鳳吟道：「不是我母親，又是誰呢！」

萬事通道：「令堂的武功，雖然高強，但她還不是你的敵手。」

楊鳳吟接道：「你胡說，我的武功，有很多都是媽媽傳授我的，如何還不是我的敵手呢？」

萬事通道：「令尊爲了培植你的武功，費盡了心機，所以，你才有今日的成就。」

楊鳳吟道：「你一口說下去吧！直到我聽明白為止。」
慕容雲笙心中暗道：這等問話之法，實在很少聽到。
但聞萬事通說道：「好吧！令尊為了培育你的武功，在你出生三個月後，就開始用藥物浸水給你洗澡，使藥物浸入筋骨之中，七歲之後，開始讓你服用藥物，一直到現在還不斷服用。」
楊鳳吟接道：「停一停。」
萬事通停了下來，道：「又要問什麼事？」
楊鳳吟道：「我吃的什麼藥！」
萬事通怔了一怔，道：「這個，在下就不太清楚，令尊那藥方，只怕是只有他一個人知道了。」
楊鳳吟格格一笑，道：「好極啦，原來你也有不知道的事情了。」
慕容雲笙忖道：藥方之祕，旁人怎會知曉呢。
只聽萬事通說道：「如若在下要查明令尊那藥方，並非太難的事，只是在下不願去查而已。」
楊鳳吟笑道：「很多年來，我一直沒有想到問你這件事情。早知道你不知道，我也不會現在才問你了。」
萬事通道：「此事乃令尊一人之事，和他人無關，如若一件事有兩個人知道，那第二人必是在下。」
慕容雲笙心中暗道：這人口氣太大，必得設法刁難他一下才是。心一念轉，口中說道：

「在下有事請教。」

萬事通回顧了慕容雲笙一眼，默然不語。

楊鳳吟道：「這位是慕容兄，他如問你什麼事，你要盡你所知的回答他。」

萬事通道：「在下和姑娘的話，還未說完啊！」

楊鳳吟道：「什麼事了？」

萬事通道：「還有一位武功強過你的人，在下還未說出來。」

楊鳳吟道：「先不用說了，反正我已經把你問倒，從今以後，你再不能叫萬事通了，你已經少通一事，如是再答不上慕容兄問的事情，你這萬事通之譽，以後就不能再用了。」

萬事通目光轉到慕容雲笙的臉上，道：「閣下未問之前，在下有一事說明。」

慕容雲笙道：「什麼事？」

萬事通道：「我們這位姑娘乃謫凡的仙子，她不解江湖上事，因此，所思所想，都和常人不同，問出的話。也非常人能夠解答，但閣下是男子漢大丈夫，問出的話，想來定然有頭有緒了。」

慕容雲笙道：「那是自然。」

萬事通道：「好，你問吧！」

慕容雲笙道：「在下第一樁請教的事，是關於那三聖門。」

萬事通接道：「三聖門乃武林中千古以來，從未有過的一個祕密組織，也是當今武林中實力最爲強大的一個門派。」

慕容雲笙道：「爲什麼稱作三聖門？」

萬事通哈哈一笑道：「除了三聖門中幾個首要人物之外，只有區區知曉了。」
慕容雲笙道：「在下請教。」
萬事通道：「所謂三聖門，其實是三道聖門，和一個廳堂。」
慕容雲笙道：「那三道聖門之內，廳堂之中，住的是什麼人物呢？」
萬事通道：「廳堂中空無一人。」
慕容雲笙道：「那就叫人費解了？」
萬事通道：「要不然怎稱爲武林中千古以來，最神祕的組織呢？」
慕容雲笙道：「那三道聖門之後的廳堂，和三聖門有何關係呢？」
萬事通道：「那三聖門後的廳堂，就是三聖門的樞紐，任何號令都從聖堂之中發出。」
慕容雲笙道：「那聖堂之中，既然無人，如何能發號施令呢？」
萬事通道：「你只是瞧不到人而已，在下卻不信是真的無人，不過，在那廳堂中，有一座構造精巧無比的神像，發號施令，都由那神像代行。」
萬事通打量了慕容雲一眼，忽然話鋒一轉，笑道：「慕容兄，你上一輩子，定然是世間最好的人。」
慕容雲笙道：「爲什麼？」
萬事通道：「能叫我家姑娘認你做朋友，那是幾世修來的大福氣了。」
慕容雲笙回顧了楊鳳吟一眼，只見她白衣如雪，雙頰淡紅，星目櫻唇，無處不美到極點，飄逸淨潔，不可方物，使人瞧一眼，就生出自慚彤穢之感，當下垂首說道：「楊姑娘乃常空皓月，區區螢火之光，說我是她朋友，那是抬舉在下。」

慕容雲笙不敢再看楊鳳吟，轉望著萬事通，道：「萬兄，在下還可以問嗎？」

萬事通道：「當然可以。」

慕容雲笙心中暗道：「三聖門的事，恐怕他難再知曉很多，不用刁難於他，問問他有關慕容長青的事吧。」

心中念轉，口中說道：「慕容長青的事跡，萬兄知曉多少呢？」

萬事通道：「慕容長青之名，天下人鮮有不知，對他的事跡，區區自然知曉很多了。」

慕容雲笙聽他的口氣，已然略有改變，似是不敢再太過誇口，當下說道：「慕容長青的俠名，自然是人人皆知，在下要問的是，他一些鮮為人知的隱密私事。」

萬事通道：「問得好啊！慕容大俠以絕世才華，君臨江湖，急人之急，解人之難，仗義行俠的事跡實是如恆河沙數。不過，不論一個人如何的英明、正直，一生難免做上幾件錯事。」

慕容雲笙道：「但慕容大俠做錯了什麼事嗎？萬兄可肯見告？」

萬事通道：「那慕容長青一生做錯過兩件事，威望如他者，也無法彌補。」

語聲頓住，仰臉望天，思索了一陣，接道：「那慕容長青第一件錯事，是他誤了一個女人，結果使那位多情的姑娘含恨而死！」

慕容雲笙點點頭道：「他做的第二件錯事呢？」

萬事通道：「這第一件都還未說完，怎能說第二件呢？那位姑娘的偉大，是她被慕容長青誤會之後，還忍辱負重地偷生三年，替那慕容長青養下一個兒子，然後，遣人送還他的骨肉……

「之後，又千里迢迢，跑到梧州，跳入西江而死，而且臨死之前，毀去了慕容長青留給她的信物，使慕容長青的英名，未受半點玷污。」

慕容雲笙道：「這話當真嗎？」

萬事通怒道：「不信我的話，你爲什麼還要問我呢？」

慕容雲笙道：「以後呢？」

萬事通道：「以後，那慕容長青查明內情，心知冤枉了那位姑娘，就悄然收了她的屍體，運到九華山埋葬起來，還替她修了一座廟，每年那位姑娘忌日時，他就趕往廟中，潔身長跪廟前，由晨至暮，跪足六個時辰。」

慕容雲笙道：「萬兄，可知那位慕容公子現在下落嗎？」

萬事通伸手抓抓頭皮，道：「這個麼？我知道是知道，但因爲我立過重誓，所以不能說出來。」

楊鳳吟突然插口問道：「你說說看，你爲什麼要對人立誓。」

萬事通道：「這是二十幾年前的事了，那時姑娘還未出生呢。」

慕容雲笙輕輕嘆息一聲，道：「萬老前輩！」

萬事通道：「可是要在下違背誓言？」

慕容雲笙道：「這個，在下不敢。」

萬事通道：「那是什麼事？」

慕容雲笙道：「這也許是一樁不當問的事，老前輩能講就講，不能講，晚輩也不敢勉強。」

萬事通道：「好吧，你問吧！」

慕容雲笙道：「慕容長青有幾個子女？」

萬事通道：「在下所知，只有那一個，可是……」

慕容雲笙道：「可是什麼？」

萬事通道：「這是二十年以前的事了，在下已二十年未在江湖走動，內情有些什麼變化，就非在下能知了。」

慕容雲笙道：「那慕容長青做的第二樁大錯事，又是什麼呢？」

萬事通道：「誤殺了兩個人。照理說，在江湖上行走之人，不論如何謹慎，也難免要誤傷他人，但因慕容長青的名氣太大，傷的人又身分不同，所以造成他終身大憾之事。」

慕容雲笙道：「傷的什麼人？」

萬事通道：「一個羽扇書生諸葛明，一個蓮花仙子于小鳳。」

慕容雲笙道：「這兩個人很有名麼？」

萬事通點點頭，道：「那羽扇書生，才氣縱橫，被譽爲武林才子，而那諸葛明也確有過人之能，不論何等疑難之癥，無不著手回春，而且武功又深不可測，不論何等精密的劍法，只要在他眼前演練一遍，他必能指出其中的破綻，而且每一句批判之言，無不中的，聽得演練之人，五體投地，如若他能夠說出兩句改進之言，更使人獲益匪淺。」

語聲一頓，道：「不過，他行走江湖的時日過短，不足三年，就死在那慕容長青的手中，所以，除非四十歲以上人物，很少知他之名。」

慕容雲笙道：「慕容長青殺死諸葛明的事，江湖上可有人知嗎？」

萬事通道：「很少，很少。」

慕容雲笙道：「那蓮花仙子于小鳳，又是怎麼一個人物呢？」

萬事通一拍大腿，道：「喝！絕色女子，一代妖姬！」

廿二　話說前因

慕容雲笙道：「那是殺之無愧了。」

萬事通搖搖頭，道：「她只是生性放蕩一些，但卻並不真的壞，但最主要的，還是她不會武功。」

慕容雲笙微微一怔，道：「不會武功？」

萬事通道：「是的，所以，他殺了那蓮花仙子之後，也成了一樁大恨大憾的事。」

慕容雲笙道：「這其間自然是有原因了。」

萬事通道：「原因就是誤會，但別人看來，此理很難說通。」

萬事通沉吟了一陣，道：「事情是這樣的，一次諸葛明、蓮花仙子于小鳳，共乘一艘畫舫，游行江中，那慕容長青應邀登舟，他午時登舟，不足一個時辰就匆匆而去，那畫舫泊舟在江心，再也無人去過，直到舟子回船，才發現諸葛明和于小鳳，都已死在舟中。」

楊鳳吟接道：「諸葛明和于小鳳爲何被殺，你知道嗎？」

萬事通道：「在下只知兩人是慕容長青所殺，至於爲什麼，也不難揣測出來。只是那慕容長青的義俠事跡，何止千百件，在下不忍玷污他的英名，只好說是誤會。」

楊鳳吟道：「哼！你又沒親眼瞧到，又不知經過詳情，怎知那兩人一定是慕容長青殺

的。」

萬事通道：「那畫舫之上，除了諸葛明和于小鳳外，只有慕容長青去過啊！」

慕容雲笙藉兩人說話的機會，一直在暗中運氣調息，激動的心情，逐漸地平復下來，說道：「萬老前輩，那慕容公子現在何處，除了老前輩之外，還有何人知曉？」

萬事通沉吟了良久，道：「還有一個人可能知道，不過，只怕他也不肯說出。」

楊鳳吟突然盈盈一笑，道：「萬事通，告訴我，你立的什麼誓言？」

萬事通道：「很重的誓言，如是在下要把那慕容公子下落說給人聽，日後要死於女人劍下。」

楊鳳吟道：「我有一個法子，你既可說出那慕容公子的下落，也可不背誓言。」

萬事通道：「什麼法子？」

楊鳳吟道：「你用筆把它寫出來，那是出自手，並非出於口，自然是不算有違誓言了。」

萬事通呆了一呆，道：「在下並非是貪生怕死，也不是怕日後應了誓言，區區能活到現在，全是令尊所賜，活過花甲之年，死而何憾。」

楊鳳吟接道：「那你爲什麼不說呢？」

萬事通道：「我想在下既然答應人不說出來，不應該棄約背信。」

楊鳳吟道：「唉！我的爲人，你早已知曉，如是我想知道的事，別人不肯告訴我，我就日日夜夜思想此事，睡不安穩。」

萬事通道：「這個在下知道。」

目光轉到慕容雲笙的臉上，道：「你也姓慕容，又和慕容長青的關係很大，那你是何身

分？」

楊鳳吟接道：「他就是慕容公子啊！」

萬事通搖搖頭，道：「那慕容公子已然跳出三界外，不在五行中，他怎會是慕容公子呢？」

慕容雲笙正待接口，楊鳳吟卻搶先說道：「難道那慕容長青不會再娶一個妻子，再生一個孩子嗎？」

萬事通道：「就在下所知，那慕容長青因爲負疚情深，未再娶妻。」

慕容雲笙苦笑一下，道：「在下身世，連我自己也不明白。」

楊鳳吟奇道：「你昨天在潯陽樓頭，不是親口告訴我，你是慕容雲笙嗎？」

慕容雲笙道：「昨天在下也還自認爲是慕容長青之子，說的句句實話。」

萬事通道：「那你剛才是對老夫說的謊言了。」

慕容雲笙道：「句句真實。」

萬事通道：「這就奇怪了，昨天你說的是真話，今天也說的是真實之言，那是說，變化就在一夜中了。」

慕容雲笙道：「不錯。」

萬事通正想再問，楊鳳吟卻搶先說道：「萬事通你兼程趕回，定然很累了，去休息吧！」

萬事通應了一聲，緩緩退了出去。

楊鳳吟目睹萬事通離開花廳，才輕輕嘆息一聲，道：「慕容兄！」

慕容雲笙抬起頭來，道：「在下昨夜見到兩位叔父，才知我那慕容公子的身分，有了變

化，並非有意相欺。」

楊鳳吟接道：「不要緊，不論你是否慕容公子，那和我們相識無關啊。而且我相信，這其間定然是有原因的……」

楊鳳吟略一沉吟，道：「不過，你如願意把事情說明白，我當洗耳恭聽，但如你不願說，或是不便說，我也不想追問。」

慕容雲笙點點頭，道：「說起來，實是叫人難以置信，一個人不知道他的姓名身世，甚至生身的父母和家鄉原籍，一切都聽人擺布。」

長長嘆一口氣，把經過之情，很仔細地說了一遍。

楊鳳吟道：「是不是那申子軒和雷化方從中搗鬼？」

慕容雲笙道：「不會吧！他們這般翻來覆去，是何用心呢？」

楊鳳吟道：「爲那慕容長青留下的武功。」

慕容雲笙沉思了一陣，道：「這也不大可能，昨夜之前，他們還不知一定能尋得那慕容長青留下的武功。」

楊鳳吟道：「那咱們先把慕容長青留下的武功，替你追回來，好嗎？」

慕容雲笙道：「如若我不是慕容長青之子，要那武功何用？如若我是慕容公子，他們自然會交給我了。」

楊鳳吟道：「那慕容公子，已經做了出家人……」

慕容雲笙接道：「姑娘怎麼知道？」

楊鳳吟道：「你沒有聽那萬事通說，慕容公子已經跳出三界外，不在五行中。那就是說，他不是做了和尚，就是做了道士，因為他不能明講，只好暗示我們了。」
慕容雲笙道：「可是，天涯遼闊，寺廟萬千，那慕容公子在何處出家呢？」
楊鳳吟道：「他還會暗示給咱們，只要咱們留心一些就成了，不過……」
慕容雲笙道：「不過什麼？」
楊鳳吟突然眨動了兩個大眼睛，道：「不過，不知你要在這裡留多久？」
慕容雲笙道：「為什麼？」
楊鳳吟道：「為那萬事通不知什麼時候才告訴我，我又不能問他，只好耐心的等他自己說了。」
慕容雲笙輕輕嘆息一聲，默然不語。
楊鳳吟目睹慕容雲笙愁苦之情，臉上的笑容也突然斂失，道：「慕容兄可是不喜留在此地嗎？」
慕容雲笙搖搖頭，道：「我為自己身世苦惱。」
談話之間，瞥見人影一閃，唐玲出現在花廳門外，楊鳳吟一顰秀眉，道：「妳來幹什麼？」
唐玲道：「有兩人見求姑娘。」
楊鳳吟道：「什麼樣子的人物？」
唐玲道：「一個年紀很大的老人，帶著一個年輕人。」
楊鳳吟道：「那是誰啊？我一點也不認識。」
目光轉到慕容雲笙的臉上，道：「慕容兄，你說我要不要見那兩人呢？」

慕容雲笙道：「應該請他們進來見見。」
楊鳳吟道：「好吧！見就見吧！」
目光一掠唐玲，接道：「叫他們進來。」
唐玲應了一聲，轉身而去。
楊鳳吟低聲說道：「慕容兄請稍坐片刻。」起身行入內室。
出來時，手中已然多了一束三色奇花。
片刻之間，唐玲已帶著兩個人行入花廳。
慕容雲笙抬頭看去，果是一老一少。
那老者白髯垂胸，滿頭密茂的白髮，用一個木簪椎成道髻，身著一件寬大的紫袍。
那少年人，看上去只有十四、五歲，白面朱唇，生得十分俊美，一身黃色的衣褲，看上去更顯得他年幼甚多。
慕容雲笙打量那一老一少，兩人也同時打量著慕容雲笙和楊鳳吟。
但楊鳳吟那張美麗絕倫的臉兒，大半部隱在花中，使人無法瞧得清楚。
唐玲送兩人進入花廳，並未退走，站在門廳外面。
三色奇花中，婉轉傳出楊鳳吟一聲清音，道：「慕容兄，你問問他們是什麼人？找我什麼事？又怎知我在此地？」
慕容雲笙心中暗道：「看這兩人的神情，只是普通人物，妳既在座，我又怎好代問呢？」
為難之間，那紫袍老人已搶先說道：「姑娘既然是有口能言，為何要旁人代問，難道和老夫說幾句話，會辱沒小姐身分不成？」

楊鳳吟顰了顰柳眉，道：「你這人一把年紀了，說話怎這樣難聽。」
那紫袍老人冷笑一聲，道：「琵琶弦音好聽，可惜老夫不會彈。」
慕容雲笙心中一動，暗道：「這一老一少如此神態，分明是有爲而來了。」
只聽楊鳳吟輕輕嘆息一聲，道：「我有嘉賓在此，不思使他覺著我一個女孩子，太過蠻橫，不要和你計較罷了，你們有什麼事，快點說出來吧！」
紫袍老人目光一掠慕容雲笙，道：「妳口中的嘉賓，可是這一位嗎？」
楊鳳吟道：「不錯啊，怎麼樣？」
紫袍老人目光凝注慕容雲笙的臉上，道：「閣下是慕容公子吧？」
慕容雲笙搖搖頭，道：「現在麼？在下也不知曉。」
紫袍老人怒道：「這話是何用意？」
慕容雲笙淡淡一笑，道：「說來很複雜，不說也罷。」
楊鳳吟道：「不要問他是不是慕容公子，有什麼事，你們找我就是。」
那紫袍老人自行找了張椅子坐下，道：「日前姑娘在潯陽樓上，大展威名，傷了三聖門和女兒幫很多高手，不知是真是假？」
楊鳳吟道：「嗯，自然是真的了。」
紫袍老人道：「三聖門中人和姑娘無怨無仇，姑娘何以要傷害他們？」
但聞楊鳳吟道：「聽你口氣，你也是三聖門中人了。」
紫袍老人答非所問地道：「令尊怎麼稱呼？」
楊鳳吟淡淡一笑，道：「你爲什麼一定要問我爹的姓名呢？」

紫袍老人道：「因爲老夫不願傷了故人的女兒。」

話聲一頓，口氣突轉冷厲，接道：「妳若是我故人之女，老夫不便傷妳，但要去問妳父親一個治家不嚴之罪。」

楊鳳吟道：「如若你不認識我爹呢？」

紫袍老人道：「老夫就立時出手，生擒於妳。」

楊鳳吟搖動著披肩長髮，道：「我爹爹很少和武林中人來往，你一定不會認識。」

但聞紫袍老人道：「妳既不肯說，那可別怪老夫無禮。」

霍然站起身子，厲聲接道：「那楊嵐風是妳的什麼人？」

楊鳳吟微微一笑，道：「原來你認識楊嵐風。」

紫袍老人道：「他不是妳爹爹嗎？」

楊鳳吟搖搖頭，道：「不是。」

紫袍老人微微一怔，道：「那令尊怎麼稱呼？」

楊鳳吟道：「不告訴你。」

她一直用三色奇花，掩住眼睛以下的鼻口，使別人無法瞧清楚她的全貌。

紫袍老人冷笑一聲，道：「老夫看妳不過二十，就算妳生下來就練武功，也不過二十年的功力，老夫不信世間真有不可思議的天才。」說話之間，揚起了右掌。

慕容雲笙凝目望去，只見那紫袍老人臉上，隱隱泛現了一層紫氣，不禁心頭大吃一駭，忖道：「這老人內功如此深厚，不知楊姑娘是否能夠是他之敵。」不覺之間，忽然替那楊鳳吟擔起心來。

只聽那楊鳳吟緩緩說道：「去請酸秀才來。」

站在花廳門口的唐玲應了一聲，轉身而去。

紫袍老人冷笑道：「那酸秀才是誰？」

楊鳳吟道：「你問了我半天，但卻沒有問對，我也想曉得你的底細，不過，我又不願問你，只好叫酸秀才來了。」

紫袍老人道：「酸秀才是何許人，只怕他也未必識得老夫。」

楊鳳吟道：「他一定能認出你是何人。」

紫袍老人道：「為什麼？」

楊鳳吟道：「因為你年紀很大啊！他已二十年不在江湖走動，二十歲上下的人，他就未必認識了。」

慕容雲笙心中暗道：「聽她談話，似是毫無江湖經驗，但處理事情，卻謹慎得很。」

忖思之間，萬事通已急急行入花廳。

紫袍老人目光轉注到萬事通的臉上，冷笑一聲，欲言又止。

楊鳳吟那甜美動人的聲音，自那三色奇花後婉轉而出，道：「萬事通，瞧瞧那穿紫袍的老人，是什麼人物？」

萬事通雙目盯注在那紫袍老人臉上，打量了良久，道：「閣下何以不敢以真面目見人？」

紫袍老人道：「何以見得？」

萬事通道：「閣下若敢以真面目見人，為什麼不肯取下臉上的人皮面具？」

紫袍老人冷笑一聲，道：「但老夫卻能認出你是萬昭仁。」

萬事通先是一怔，繼而哈哈一笑，道：「我這萬昭仁的名字，已經數十年未曾用過了，不是閣下提起，在下幾乎忘懷了。」

楊鳳吟眼看萬事通還未認出對方，卻被對方先行認了出來，心中大是懊惱，冷冷說道：「萬事通，你真叫萬昭仁嗎？」

萬事通道：「那是幾十年前的事了，三十年來，從未再有人這樣叫過我。」

楊鳳吟道：「以後啊！我再也不聽你胡吹了。」

萬事通沉聲說道：「他戴人皮面具，自是不易辨認了。」

紫袍老人仰天打個哈哈，道：「女娃兒，妳有什麼隨行高手，也請召來此地，免得以後老夫又要多費一番手腳。」

但聞萬事通大聲道：「我道是誰，原來是你。」

欺身而上，探手一把，直向那紫袍老人抓去。

這一下不但大出了慕容雲笙的意料之外，連楊鳳吟也是大爲吃驚，急急說道：「萬事通，你要小心了。」

只見那紫袍老人一閃避開，卻未還手。

只聽萬事通哈哈大笑，道：「姑娘放心，這小子只會吹牛騙人，武功有限得很。」

話聲中，已然連續劈出了三掌。

這紫袍老人進得花廳，大言驚人，氣勢萬千，怎麼看也該是一個身負絕技之人，卻不料萬事通說他是吹牛騙人，實叫人難信。

奇怪的是，萬事通連攻十餘招，那紫袍老人除了縱身閃避之外，一招也不肯還手。

慕容雲笙凝目瞧了一陣，心中更是驚疑不定。

原來那紫袍老人輕身功夫，十分驚人，只見身形流動，疾如閃電，萬事通連攻十餘招，竟是連他衣服也未碰到一次。

慕容雲笙心中暗道：「這人輕功，已到登峰造極之境，不知何以竟然不肯還手。」

但聞那萬事通哈哈大笑，道：「我說呼延兄啊！你是越來越漏底，如是再下去，兄弟失手傷了你，使你落得殘廢時，那可不能怪兄弟失禮了。」

只見那紫袍老人縱身一躍，退開八尺，雙手亂搖道：「既然被萬兄瞧了出來，咱們自然不用打了。」

楊鳳吟只瞧得顰起了秀眉，道：「萬事通，這是怎麼回事啊？」

萬事通笑道：「剛剛幾乎被他騙了過去，我先要他現出原形，再仔細說給妳聽。」

目光轉到那紫袍老人身上，道：「呼延兄還不取下面具，難道要兄弟代你動手嗎？」

紫袍老人無可奈何地說道：「好吧！兄弟取下來就是。」

伸手在臉上揭了一張面具，那垂胸長髯，也是連在面具之上的假髯。

驀地，只見紫袍老人雙手向上一端，那挽著道髻的假髮，竟有如脫帽一般，整整齊齊地端了下來。

神威凜凜的紫袍老人，面具、假髮一齊脫下之後，整個變了樣子。

只見他生得小鼻子、光腦袋、尖下頦、雙顴高高突起，只有一對眼睛，卻生得很大。

萬事通哈哈一笑，道：「呼延兄，你既然取下了假髮、假面，爲什麼還要穿著衣服呢？」

紫袍人應了一聲，脫下身上衣服，只見那紫袍之中，墊了甚多棉花白絹。

這時，紫袍人已經原形畢露，看來是又瘦又小的人。

楊鳳吟嗤的一聲，道：「萬事通，這是怎麼回事啊？」

萬事通哈哈大笑，道：「讓他自己說給姑娘聽吧，如是有不夠詳盡之處，我再補充。」

目光轉到那瘦小老人身上，道：「呼延兄，這位楊姑娘的武功高強，你快對她說出你的姓名、外號，來此目的何在，也許她會饒了你。」

瘦小老人道：「如是說了以後，一定放我離此，我才能說。」

楊鳳吟道：「你說吧！我一定放你就是。」

那瘦小老人沖著楊鳳吟抱拳一禮，道：「小老兒呼延亮……因爲小老兒性善誇張、愛說大話，所以，江湖上送了小老兒一個綽號，叫做『吹牛大王』。」

楊鳳吟點點頭道：「你易容爲誰？到此何爲？如是想要我放了你，那就從實說來。」

呼延亮道：「唉！這就難怪了，妳如是知曉我扮裝的是何許人物，那妳早就爲我嚇倒了。」

慕容雲笙好奇之心大動，忍不住問道：「你扮裝的何許人物？」

萬事通冷冷接道：「紫袍魔君。」

呼延亮道：「對啊！那紫袍魔君手下無過三招活命人，你怎麼不怕呢？」

萬事通冷笑一聲，道：「因爲在下知曉那紫袍魔君，已經死在慕容長青的劍下了。」

呼延亮道：「你胡說，那紫袍魔君明明還活在世上啊！」

慕容雲笙心中一動，這兩人對數十年來江湖上人事變化，似是都知曉甚多，聽他們一番論辯，或可知曉甚多武林未傳出過的隱秘。

但聞萬事通道：「紫袍魔君在少室峰下，死在慕容長青的劍下，除了在下之外，還有蛇神湯霖在場，難道還有錯不成？」

呼延亮冷冷說道：「兄弟喜愛吹牛，但我卻很少說謊，那紫袍魔頭，不但還活在世上，而且還在江州。」

萬事通道：「那人必是和你一樣，想借那魔君生前之姓，死後之名，在武林中招搖一番。」

呼延亮正容說道：「不對，不對，那人是真真正正的紫袍魔君，別人能裝得他的形貌，卻無法有他的武功，在下如非見著他，如何會想到借他之名？」

慕容雲笙心中暗道：「此話大有道理，如若那紫袍魔君，已然很久未在江湖露面，武林中人，早已把他淡忘，這人怎會想到裝成紫袍魔君呢？」

只聽萬事通冷冷說道：「耳聞也許有誤，但在下是親眼看到，那紫袍魔君死在慕容長青的劍下，難道他還會還魂復生不成？」

但聞楊鳳吟道：「那紫袍魔君是誰？」

萬事通道：「一個生性嗜殺，武功詭奇的魔頭。他一年四季，穿著一襲紫袍，到處行走，武林中人，只要對他稍有忤逆，必然置於死地，殺人全憑喜怒，不分是非，而且不分黑白兩道，一視同仁。」

楊鳳吟道，「他武功很強嗎？」

萬事通道：「他出現江湖，一年有餘，死在他手中的武林人物，凡兩百一十六人，手段之辣，千百年來，絕無僅有。」

語聲微微一頓，道：「後來，他鬧得人不像話，不足一年時間，凶名已然傳遍武林，這才激怒了慕容長青，單劍訪魔君，相遇少室峰下，展開了一場惡鬥，在下適巧也在那裡，得以看到這場龍爭虎鬥，直到兩百招後，慕容長青才把他殺死。」

呼延亮道：「這就奇怪了，老朽說一件事，諸位當知我所言非虛了。」

萬事通道：「什麼事？」

呼延亮道：「老朽昔年已聞紫袍魔君之名，是以，見到他之後，心中忽然動疑，藏在暗中觀察……只見他在一座荒涼的古墳之前，面對著一溪流水，盤膝而坐，似是在運氣調息。」

萬事通道：「那也無法證明他就是紫袍魔君，或者武功高強。」

呼延亮道：「那時，在下還不太清楚，片刻之後，那紫袍人突然揚手一掌，擊了過去，那溪中之水，有如被巨石擊中，濺飛起一片水花。」

萬事通接道：「百步劈空掌力，何足爲奇？」

呼延亮道：「不錯，這百步劈空掌，不足爲奇，但驚人的卻在一掌之後……

「他劈過一掌之後，老夫已從那一掌功力中瞧出此人不是常人，就留心看了下去，只見他右手伸出，食中二指，指向小溪之中，那小溪之中突然泛起了一個一尺見方的漩渦，而且愈來愈大，不足頓飯工夫，那漩渦已然擴大成三尺大小，而且深約一尺左右。」

語聲頓了一頓，接道：「在下只敬佩到他的武功，卻還不知道他是紫袍魔君，待我仔細看過之後，發覺那人手指和溪水之間，有一道淡淡的紫氣，除了紫袍魔君之外，誰還有這等功力！」

楊鳳吟目光突然轉到萬事通的臉上，道：「萬事通，你當真是親眼瞧到那紫袍魔君，死在

慕容長青的劍下嗎？」

萬事通道：「不錯啊！」

楊鳳吟道：「他怎麼一個死法？」

萬事通道：「一劍穿胸而過，血染紫袍。」

楊鳳吟道：「以後呢？」

萬事通道：「以後，慕容長青行到那紫袍魔君身前，仔細的瞧了半晌，才一腳踢開那紫袍魔君的屍體，回頭而去。」

楊鳳吟道：「萬事通，你說那紫袍魔君會不會裝死呢？」

萬事通道：「這個……這個……很難說了，不過，身分像紫袍魔君者，在下從未聽人說過裝死的事。」

楊鳳吟道：「如非紫袍魔君復生，就是這呼延亮講的謊言。」

呼延亮大急道：「如若姑娘不信，老朽可帶妳去找那紫袍魔君！」

萬事通接道：「姑娘，此人別的武功不成，但輕功卻已登峰造極。」

但聞呼延亮哈哈一笑，道：「萬兄說得不錯，兄弟在輕功上的造詣，敢誇天下無雙。」

楊鳳吟道：「唉！可是我不相信你的輕功，真如你說的那般高強。」

呼延亮道：「姑娘如何才肯相信呢？」

楊鳳吟道：「我要試試看。」

楊鳳吟打量了花廳一眼，道：「你說這花廳夠不夠大？」

久走江湖的呼延亮，此刻也無法猜出楊鳳吟的用心何在，沉吟了一陣道：「姑娘可是要和

老朽在這花廳之中，比試一下嗎？」

楊鳳吟笑道：「我用一條絹帶，纏你身子，如是你能避開五次，那就算你勝了。」

呼延亮哈哈一笑，道：「這法子很好，不過，老朽要是勝了，姑娘要答允老朽一事。不過說起來，也不是什麼難事，對姑娘絲毫無損。」

楊鳳吟道：「不用轉彎子了，什麼事，明白的說出來吧！」

呼延亮一指萬事通，道：「如是老朽勝了，我要這萬事通的人頭。」

這條件，不但大出了慕容雲笙的意外，連楊鳳吟也是微微一怔。

片刻沉默之後，楊鳳吟才緩緩說道：「這就是你來此的真正用心了？」

慕容雲笙心中一動，暗道：「好啊！原來她在騙他說出來此的真正用心，這位楊姑娘看上去似甚純潔，一點也不善心機，但她常在人不知不覺中，誘人入彀，這才是大智大慧的人。」

楊鳳吟道：「我要問問萬事通……」

目光轉到萬事通的臉上，接道：「你聽到他說的話了。要不要給他賭呢？」

萬事通道：「在下相信姑娘，不過，姑娘出了賭注，那呼延亮還未出注，他要是輸了呢？」

楊鳳吟目光轉到呼延亮的臉上，笑道：「呼延亮，要是你輸了，怎麼辦？」

呼延亮沉吟了一陣，道：「只要不要我的老命，不論什麼都可以。」

楊鳳吟笑道：「好！我一時也想不起來要你如何，咱們先比試過，我再出題目給你。」

楊鳳吟緩緩放下手中奇花，柔聲對萬事通道：「你去拿一根繩子來，事關你的生死，你要是拿的繩子不好，我綑他不住，那你就不能活了。」

萬事通轉身向外行去。

片刻之後，萬事通走了回來，手中拿著一根很長的繩子。

楊鳳吟伸出嫩蔥一般的玉指，接過繩索，說道：「呼延亮，你現在可以跑了。你口中唸數，如若念到九，我還不能把你綑住，那就算你勝了。」

呼延亮道：「好。」

一提氣，大聲數道：「一……」

只見那楊鳳吟手執索繩，端坐不動。

呼延亮道：「妳怎麼不出手呢！」

楊鳳吟道：「還早啊！」

呼延亮雙肩微微一晃，陡然間向後退開七尺。

口中連續數了下去：「二、三、四、五……」

只見楊鳳吟玉手一揮，索繩脫手飛出。

呼延亮身子斜向一側，急聲數道：「六、七、八……」

只覺那索繩有如活蛇，呼延亮八字剛出口，索繩已在他身上繞了數匝。

楊鳳吟輕輕一帶，呼延亮身不由己地騰空而起，落在萬事通的身前。

廿三 千變萬化

萬事通伸手一把，扣住了呼延亮的右腕脈門，冷冷說道：「呼延兄一向善辯，不知此刻還有什麼話說？」

呼延亮道：「有。楊姑娘和在下約賭之時，似是說的用絹帶綑我，此刻，用的卻是索繩，那是和原約不符了。」

萬事通道：「絹帶和索繩有何不同？」

呼延亮道：「自然是不同了，那絹帶十分輕軟，運用不便，如何能和索繩相比。」

楊鳳吟突然接口說道：「萬事通，他說得很有道理，放了他吧！」

萬事通道：「好！我去替姑娘取條絹帶。」

楊鳳吟緩緩說道：「不用了。」

玉腕一抖，收回索繩，放在木案上，緩緩從腰間解下一條絹巾。

慕容雲笙暗道：「這絹帶十分輕軟，運用之難和索繩比起，那是不可同日而語了。」

呼延亮頂門上汗水涔涔，顯然他心中十分緊張，緩步行到大廳正中，道：「姑娘，還是和剛才一樣嗎？」

楊鳳吟道：「嗯！你數到九，我如綑你不住，那就算你贏了。」

呼延亮道：「好！一……」

楊鳳吟白絹一揮，橫裡掃去。

呼延亮一閃避開，連著數了下去，但見那白絹滿室飛舞，帶起了呼呼嘯風。

直到九字數完，楊鳳吟手中的白絹，並沒有纏在那老人的身上。

矯如游龍的白絹，突然停了下來，花廳中一片寧靜。

楊鳳吟緩緩收了絹帶，目光還注到萬事通的臉上，柔聲說道：「你不該太信任我，你說過，我的武功並不是天下第一啊！」

萬事通目光轉到呼延亮的身上，冷冷說道：「你勝得很意外，是嗎？」

萬事通又緩緩把目光轉注到楊鳳吟的身上，道：「姑娘，當真要在下死嗎？」

楊鳳吟道：「唉！這也是無可奈何的事啊！難道我說出口的話，能夠不算嗎？」

萬事通緩緩說道：「是姑娘要殺我呢？還是吹牛大王要殺我？」

楊鳳吟忽然微微一笑，道：「自然是吹牛大王要你人頭了。」

她避重就輕，說得語焉不詳。

萬事通道：「那就讓在下和呼延亮談談如何？」

楊鳳吟道：「好吧！你們談談吧！」

但聞萬事通說道：「呼延亮，在下和你無怨無仇，爲什麼你要賭在下的人頭？」

呼延亮道：「這是沒有法子的事。」

楊鳳吟突然將手中索繩綑向萬事通，使他身不由己地行到自己身前，楊鳳吟左手疾出，點了萬事通數處穴道。

慕容雲笙只看得大爲奇怪，暗道：「看來是楊鳳吟要殺他之心，比那呼延亮強上了千百倍。」

楊鳳吟點了萬事通穴道之後，目光轉到那呼延亮的身上，道：「呼延亮，萬事通人頭在此，他已無反抗之能，你可以拿刀出來，殺去此頭。」

呼延亮望望那萬事通，高聲說道：「姑娘，老朽先寄頭於此，明日來此收取如何？」

楊鳳吟道：「你既不願出手，我只好替你割下他的頭了。」

緩步行到萬事通的身前，探手從萬事通身上取出一把匕首，接道：「萬事通，我雖然殺了你，但那是賭債所迫，無可奈何的事，你死了之後做鬼，也不能找我報仇啊！」

言罷，舉起手中的匕首，刺了過去。

只聽萬事通大聲喝道：「住手！」

楊鳳吟停下手，道：「什麼事啊，萬事通？」

萬事通道：「在下並非萬事通！」

楊鳳吟眉宇間閃掠過一抹笑意，但不過一瞬間，就消失不見，眨動了一下圓圓大眼睛，道：「我不信。」

慕容雲笙心頭大震，暗道：「好啊！原來她早已瞧出他不是萬事通，卻不問他一句，也不揭穿，布下了如此妙局，使他自己招認，這位姑娘啊！當真是大智若愚。」

只聽萬事通說道：「在下當真不是萬事通！」

楊鳳吟道：「你不是萬事通，爲什麼會長得和他一樣呢？」

萬事通道：「因爲在下精善易容之術。」

楊鳳吟道：「那就很奇怪了，萬事通一直跟在我的身側，怎麼會變了人呢？」

她的話聽起來是那樣幼稚，但如仔細一想，卻又是極高深的一種套問內情的藝術，她如正面問起內情，他也許心生警覺，至死不肯承認，但她卻始終不追問內情，那人在死亡威脅之下，不自覺地說出了內情。

但聞那大漢說道：「那萬事通去替姑娘找尋一朵奇花，是嗎？」

楊鳳吟暗中很用心的聽他說話，表面上卻又裝得若無其事，喃喃自語道：「你如真的不是萬事通，那自然不用聽我的話了。」

這無疑告訴那人，只要他能證明他真的不是萬事通，那就不用殺他了。

假萬事通道：「那尋找奇花的萬事通，去的是他真人，但回來的卻是由在下代替了。」

假萬事通伸手在臉上用力一抹，藥物脫落，露出另外一個面目，道：「姑娘現在可以相信了吧！」

楊鳳吟手掌揮動，拍活他身上穴道，訝然說道：「你真的不是！」

語聲頓了一頓，道：「那真的萬事通被你殺了麼？」

慕容雲笙凝目望去，只見那人面如生薑，白中透黃，似是病了很久的人，全然不見一點血色。

只聽那黃面人道：「沒有殺他，而是把他囚在一處很隱秘的所在。」

楊鳳吟嗯了一聲，目光轉到呼延亮的臉上，道：「這人不是萬事通，咱們打賭一事，自然是不能再算了。」

呼延亮道：「這樣吧！這人不是萬事通，不用割他的頭，你把活人交給我如何？」

楊鳳吟搖搖頭，道：「不行，我一定要找到萬事通，重新和你賭過。」

慕容雲笙暗暗讚道：「妙啊！不著痕跡的追問那萬事通的下落。」

只聽黃臉漢子說道：「姑娘想找到萬事通，只有一途，就是用在下交換那真萬事通回來。」

楊鳳吟道：「這法子很好啊！」

語聲一頓，道：「你這易容能耐，當真是高強得很，定然是大大有名的人物了。」

假萬事通道：「在下千變人金大賢。」

楊鳳吟道：「我和這呼延亮打賭，非得找到那萬事通，不知如何才能交換他回來？」

金大賢道：「簡單得很，姑娘如是能夠信得過在下，立刻把我放了，一個時辰之內，萬事通就自己可以回來了。」

楊鳳吟道：「這辦法太冒險了。」

金大賢道：「如是姑娘信我不過，那就派遣一個人，把在下送到一處所在，交換萬事通。」

楊鳳吟淡淡一笑，道：「只好如此了。」

金大賢道：「如是入夜之前，在下還不能回去，他們就認爲在下已取得姑娘信任，爲了永絕後患，萬事通就要活生生被埋。」

楊鳳吟望望天色，道：「咱們得快些去了。」

突然舉手一指，點了金大賢的穴道，道：「你先委屈片刻。」

只聞呼延亮接道：「那麼，老朽先走，等妳帶回那萬事通後，老夫再來。」

目光一轉，低聲對那隨來童子說道：「咱們走吧！」轉身向外行去。

只見楊鳳吟右手一揚，案上索繩，陡然飛出，活蛇一般，綑住了呼延亮。

那隨行童子，年紀雖輕，但身法卻是快速無比，身子一晃，人已穿出了花廳。

只聽一聲冷笑，傳了出來，道：「回來。」

緊接著響起了一聲砰然大震，那躍出花廳的童子，突然間又倒退而回。

楊鳳吟右手一帶，拉過呼延亮的身子，左手一抬點了他的穴道。緊接著右手揚出，遙遙點去。

那童子哼了一聲，應手而倒。

楊鳳吟眨動了一下大眼睛，低聲說道：「慕容兄，跟我一起走一趟好嗎？」

慕容雲笙道：「姑娘就這樣去嗎？」

楊鳳吟道：「我去換過衣服。」轉身行入內室。

片刻之後，重又行出。

慕容雲笙轉目望去，只見她穿了一身黑色勁裝，黑帕包頭，手上也戴了一付黑色手套，那張風華絕代，美麗無比的臉，也似套上了人皮面具，掩去了天姿國色。

只聽她柔聲說道：「慕容兄，咱們走吧。」

伸手拍活了金大賢的穴道，道：「你走在前面帶路。」

金大賢望望楊鳳吟，又望望慕容雲笙，大步向前行去。

慕容雲笙看行進之路，並非是到江州城中，暗道：「難道他們早已設有埋伏不成。」

忖思之間，到了一處十字路口。

只見二座紅磚蓋成瓦舍，矗立道旁，金大賢直向右首一座瓦舍中行去。

瓦舍前高掛著一面招牌，寫著「過仙閣」三個大字。原來，這是一個賣酒飯的客棧。

金大賢直到後面一間客房之中，大馬金刀地坐了下去，伸手一捶桌子道：「叫你們孫大掌櫃來。」

只見一個身著藍褲、藍褂的大漢，快步行了進來，接道：「找我什麼事？」

金大賢冷然接道：「在下已被人瞧出破綻，生擒了去，孫兄立時代我傳訊，就說在下被擒，今夜三更之前，把那萬事通送到此地，替換我的性命……」

孫大掌櫃淡淡一笑，轉身而去。

直待那孫大掌櫃去遠，楊鳳吟才問道：「金大賢，我們要在此地等到三更以後嗎？」

金大賢道：「最遲三更，也許在天黑前就有消息。」

一頓，又道：「有一件事，在下想不明白。」

楊鳳吟道：「什麼事？」

金大賢道：「楊姑娘如何瞧出了在下的身分？」

楊鳳吟搖頭說道：「我一直沒有瞧出來啊！都是你自己告訴我的。」

金大賢苦笑一下，道：「如若在下不告訴妳，現在人頭已被割給那呼延亮了。」

楊鳳吟道：「有一點我也想不明白，那就是你明明和那呼延亮認識，他又爲什麼要割下你的人頭呢？」

金大賢道：「因爲我認出了他的身分，所以他心中恨我。」

談話之間，那孫大掌櫃，已大步行了回來。

金大賢冷冷問道：「在下之事，辦妥了沒有？幾時可得回音？」

孫大掌櫃道：「那要看你的運氣了，最遲今夜三更之前。」

金大賢冷笑一聲，道：「如若孫兄從中和兄弟爲難，總有一天要被兄弟查出來。」

孫大掌櫃道：「諸位坐一會兒，有消息時，在下就來奉告。」

楊鳳吟柔聲說道：「大掌櫃的急什麼，坐這裡等回音也是一樣。」

孫大掌櫃怒道：「不一樣！」

目光轉到金大賢臉上，道：「金兄！這人是什麼身分？」

金大賢哈哈一笑，道：「這個麼，兄弟也不知道。」

也字拖得很長，顯然是有意賣關子。

孫大掌櫃正待發作，突聞一聲口哨傳了進來，緊接著一隻全身雪白的健鴿，直飛而入。

那雪白健鴿雙翼一收，落在孫大掌櫃的左肘之上，孫大掌櫃右手一抬，拇指和中指交接，啪的一聲，打了一個指哨。

金大賢心知這健鴿將帶來他生死的宣判，全神貫注，望著孫大掌櫃。

那孫大掌櫃卻是慢條斯理的，伸手從鴿翼之下取出一個金色的短筒，打開木蓋，裡面是一張白箋。

金大賢急道：「來函上如何指示？」

孫大掌櫃道：「要你盡力拖延時刻，萬一拖不下去，那就以死報答聖恩。」

但聞金大賢怒道：「勢不均、力不敵，在下既無能和人動手，也無法再拖延下去了。」

孫大掌櫃冷笑一聲，道：「金兄不信兄弟的話，拿去看就是。」
金大賢接過白箋，展開瞧了一陣，臉色大變。
楊鳳吟道：「那信上說的什麼？」
金大賢冷笑一聲，道：「信上說在下如若拖延不過，那就不妨自絕而死，也可免去聽人擺布的痛苦。」
楊鳳吟道：「這麼說來，萬事通已經死了？」
金大賢道：「在下氣憤的也就在此，這竟然未提萬事通一個字。」
孫大掌櫃道：「那位飄花令主，在你身上下了劇毒？」
金大賢道：「沒有。」
孫大掌櫃冷冷道：「那你爲什麼不能走？」
金大賢苦笑一下，道：「走不了，人不出室門，就要橫屍當場。」
孫大掌櫃也是久在江湖闖蕩之人，聽言忽生警覺，目光一掠慕容雲笙和楊鳳吟，道：「兩位都是飄花門中高手了，能使得金大賢如此畏懼，定然有非常武功。」
左臂一抖，那落在肘間的白羽健鴿，突然向外飛去。
楊鳳吟右手一抄，抓住了那飛起的健鴿，笑道：「孫大掌櫃這健鴿，未帶書信，如何能放牠飛去？」
孫大掌櫃道：「姑娘要寫書信嗎？在下去拿文房四寶。」
霍然站起身子，舉步向外行去。
楊鳳吟道：「叫人拿來也是一樣。」左手一抬，一指點去。

孫大掌櫃早已有備，左手立掌如刀，横裡切去。

楊鳳吟左腕微挫，五指一翻，拿住了孫大掌櫃的右腕。

孫大掌櫃頓覺半身一麻，勁力頓失，頂門上汗珠滚滚而下。

楊鳳吟緩緩說道：「坐下。」

孫大掌櫃只覺右腕腕骨如裂，疼得咬牙皺眉，哪裡還有反抗之能，乖乖坐了下去。

楊鳳吟左手陡然鬆開，食中二指，卻借勢由孫大掌櫃的前胸輕輕劃過。

她輕描淡寫，若無其事，似是收回掌勢時，食中二指碰在了那孫大掌櫃的胸前，實則內力由指尖透出。

那孫大掌櫃卻是苦不堪言，只覺胸前內腑一陣劇疼，有如利刃劃過一般。

楊鳳吟笑道：「大掌櫃，要他們送上筆墨紙硯。」

孫大掌櫃已吃足苦頭，求生不能，求死不得，當下說道：「哪個當値？快拿文房四寶來。」

一個年輕店夥計應了一聲，片刻之後，送上筆墨紙硯。

楊鳳吟道：「金大賢，你寫一封書信，信上說明要他們在三更之前，把萬事通送來此地。如是殺害了萬事通，你們將用一百個高手給他抵命。」

金大賢握管沉思，寫了良久，才寫好一封書信，道：「姑娘可要過目嗎？」

楊鳳吟道：「不用了，放在那鴿翼下金筒之中，要這信鴿送走。」

金大賢早已爲楊鳳吟武功震懾，依言折起信箋，放入金筒。

楊鳳吟一抖手，白鴿疾飛而去。

時光匆匆，不覺間，已是初更過後時分。

楊鳳吟望望那燒殘的火燭，緩緩說道：「唉！兩位的時間，不太久了，現在已經是初更過後，三更轉眼即屆。」

孫大掌櫃輕輕咳了一聲，道：「還有半個更次，在下想來，總該有點消息才成。」

談話之間，瞥見那飛去的白鴿，重又飛回室中。

金大掌櫃急急從白鴿翅下，取出金筒，打開白箋一看，只見上面寫道：「三更時分，城南亂葬崗下，交換人質。」下面署名神鵰使者。

楊鳳吟望了那白箋一眼，道：「神鵰使者是什麼人？」

金大賢道：「本門四大使者之一，他跨鵰飛行，一日間來去千里，故號神鵰使者。」

楊鳳吟道：「金大賢，你把本姑娘身分寫得很清楚嗎？」

金大賢道：「沒有，在下信中只約略提到姑娘。」

楊鳳吟道：「那很好，你可知道那亂葬崗嗎？」

孫大掌櫃急急接道：「在下知曉，在下爲姑娘帶路。」

楊鳳吟道：「那很好，不過，我有一點困惑之處，想不明白。」

孫大掌櫃道：「什麼事？」

楊鳳吟道：「到了那亂葬崗中，你們究竟要幫哪一個，幫我呢，還是幫神鵰使者？」

這兩句話只問得金大賢和那孫掌櫃面面相覷，啞口無言。

楊鳳吟淡淡一笑，道：「你們很爲難，是嗎？」

金大賢道：「正是如此，不知姑娘有什麼高見指教？」

楊鳳吟道：「你們害怕那神鵰使者，不敢背叛他，我想最重要的原因是，怕他取你們之命，我如比他的手段再毒辣一些，你們就自然怕我不怕他了。」

只見楊鳳吟右手輕輕一彈，那金大賢和孫大掌櫃似是突然被人扎了一下，身子微微一顫。

但聞金大賢道：「姑娘在我們身上，下了什麼毒手，不知可否說明？」

楊鳳吟道：「讓你們知道也好。」

說話之間，右手輕輕一彈，一枚細如牛毛的鋼針，跌落在一個白瓷盤中。

楊鳳吟道：「照你們的功力而論，這一枚小針，自是不足危及兩位之命，不過如是刺入了兩個行血經脈之中，那就大大的不同了。」

語聲一頓，接道：「這小針刺入肌膚後，隨著行血運轉，十二個時辰之後，就隨行血刺在心臟之上，除下針之人外，很少人能夠算得出它每個時刻行經的地方。」

這等制人生命的方法，真是罕聞罕見，聽得金大賢頭上直冒冷汗。

楊鳳吟輕輕一掌，拍在孫掌櫃前胸之上，玉指同時在他前胸上彈動一陣。

孫掌櫃感到前胸之中，似乎有一股熱流四下奔散。

他想到可能是楊鳳吟解除他前胸凝結的傷勢，但仍是端坐不敢亂動。

原來，他自被楊鳳吟點傷內臟之後，吃足苦頭，稍一掙動，內腑痛如刀割，是以不敢再輕易掙動。

但聞楊鳳吟笑道：「孫大掌櫃，你可以行動了。」

孫大掌櫃活動了一下雙臂，果然胸前痛苦已失，不禁長長吁一口氣。

楊鳳吟道：「記著，兩位身上經脈行血之中，已然各有著一枚鋼針在運行，在正常情形

下，需要十二個時辰，那鋼針才會隨行血刺入心臟，但如兩位奔行趕路，運氣動手，那行血自然加速，那鋼針行速，也隨著增加，那就縮短了鋼針刺中心臟的時間。」

語聲一頓，望望天色，接道：「現在時光已經不早了，咱們也該動身啦！」

孫大掌櫃道：「在下還有一事請教姑娘，在那鋼針還未刺入心臟之前，我等是否可以和人動手？」

楊鳳吟道：「可以，而且是全無妨礙。」

孫大掌櫃起身說道：「在下帶路。」大步向外行去。

金大賢、楊鳳吟、慕容雲笙魚貫相隨身後，向前奔去。

幾人奔行的速度，愈來愈快，不過一刻工夫，已到了一片雜林環繞，亂墳突起的陰森墓地中。

孫大掌櫃停下腳步，道：「到了，這就是亂葬崗。」

楊鳳吟緩步走到慕容雲笙身側，柔聲說道：「問問那神鵰使者在何處？」

慕容雲笙輕輕咳了一聲，道：「孫大掌櫃，那神鵰使者到了嗎？」

孫大掌櫃道：「他騎鵰飛行，應該比咱們快速，只怕早已在等候了。咱們到存棺茅舍中瞧瞧去吧！」

舉步越過那聳起的青塚，直向亂墳之中行去。

楊鳳吟道：「何謂存棺茅舍？」

孫大掌櫃道：「這亂葬崗中，大都是埋葬的無主屍體，和那些無依無靠之人，常常是有屍無棺，蘆蓆捲埋。後來，有些行善之人，在這亂葬崗中，建了一座存棺茅舍，而且捐獻十口棺木，存於茅舍之中，凡是無人認領的屍體，就用那茅舍中存棺葬埋，日後捐棺之人，日漸增加，棺木就放在存棺茅舍之中。」

談話之間，已行到一座竹籬環繞的宅院前。

慕容雲笙目光轉動，只見那茅舍乃是一座三合院，竹籬之內長滿了青草，不過深不及膝，和他處草深及人的情形，大不相同，顯然，在那竹籬之中的野草，常常有人修剪。

只見孫大掌櫃伸手一推，籬門呀然而開。

楊鳳吟緩緩說道：「那神鵰使者，還沒有來嗎？」

但聞那茅舍正廳之中，有人應道：「候駕多時，姑娘請房中一會。」

正廳關閉的木門呀然而開，火光一閃，正廳中燃起了一支火燭。

楊鳳吟低聲說道：「有勞孫大掌櫃帶路。」

孫大掌櫃無可奈何，只好舉步向前行去。

楊鳳吟和慕容雲笙並肩而進，金大賢走在最後。

大廳中分擺著一十二具棺材，但仍舊留有一部分空地。

一支熊熊燃燒的火燭，端放在一具紅漆棺木之上。

一張木椅，背門而放，上面端坐著一個人，只因那人是背門而坐，無法看清楚他的面貌，燭火下只看到一角白衣。

只見那孫大掌櫃恭恭敬敬地抱拳一揖，道：「見過使者。」

一個冷峻的聲音傳了過來，道：「你既然無抗拒之能，爲何不自絕而死？」

孫大掌櫃道：「屬下要留性命，敬候使者差遣。」

那冷漠的聲音接道：「現在你已經無事可辦，可以死啦！」

只見那人忽的一轉，連人帶椅子一齊轉了過來。

慕容雲笙凝目望去，只見那人一身白衣，臉色蒼白得不見一點血色，頭戴白色狐皮帽，護面用的白皮面罩，也高高捲在帽頂上。

那一身白色的衣服，也是羊皮製成，加上他瘦小的身子，看上去就像長了一身白毛的猴子。

只見他口齒啓動，冷冷地說道：「你受了別人的暗算？」

孫大掌櫃道：「不錯，而且是非死不可的暗算，所以，屬下盡量保存下性命，來見使者，說明內情，再死不遲。」

神鵰使者微微頷首，目光轉到金大賢的臉上，道：「你呢？爲什麼還要苟安偷生？」

金大賢道：「要在下冒充那萬事通時，已經事先說明，萬一事情有變，咎不在我。」

神鵰使者緩緩說道：「什麼人答應了你？」

金大賢道：「金輪堂主親口答允在下。」

神鵰使者冷冷說道：「你如說一句虛言，有得你苦頭好吃。」

金大賢道：「在下說的句句實言。」

楊鳳吟一直冷冷地站在一側，默不作聲，似是想從幾人對話中，聽出一點內情來。

神鵰使者目光投注到楊鳳吟的臉上，道：「妳就是飄花門中的楊姑娘？」

楊鳳吟點點頭，道：「不錯啊！你穿的這身衣服很好玩。」

神鵰使者冷笑一聲，道：「什麼好玩？」
楊鳳吟道：「叫人無法分辨你是人呢，還是猴子。」
神鵰使者冷笑一聲，道：「妳說話這般無禮，想是活得不耐煩了。」
楊鳳吟淡淡一笑，道：「此刻，還不一定咱們哪個要死，你先別把話說得太滿了。」
神鵰使者緩緩站起身子，道：「姑娘先接我一招試試！」
楊鳳吟微笑道：「好！」
神鵰使者緩緩向前行了兩步，舉起右掌，緩緩劈出。
那掌勢來得全無力道，而且又緩慢異常。
但那神鵰使者雙目中，卻閃動著一種冷電一般的神光，凝注楊鳳吟的臉上。
只見楊鳳吟戴著黑色手套的右手，也緩緩推出，慢慢向那神鵰使者掌上迎去。
雙方的掌勢緩緩地接觸在一起。
這兩大高手搏鬥，竟然如童子相戲一般，雙掌緩緩觸在一起。
金大賢、孫大掌櫃和慕容雲笙，全都凝神注目，看兩人掌勢上有何變化。
起初之時，還瞧不出有何特異之處，過了一刻工夫之後，突見那神鵰使者頂門之上，出現了汗水，片刻間大汗滾滾而下。
又過了一陣工夫，神鵰使者那白毛皮衣之上，開始波動，有如石塊拋入水中之後，蕩起的漣漪。
突然間，神鵰使者向後連退兩步，一跤跌坐在地上。
楊鳳吟輕輕喘了兩口氣，道：「那萬事通現在何處？」

神鵰使者望望右首一具棺材，道：「在那具棺木中。」

楊鳳吟左手一抬，拔出了慕容雲笙背上長劍，道：「有勞孫大掌櫃，打開棺木瞧瞧。」

孫大掌櫃望了神鵰使者一眼，緩步行到棺木之前，打開棺蓋，抱出了一個人來。

慕容雲笙凝目望去，只見那人衣著、形貌，果然和金大賢改扮的完全一樣，不禁暗道：「這金大賢易容之術，果然高明。」

只聽楊鳳吟道：「金大賢，萬事通如是死了，第一個你償命，第二個是孫大掌櫃，第三個是神鵰使者，此外還有九十七人，我說到就能做到，一個也不能少。」

神鵰使者道：「他沒有死，只是被點了穴道。」

楊鳳吟道：「拍活他的穴道，我要問問他是真的還是假的。」

神鵰使者低聲說道：「金大賢，解開他的穴道。」

金大賢緩步行了過去，揮手一掌，拍在那萬事通的背心之上。

神鵰使者冷冷說道：「我點了他四處穴道，你慢慢推拿，他才會清醒過來。」

金大賢應了一聲，慢慢在萬事通身上推拿起來。

楊鳳吟目光轉動，四顧了一眼，冷冷說道：「神鵰使者，這棺木中埋伏的人，可以出來了，時間太久啦，要是把他們悶死了，那時如何是好？」

神鵰使者道：「姑娘當真是高明得很。」

楊鳳吟道：「有一件事，只怕是使者忘懷了，棺中伏兵盡出，未必能夠殺我，但你神鵰使者，卻要先死在我的手下。」

神鵰使者一皺眉頭，道：「不錯，在下敗在妳姑娘手中，伏兵盡出也是未必能夠勝妳。」

只聽萬事通長長吁一口氣，緩緩站起了身子。

楊鳳吟微微一笑，道：「萬事通，你好嗎？」

只見萬事通茫然四顧了一眼，道：「你是對老夫說話嗎？」

楊鳳吟眨動了一下圓圓的大眼睛，道：「怎麼？你不認識我了？」

萬事通搖搖頭道：「老夫記不得了。」

楊鳳吟突然一揚右手，寒芒一閃，響起了一聲慘叫，那孫大掌櫃項上人頭，突然滾落地上，血噴三尺，屍體栽倒。

只見那閃動的寒光，在室中打了一個轉，重又飛回楊鳳吟的身前。

楊鳳吟右手一抬，那寒光隱入楊鳳吟的袖中不見。

這奇迅絕倫的殺人手法，使得那金大賢爲之一呆，瞪著一對眼睛，竟然未瞧出那楊鳳吟是如何殺死了孫大掌櫃。

楊鳳吟望著那孫大掌櫃的屍體，道：「你們誰不相信我的話，認爲我不會殺人。」

語聲微微一頓，高聲說道：「現在，你們相信了吧？」

神鵰使者臉色蒼白道：「回旋劍！」

楊鳳吟道：「你能認出是回旋劍，足見你很高明，想必有破解之法了。」

神鵰使者回顧了萬事通一眼，道：「他服過迷魂丹，是以不識姑娘。」

楊鳳吟道：「解藥現在何處？」

神鵰使者道：「不用解，迷魂丹藥力，十二個時辰後自然消失。」

楊鳳吟道：「他服過迷魂丹，過去幾個時辰了？」

神鵰使者沉吟了一陣，道：「六個時辰以上。」

楊鳳吟道：「那是還要六個時辰，他才能清楚過來，六個時辰太久了，我如何能夠等待？」

神鵰使者道：「不過十二個時辰，迷魂丹的藥力，無法消失。」

楊鳳吟淡淡一笑，道：「你身上帶有迷魂丹嗎？拿給我瞧瞧好嗎？」

神鵰使者無可奈何，只好探手入懷，摸出一個鐵盒，道：「這就是迷魂丹藥。」

楊鳳吟接過鐵盒，緩緩打開盒蓋，取出一粒迷魂丹，道：「我不信迷魂丹有此力量，能使一個人神智迷亂。」

目光轉到金大賢的臉上，道：「金大賢，你過來。」

金大賢無可奈何，只好緩步行了過來。

楊鳳吟左手中捏著一顆丹丸，緩緩說道：「金大賢，這神鵰使者在你們三聖門中的身分很高嗎？」

金大賢道：「不錯。」

楊鳳吟微微一笑，道：「他現在體力還未恢復，你過去打他兩個耳光，好嗎？」

金大賢雙手亂搖，道：「這個，在下不敢。」

楊鳳吟道：「咳！你忘了他剛才要殺你嗎？」

語聲微微一頓，接道：「你如若吃下這顆迷魂丹，就敢打他了。」

金大賢道：「這個，這個……」

廿四　暗箭難防

楊鳳吟道：「吃下去吧！那神鵰使者平常頤指氣使，你受夠了窩囊氣，今日能打他一頓，只怕是你求之不得的事，你吃了迷魂丹，不認識他，打他一頓也不算錯啊！」

這幾句話，清音細細，說得溫柔無比。

金大賢望望楊鳳吟，又望望神鵰使者，茫然無措。

楊鳳吟突然轉冷漠，道：「金大賢，你瞧到孫大掌櫃的結果嗎？」

金大賢還未來得及答話，那神鵰使者已搶先說道：「金大賢，你吃下那迷魂藥物吧！」

金大賢無可奈何，行前兩步，接過那迷魂丹，吞了下去。

楊鳳吟雙目神凝，盯注在金大賢的臉上瞧看。

顯然，她在求證這丹藥的效力。

神鵰使者緩緩說道：「這藥力要一盞熱茶時光之後，才能發作，發作之後，記憶才能完全喪失，所有的親故之人，就完全不認識了。」

楊鳳吟冷笑一聲，道：「我自己會瞧，不用你說給他聽了。」

慕容雲笙站在一側，無法猜知楊鳳吟用心何在，但他卻已知道，這位表面上看去嬌稚無邪的姑娘，實則是智慧絕世，迫使金大賢服用下迷魂丹丸，必有用心，也許雙方還在運用所能，

展開一場鬥智大戰。

但聞楊鳳吟緩緩說道：「神鵰使者，一個人服用了迷魂丹丸之後，親人故舊全不相識，這丹丸有何用處呢？」

神鵰使者道：「服藥人記憶喪失，但形貌未變，自然有很多可用之處。」

楊鳳吟道：「還有一件事，只怕你沒有說明。」

神鵰使者道：「什麼事？」

楊鳳吟道：「這其間，定有一種方法，可以指揮那失去記憶之人。」

神鵰使者道：「這個在下就不清楚了。」

楊鳳吟冷笑一聲，道：「你不肯說，我就讓你也吃一粒。」

神鵰使者道：「也許有指揮服藥之人的方法，不過，在下實不知道。」

楊鳳吟道：「除非你也肯吃下一粒，我才能信你的話。」

打開盒蓋，取出一粒丹丸，投擲過去。

神鵰使者接過丹丸，略現爲難之色，道：「一定要吃嗎？因爲吃下此丹之後，不論姑娘再問什麼，在下都無法回答了。」

楊鳳吟道：「不要緊，你放心的吃吧。」

神鵰使者一張口，當真把一粒丹丸吞入腹中。

這一下大大地出了那慕容雲笙意外，不禁一皺眉頭，心中暗道：「這種鵰使者如此溫順，倒使人想不明白。」

只見楊鳳吟大眼睛眨動了兩下，冷冷說道：「金大賢，你服下那迷魂丹，藥力發作了沒

有？」

金大賢道：「正在發作。」

楊鳳吟道：「嗯？那是什麼樣的感覺？」

金大賢道：「內腑發燒，記憶力逐漸消退。」

楊鳳吟道：「那很好啊！」

手握劍尖，把劍柄遞向那金大賢，道：「拿著這柄寶劍。」

楊鳳吟道：「那神鵰使者，也吃下一粒迷魂丹丸，你瞧到沒有？」

金大賢道：「瞧到了。」

楊鳳吟道：「片刻之後，他服下丹丸的藥力，就要發作，現在刺他幾劍，他也不會記得。」

金大賢道：「這個，這個……」

楊鳳吟冷笑一聲，道：「你好像很清醒啊！」

金大賢道：「在下的記憶力，還未完全喪失。」

楊鳳吟道：「但我已不想再等下去，現在，你只有兩個方法，可以活命。第一個方法，你去刺神鵰使者三劍，刺得越重越好，我就放你離開，你如是不願他去，我破例收你做爲花奴。」

金大賢接道：「第二個方法呢？」

楊鳳吟道：「你不敢刺神鵰使者，那就自做英雄，斬斷一手一腿，然後隨你之意，留此他去，悉聽尊便。」

楊鳳吟冷笑一聲，道：「這兩個方法，你若都不願選擇，只好由我動手，讓你和那孫大掌櫃結伴同行了。」

但聞神鵰使者接道：「金大賢，你既惜命，又怕落下殘廢，那就刺我三劍吧！」

金大賢道：「這個屬下怎能下手呢。」

神鵰使者喝道：「你既然不敢自斷一手一腿，難道連我也不敢刺嗎？」

慕容雲笙心中暗道：「這神鵰使者，實也是一個怪人，怎的非要迫那金大賢刺他三劍不可，難道他練有不畏刀劍的武功不成。」

只聽神鵰使者又冷冷說道：「我要你刺，你儘管動手不妨。」

楊鳳吟似是也被神鵰使者這等異常的舉動，鬧得有些茫然，是以靜靜地從旁觀察。

金大賢道：「使者之命，在下是不得不從了。」緩步行向神鵰使者。

神鵰使者道：「你刺我右臂的『臑會』穴，盡快用力。」

只聽沙的一聲，金大賢手中長劍，破衣而入。

神鵰使者長嘯一聲，道：「這一劍刺得好，下一劍你刺我左肋『帶脈』穴。」

金大賢道：「那是人身致命所在，如何能夠刺得？」

神鵰使者道：「你只管下手就是，不用顧慮。」

金大賢舉手一劍，刺向神鵰使者『帶脈』。

只見神鵰使者右臂一伸，巧妙異常地奪下金大賢手中的長劍，縱身而起，直向室外奔去。

楊鳳吟道：「站住。」一側身，橫阻神鵰使者的去路。

神鵰使者右手執劍，左手猛力一推，金大賢直向楊鳳吟撞去。

楊鳳吟左手推出，啪的一掌擊在金大賢的左肩。
只打得金大賢兩個踉蹌，摔跌在地上。
但那神鵰使者卻在一剎那間，飛出室外。
楊鳳吟柳腰微挫，正要追出，突然白芒一閃，一把長劍，直向萬事通前胸擊去。
原來那神鵰使者把手中長劍當做暗器，擲向萬事通。
那萬事通神智未復，自然無防衛之能，迫得楊鳳吟回手相救，一上步，右手探出，快速絕倫地抓住了劍柄，楊鳳吟抓住長劍，一挺柳腰，疾如流矢一般。飛躍出室。
抬頭看去，只見夜色中一點黑影，破空沖霄而去。
除了楊鳳吟外，只怕當世高手中，很少有人能如她那快捷的手法，在間不容髮中，接住那柄長劍。
只見楊鳳吟緩步行入室中，道：「慕容兄，咱們出去吧！」
慕容雲笙道：「神鵰使者逃了？」
楊鳳吟道：「咱們出去再談好嗎？」
慕容雲笙笑道：「好！」
舉步向外行去，心中卻是大感奇怪，暗道：「為什麼非要出去談呢？」
楊鳳吟牽起萬事通的衣袖，大步向外行去，一面說道：「慕容兄，你抱起那金大賢好嗎？他經此一劫，只怕會對咱們說實話了。」
慕容雲笙抱起了金大賢，緊追楊鳳吟身後，行出茅舍。
楊鳳吟行到距那茅舍十丈左右，一座較大的青塚旁，停了下來，道：「慕容兄，你方才問

我什麼？」

慕容雲笙四顧了一眼，道：「我問那神鵰使者……」

楊鳳吟接道：「被他逃走了，我早該想到的，當時竟然忽略了過去。」

慕容雲笙道：「他要金大賢狠狠刺他三劍，不知是何用心？」

楊鳳吟道：「他和我動手時，閃傷兩處經脈，真氣滯留兩處穴道上，無法散開，當我們之面，自然不便叫人助他，借那金大賢揮劍刺他之手，解除了他的危難。」

慕容雲笙長長吁了一口氣，道：「原來如此。」

楊鳳吟道：「他極善心機，而且籌思很精密，先行長嘯，召來神鵰，候諸室外，然後，先用金大賢阻我攻勢，再擲劍刺向萬事通，迫我回手相救，他卻很從容的跨鵰而去，夜色幽暗，我追出室外，那巨鵰已然飛出數丈之外。」

語聲甫落，突聞兩聲砰砰大震，那存棺茅舍，突然騰起了一片烈焰。

楊鳳吟突然一整臉色，道：「慕容兄，你既然都看到了，當然會知道咱們的處境，仍然在劣勢之中，對方組織的嚴密，布置的周詳，已到了神出鬼沒之境，更可怕的是，那神秘的組織中，擁有著無數高手，一個個都對那領導人十分忠實。」

慕容雲笙抱起金大賢，道：「姑娘和三聖門本無恩怨，不知為何要捲入漩渦之中？」

楊鳳吟帶起萬事通，溜了慕容雲笙一眼，舉步向前行去，一面說道：「我也不太明白，如若一定要我說出一個理由，那就是三聖門的實力太過強大，大到武林中沒有一個門派能和他們抗拒。」

語聲微微一頓，接道：「女兒幫雖然也有高人領導，但也不足和三聖門抗衡，因此，才引起了我的興趣。」

楊鳳吟回顧了慕容雲笙一眼，道：「你可是不信我的話嗎？」

慕容雲笙道：「別人如此說，我是確然不信，但出自妳姑娘之口，那就不同了。」

楊鳳吟接道：「爲什麼？」

慕容雲笙道：「在下之意，是說姑娘的智慧太高了，所思所想，都非常人智慧能及，所以，常人也就無法測度了。」

楊鳳吟嘆息一聲，欲言又止。

沉默延續了一盞熱茶工夫之久，楊鳳吟才開口說道：「咱們走快一些。」

右手用力牽著萬事通的右腕，放步奔去。

慕容雲笙抱著金大賢，緊緊隨在身後奔行，一口氣跑回慕容宅院。

只見大門洞開，無人守護。

楊鳳吟突然放開萬事通，流矢般地直衝入宅院之內。

慕容雲笙也警覺到事態嚴重，伸手抓住了萬事通，快步向宅院行去。

行入大門，只見花廳中燈光輝煌，別處卻是毫無燈光。

慕容雲笙行入花廳，只見四支高燒的火燭，光焰熊熊，照得滿室中一片通明。

楊鳳吟站在廳中，望著木案上一紙白箋，呆呆出神。

慕容雲笙行近木案，凝目望去，只見那白箋之上寫道：「姑娘初入江湖，和武林中人全無恩怨，不知何故，竟要逞一時意氣，和本門中人作對，故暫拘花婢、花女，並囚聚花奴，以示

薄懲。此後如若仍敢和本門作對，必將縛而殺之，示眾三日，吾言由法隨，決不寬貸。」

下面並未署名，卻蓋了一個硃砂紅印「聖堂令箋」四個字。

但聞楊鳳吟緩緩說道：「我們算錯了一件事，致為他們所乘。」

慕容雲笙道：「什麼事？」

楊鳳吟道：「我忽略了那孫大掌櫃用信鴿傳出我信息時，他們同時可以用信鴿傳訊百數十處，神鵰使者約我們相晤於亂墳之中，正是他們分頭行動之時。」

慕容雲笙緩緩放下懷中的金大賢，道：「姑娘和武林中人人事事，全無恩怨可言……」

楊鳳吟接道：「你也和他們一樣，勸我退出江湖，是嗎？」

慕容雲笙道：「一樣的意思，但卻是兩樣心情，他們旨在威嚇，在下卻是意出至誠。」

楊鳳吟道：「你怕我被人傷害嗎？」

慕容雲笙道：「姑娘人間仙子，犯不著和這般鬼魅們決勝於江湖之上。」

楊鳳吟道：「不要把我看成什麼人間仙子，我是人，和你一樣，有情有義，有愛有恨，如若硬說我有些和人不同之處，那該是我生長環境的特殊，養成我稍異常人的性格。」

她微微一笑，接道：「慕容兄可曾看出這花廳中破綻了嗎？」

慕容雲笙道：「在下慚愧得很，瞧不出有什麼異樣之處。」

楊鳳吟道：「正因為一切無異樣，證明了他們雖然擒去花婢、花女，但卻是未經打鬥。」

慕容雲笙道：「他們施用別法，先使姑娘從人失去了抗拒之能，然後一一生擒。」

楊鳳吟道：「大約是迷香一類的藥物，這本是一樣很卑劣的方法，而且也很容易防備，只因我這些花女、女婢，都是毫無閱歷經驗之人，使他們詭謀得逞。」

慕容雲笙道：「姑娘此刻作何打算？」

楊鳳吟笑道：「不管如何，三聖門是個敵手，我不願認敗，只有和他們周旋下去了。」

慕容雲笙道：「三聖門勢力龐大，高手眾多，姑娘縱有絕世武功，但也只有一個人啊！」

楊鳳吟嫣然一笑，道：「你為什麼這樣關心我？」

慕容雲笙似是心中隱秘，突然間被人揭露，只覺臉上一熱，半晌之後，才緩緩說道：「這個麼？在下也說不出個道理。」

楊鳳吟緩緩取下面具，露出原來絕代容光，柔聲說道：「你要不能說出道理，那就不是真心的關心我了，是嗎？」

慕容雲笙被她問得大為尷尬，半晌講不出一句話來，只好微微一笑，轉過話題，道：「姑娘準備如何處置這金大賢？」

楊鳳吟道：「我剛才一掌打中了他右臂穴道，你先解開他的穴道，咱們再問他的話。」

慕容雲笙依言解了金大賢的穴道。

只見金大賢長長吁了一口氣，緩緩站起身子，打量了楊鳳吟和慕容雲笙一眼，道：「在下還活在世上嗎？」

楊鳳吟冷冷說道：「你還活著，不過，你隨時可能死。」

金大賢嘆息一聲，道：「在下這裡謝過不殺之恩了。」

楊鳳吟道：「那神鵰使者，在存棺茅舍中，埋了火藥，如非慕容相公抱你離開，此刻你已經化為骨灰了。」

金大賢道：「慕容兄相救在下，日後在下當有一報。」

楊鳳吟回顧了萬事通，道：「他們要你假扮萬事通而來，居心何在？」

金大賢道：「混入姑娘的組織之中，設法了解姑娘實力，並讓在下俟機下毒。」

楊鳳吟道：「你假冒萬事通時，滔滔不絕，敘說武林往事，顯然是對江湖中事知曉甚多了。」

金大賢道：「在下來此之時，那金輪堂主，告訴了在下甚多事，姑娘和這位慕容兄所問之事，都在他預料之中。」

慕容雲笙道：「誰是金輪堂主？」

金大賢道：「三聖門中，除了三聖堂，下面又分設三堂，稱爲金輪、法輪、飛輪。」

楊鳳吟道：「那三輪堂主的武功如何？」

金大賢道：「法輪、飛輪兩位堂主，在下沒有見過，但那金輪堂主武功，在下略知一、二，只有『身負絕技，深不可測』八字才可形容。」

楊鳳吟道：「那金輪堂主，長得什麼樣子？」

金大賢搖搖頭，道：「這個麼，他們都戴著人皮面具，從來不露現真正面目。」

楊鳳吟輕輕嘆息一聲，道：「現在，咱們該談談你的事了，你想死呢，還是想活？」

金大賢沉吟了一陣，道：「如若在下想死，那也不會回答姑娘的問題了。」

楊鳳吟淡淡一笑，道：「你在三聖門中，身分、地位，都不如人，也許，他們在用你之時，對你很好，但剛才瞧那神鵰使者對你的態度，似是毫無一點憐憫之情。」

金大賢怔了一怔，道：「姑娘的意思是……」

楊鳳吟道：「要你和我們攜手合作。」

金大賢道：「如何一個合作之法，姑娘能否講得清楚一些？」
楊鳳吟道：「自然還是讓你混入三聖門去。」
金大賢搖搖頭，接道：「不成，三聖門中，英雄多智人物，不可數計，在下得姑娘釋放無恙歸去，必然已有人疑心於我，在下如是有所行動，如何能逃得過他們的嚴密監視？」
楊鳳吟微微一笑，道：「這個我自會替你安排，無論如何，不讓他們瞧出破綻。而且你回入三聖門後，也不用和我聯絡，只要心中向著我就是了，如有用你之處，我自會派人找你。」
語聲頓住，探手從懷中，摸出一個玉盒，接道：「這盒中是一塊強力的磁石，我用它吸出在你行血中的鋼針。」
動手點了金大賢左肩上兩處穴道，左手食中二指，緊緊按在金大賢肌膚之上，打開玉盒，取出一塊磁石，找了足一盞熱茶工夫，磁石才吸出鋼針。
金大賢回顧了那磁石上的鋼針一眼，道：「多謝姑娘。」
楊鳳吟道：「不用謝了，我的話已經說完了，答不答應合作，你自己慢慢去想吧！」
金大賢點點頭，道：「在下答應姑娘。」
楊鳳吟道：「那很好，你回去三聖門後，要一切如常，只要平常多注意一些事物，默記在心中就成，現在你可以走了。」
金大賢道：「就這麼走嗎？」
楊鳳吟道：「我先點了你一處穴道，你再開始奔走，但你只能跑五、六里，身上行血，受我點穴手法所阻，終將暈倒在地。問題在五、六里行程，是否已夠？」
金大賢沉吟了一陣，道：「差不多了。」

楊鳳吟揚手一指，點了金大賢的穴道，金大賢果然放腿向前奔去。

慕容雲笙望著金大賢消失之後，才緩緩說道：「姑娘當真信任他嗎？」

楊鳳吟笑道：「殺了他，於事無補，放了他，播下一顆種子，日後或有大用，三聖門征服他們的軀體，我卻要爭取他們的心志。」

慕容雲笙道：「不錯，姑娘有何妙計對付？」

楊鳳吟道：「咱們直接找上三聖門中主腦人物，因此，必要先行設法找出他們聖堂何在。」

慕容雲笙道：「就在下觀察所得，似乎是離此不遠，只是無法確定它在何處。」

楊鳳吟兩道清澈的雙目，盯注在慕容雲笙的臉上，道：「慕容兄，你敢不敢和我混入聖堂瞧瞧？」

慕容雲笙道：「姑娘敢去的地方，在下還有什麼不敢去呢？」

楊鳳吟道：「好！咱們就此一言爲定。」

回顧了萬事通一眼，接道：「此刻，我必要先行查出他的傷勢情形，我們需要幫忙，沒有幫手，我們兩個人武功再強，也無法和三聖門對抗。」

慕容雲笙道：「當今武林之世，誰也不敢和那三聖門對抗，姑娘何處去覓幫手？」

楊鳳吟沉思了一陣，道：「不論你是否慕容公子，你都該查個明白，不是嗎？」

慕容雲笙道：「姑娘說得是，但我如何一個查法呢？」

楊鳳吟凝目思索了一陣，道：「慕容兄，你可否把投奔申子軒的經過，仔細的說給小妹聽聽？也許我能提供幾點拙見。」

慕容雲笙已知她才慧絕倫，此中之秘，如連她也不能解決，只怕世間再無能解此秘之人了，當下把投奔申子軒的經過，很仔細地說了一遍。

楊鳳吟沉思了一陣，道：「不論你真正的身分是誰，但你要設法了解自己來歷，那九如大師是很好的人證，你應該設法去證實自己的身分。」

話到此處，倏然而住，沉思了良久，接道：「對付三聖門，和對付其他的武林人物，大不相同，他們一直是隱身暗處，單憑武功對付他們，勝算很微，咱們應有一段暫時的分別……「你盡可利用這一段時間，去求證你的身分，我也要用這段時間，去做一番布置。從今天算起，半年之後，咱們在九華山會仙觀中相見，誰早到就在那裡等候。」

慕容雲笙道：「姑娘說得不錯，在下應該設法追查自己的身世才是，不能事事等待，在下就此告別了。」

楊鳳吟緩緩伸出纖手，依依說道：「雲笙兄，你要多多珍重。不論你是否慕容雲笙，都要記著赴我之約，我認識的是你，不管你是何身分。」

慕容雲笙看她伸出纖手，呆了一呆，也只好伸出手去，道：「在下記下了。」

楊鳳吟淒涼一笑，道：「我應該陪你去，助你查明身世，但我又不能棄置被人擄去的花婢、花女不管。」

慕容雲笙道：「這個不敢有勞了，姑娘也要珍重。」一抱拳，轉身向外行去。

楊鳳吟突然間，泛起了一股莫名的悲哀，熱淚奪眶而出。

且說慕容雲笙大步行出了慕容宅院，心忖思道：「不錯啊！不管那慕容長青是否我的父

親，我都該查一個清楚才是。」他心中焦急，不覺間加快了速度。

一種強烈的願望，使他從模糊的記憶中，找到了那座茅舍。

這時，東方已經泛起了魚肚白，天色大亮，四周的景物清晰可見。

慕容雲笙緩步行到那茅舍前面，還未舉手叩門，木門已呀然而開。

申子軒眉宇間隱現倦容，口中卻微笑說道：「孩子，我想你會回來的。為叔在這裡等了你一夜。」

慕容雲笙心中忖道：「大約他們從慕容大俠遺書中發覺了什麼。」

口中卻問道：「為什麼？」

申子軒道：「孩子，你那三叔父九如大師，昨夜到此，說明了內情，而且我也從大哥遺書上，找到了一點證明，只要稍微查證一下，就可證明賢侄的身分了。」

慕容雲笙呆了一呆，道：「如何一個查證之法？」

申子軒道：「可否伸出你的左臂，給我瞧瞧？」

慕容雲笙略一沉吟，道：「有何不可，不過，晚輩要先說明一件事情，不論晚輩是誰，那都無關緊要，但晚輩對諸位毫無惡意，因此，晚輩不想再受偷襲。」

申子軒笑道：「聽你三叔之言，賢侄身分，已然不會有錯，看你左臂，也不過求得確證罷了。你如不是慕容公子，我等還該拜謝一番相助之情。」

慕容雲笙緩緩挽起衣袖，把左臂伸了過去。

只見那申子軒右手抱著慕容雲笙的左臂，行在亮處，仔細瞧了一陣，突然流下淚來，道：「孩子，果然是你。」

慕容雲笙心中明白，經過這一番證明之後，可能是不會再有錯誤了，心中一陣激動，說不出是喜是怒。

他強自按捺下激動的心情，道：「二叔瞧見了什麼？」

申子軒道：「最精奇的劍招啊！」

慕容雲笙道：「什麼劍招，難道小姪的身上，記有武功嗎？」

申子軒道：「不錯啊，唉！只有慕容大哥這等天才，才能想出這等奇絕無倫的方法。」

慕容雲笙心中大爲奇怪，轉臉在自己的手臂上瞧了一眼。

只見一片黑點，大約有一顆葡萄大小，縱橫肩下的肌膚之上。

慕容雲笙望了半晌，仍是望不出個所以然來，忍不住說道：「二叔父，那片小點，可是家父在我臂上刺的嗎？但那一片黑點，能代表什麼劍招？」

申子軒微微一笑，道：「你爹爹留下的劍譜之中，其間最重要的地方，卻缺少了很多字，但劍譜中又有說明，那一片黑點，橫幾點代表什麼字，縱幾點代表什麼字，辨過你臂上的縱橫黑點，就可查出是什麼字了。」

慕容雲笙道：「家父遇難時，小姪尚在襁褓之中，對身世來歷，均是茫然無知，全憑諸位叔父鑒定了，不過……這一次，小姪不但希望諸位叔父，能夠確實查明內情，就是小姪，也要完全了然我的來歷才好。」

申子軒輕輕嘆息一聲，道：「這一次再也不會錯了……」

仰起臉來，長長吁了一口氣，道：「如是當年賢侄不幸爲匪人所害，就算日後能夠找出那慕容世家的拳劍，那也是一篇殘缺不全的劍法。」

語聲微微一頓，接道：「你那三叔父，生恐我們中人詭計，在你動身之後，他也匆匆趕來，只因他武功已失，行動緩慢，落你之後甚久時光，才到此地，幸好遇上了虎王程南山，才把他送到此地。」

慕容雲笙道：「三叔父現在何處？」

申子軒道：「你跟我來吧！」舉步向外行去。

慕容雲笙緊追身後，穿越兩片叢林，到了一座農舍前面。

申子軒緩步行入室中，道：「三弟，慕容賢侄同來了。」

只見一個斷去一手，跛著一條腿的灰衣人，緩步由內室中行了出來。

他形裝已變，頭上戴著一頂灰色的氈帽，但慕容雲笙仍能從熟悉的輪廓神情中，瞧出他的身分，當下急行一步，拜伏於地。

那灰衣人伸出右手，扶起了慕容雲笙，道：「孩子，快些起來，你二叔告訴你，我是誰了？」

慕容雲笙道：「可憐小姪追隨身側二十年，竟然不知三叔。」

這灰衣人正是九如大師改扮，哈哈一笑，道：「看到你成人長大，又這般順利的取得慕容大哥遺物，那是我佛有靈，要你手刃仇人了！」

談話之間，雷化方緩步由室中行了出來，接道：「孩子，這是你爹爹遺下的劍譜、拳錄，你收起來吧！」

慕容雲笙心情激動，緩緩伸出手去，接過劍譜、拳錄，道：「這麼說來，小姪當真是慕容雲笙了。」

九如大師道：「不錯，百來年，武林中第一大俠，慕容長青之子。」

慕容雲笙眨動一下圓睁的星目，滾下兩行清淚，道：「但願先父的陰靈，能使我找出元凶，手刃親仇。」

九如大師道：「孩子，報仇的事，不用急在一時，我們等了漫長二十年，難道不能多等上一年半載嗎？眼下最爲要緊的事，你要先學習你爹爹留下的劍法、拳招。」

申子軒接道：「我和你三叔、五叔，已經商量好了，要爲你找一處隱秘僻靜之地，讓你習練你爹爹遺留下來的武功。」

雷化方道：「我們約略的瞧了一下慕容大哥遺留下來的劍譜，上面還附錄了幾種武功，那是慕容大哥指定我等學習的武功。」

黯然嘆息一聲，接道：「他似是早有預知，自己難逃大劫，手錄武功，傳下他畢生悟出的奇學。」

申子軒道：「孩子，我和你三叔、五叔，都要陪你習武，從此刻起，你要拋棄雜念，專注於習武之上，需知慕容劍法，集天下精奇劍法的大成，稍分心思，就難有成就。」

慕容雲笙恭敬地說道：「小姪敬遵幾位叔父之命……」

語聲一頓，接道：「二叔父素有中州一劍之稱，可和小姪同研先父遺留下的劍法。」

申子軒搖搖頭，道：「絕世劍法，豈是人人都能習練的，爲叔的年齡天賦，都難進窺堂奧，慕容大哥已爲我們另外錄定了幾種適合我等才智和生性的武功。」

慕容雲笙道：「叔父習的什麼武功？」

申子軒道：「也是劍法，不過只有五劍，叫做『奔雷五劍』。」

回顧了雷化方一眼，接道：「你五叔要學的是『保命三筆』。」

慕容雲笙道：「三叔完全不能練武功了嗎？」

雷化方道：「慕容大哥也替你三叔留有武功，叫做『回環飛鈸』。」

申子軒道：「目下最要緊的一件事，是咱們要找一處隱秘之地，學習大哥遺留的武功。」

長長吁一口氣，接道：「對咱們此刻處境而言，這也是一個高明的策略。」

九如大師道：「不知這又是何策略？」

申子軒道：「目下江湖上已傳出慕容公子復出，要爲慕容大哥復仇的事，那三聖門定然在找我們，但我們卻突然銷聲斂跡於江湖之上，給他們一個不解之謎。」

雷化方道：「唉！遍天下都布滿了三聖門中的耳目，那隱秘之地，只怕是十分難找了。」

申子軒道：「虎王程南山居住的虎谷，倒是不錯，那裡有數十隻猛虎，替咱們守衛報警，縱然被人找到了，咱們也可以早些得到消息，準備應敵，或是設法隱藏起來。」

廿五　虎谷練功

九如大師道：「好！如若二哥覺著那裡安全，咱們就到虎谷一行。」

申子軒道：「事不宜遲，決定了咱們就立刻動身。」

慕容雲笙突然接口說道：「二叔父，小姪還有一事請教，那位假冒小姪而來的藍衫人呢？」

申子軒道：「已被爲叔點中穴道，藏了起來，因爲未確實證明你的身分，我也不敢傷害於他。」

慕容雲笙點點頭，道：「還有那位小蓮姑娘呢？」

申子軒道：「她逼著我和你五叔把你交出來，如其不然，她就要殺我和你五叔，我們無可奈何，只好先點了她的穴道，但卻一點沒有爲難過她。」

慕容雲笙道：「那小蓮姑娘現在何處？」

申子軒道：「就在這茅舍後面一座小室之中。」

慕容雲笙道：「我去解她穴道，放她出來。」

申子軒道：「好！但賢侄解開她穴道之後，先要給她解釋一番，免得她見到我們之後，出手施放暗器。」

慕容雲笙應了一聲，道：「小姪給她說明白就是。」

雷化方道：「我帶你去。」大步向外行去。

慕容雲笙隨在雷化方的身後，行到茅舍後面一座茅棚門外，雷化方指指茅棚，道：「就在那茅棚之內，你自己進去吧！」

慕容雲笙應了一聲，舉步走了進去，推開木門望去，只見一座木榻之上，仰臥著一位身覆白色被單的人。

慕容雲笙大步行到榻前，伸手揭開白被單，凝目望去，果然是一身青衣的小蓮。

慕容雲笙伸手拍活了小蓮身上被點的幾處穴道，小蓮挺身坐了起來，眨動了兩下眼睛，望望慕容雲笙，長長吁一口氣，道：「慕容公子。」

慕容雲笙道：「委屈姑娘了。」

小蓮微微一笑，道：「你把申子軒和雷化方殺了？」

慕容雲笙道：「沒有。」

小蓮接道：「你等等，我去把他們殺了，咱們再談。」

慕容雲笙早已有備，右手抓住了小蓮的右腕，道：「小蓮，不能魯莽。其實妳也不能怪他們，他們不能大意，也不能錯一步，他們點我穴道，那是爲了要證明我的身分。」

小蓮道：「現在證明了嗎？那你究竟是不是慕容公子？」

慕容雲笙道：「現在麼，是確確實實的慕容公子了。」

小蓮兩道秋波，盯注在慕容雲笙的臉上，良久之後，才黯然嘆道：「唉！想不到你真的是慕容公子！」

慕容雲笙奇道：「怎麼，妳希望我不是慕容公子？」

小蓮淒涼一笑，道：「你如是慕容公子，定然是很珍惜令尊的威名，我媽媽名譽不好，咱們門不當，戶不對，你如何肯要小妖女做你朋友？」

慕容雲笙道：「姑娘對在下有過救命之恩，不論妳是何出身，在下都是一樣感激。」

小蓮道：「我不要你感激。」

慕容雲笙接道：「救命之恩，如何能夠忘去，在下日後必有一報。」

小蓮道：「我要你現在報答。」

慕容雲笙心中暗道：「這小妖女果然是難纏得很。」口中卻說道：「要我如何報答你？」

小蓮目光轉動，四下瞧了一眼，行出室外，撿回兩根枯枝，插在地上，道：「瞧到那兩根枯枝了嗎？」

慕容雲笙道：「瞧到了。」

小蓮道：「我要你對著那枯枝跪下去，正心誠意的立誓說，我誠心拋去門戶之見，一片赤誠，娶小蓮姑娘爲妻，如是口不應心，天誅地滅。」

慕容雲笙呆了一呆，道：「這個不成。」

小蓮臉色一變，黯然道：「我就知道你心中看我不起。」

慕容雲笙道：「不是的，而是在下父母大仇未報，如何能夠談到婚姻大事。」

小蓮站起身子，接道：「我媽說得不錯，各大門派中人，決然瞧我不起，路柳牆花，永難進芝蘭之室。」

柳腰一挫，飛躍而出。

慕容雲笙急急說道：「姑娘慢走，聽在下解釋。」

但見小蓮三起三落，人已走得蹤影不見。

慕容雲笙望著小蓮的去向，暗暗嘆息一聲，緩步行回茅舍。

只見申子軒、雷化方等，都已經收拾了簡單的行囊，等待動身。

申子軒目注慕容雲笙落寞神情，道：「那位小蓮姑娘呢？」

慕容雲笙道：「走了。」

雷化方道：「爲什麼？」

慕容雲笙心中暗道：「她所作所爲之事，我如何能夠說出。」

只好搖頭嘆道：「很難啓齒，不說也罷。」

申子軒道：「那小妖女自幼受其母薰陶，所作所爲，都不在常情之內，你可不能和她認真。」

探手從懷中摸出慕容長青留下的劍譜、拳冊，道：「這是你爹爹的遺物，你好好收著吧！」

慕容雲笙恭恭敬敬地接過，藏入懷中。

雷化方道：「咱們動身吧！」

慕容雲笙道：「還有那位假冒小姪的人呢？」

雷化方道：「咱們帶著他走，慢慢追問。」

語聲甫落，耳際間響起了一陣風聲，虎王程南山已帶著兩隻巨虎趕到茅舍。

申子軒道：「程兄，咱們即刻動身如何？」

程南山望望兩頭巨虎，笑道：「大黃、小黑，都是虎中健者，待天色入夜之後，四位先行騎虎趕路，一夜數百里，縱然被三聖門耳目看到，諒他們也追趕不上。」

申子軒道：「我們四人騎虎趕路，程兄呢？」

程南山低聲說道：「我想在江州多留幾天，隨後趕回虎谷。」

申子軒皺皺眉頭，道：「程兄，可是發現了什麼？」

程南山道：「兄弟昔年一位好友，突然在江州出現，我們數十年未見面了，故舊情深，兄弟想和他敘敘再回虎谷。」

申子軒道：「程兄故交，在下本是不該多問，但目下江湖，充滿著殺機，咱們不得不小心一些，不知程兄是否可以見告，那人是誰？」

程南山道：「說起了申兄也許認識，南天一狐柴四郎。」

雷化方道：「據兄弟所知，南天一狐，已經二十年未在江湖上現過身了。」

程南山道：「是啊！他不早不晚的到此，才引起我的好奇，也許他也投入了三聖門中。」

申子軒道：「程兄，此人的聲名似乎不太好。」

程南山道：「唉！柴四郎的爲人，並不太壞，只是他生性古怪，什麼事都不喜歡對人解說清楚，其實他的爲人，可算在正邪之間。」

申子軒道：「目下武林變化太大，程兄也不能太過大意，程兄和我等萍水相逢，冒險相助，我等是感激不盡，不如在下留此相伴程兄，如有變故，也可助程兄一臂之力。」

程南山搖頭笑道：「那倒不用了，申兄的盛情，兄弟心領了。」

語聲微微一頓，接道：「兄弟隨帶之虎，都記得虎谷去路，而且牠們行經之路，都是山野捷徑，很快可到虎谷。」

雷化方道：「程兄在虎谷之中育虎甚多，如程兄不和我們同行，那群虎如何認得我們？萬一牠們動起口來，那又如何是好？」

程南山道：「這個諸位但請放心，兄弟飼養之虎，向以大黃、小黑為首，群虎見得牠們，馴服無比，那比我這育虎人，還要有用了。」

申子軒道：「既然如此，在下恭敬不如從命了。」

程南山道：「幾位候天黑動身，兄弟不送了。我要先去瞧瞧那柴四郎是否搬了客棧，咱們虎谷再見。」言罷，轉身而去。

群豪候至天黑，一虎雙乘，在夜色掩護下，動身趕路。

申子軒和慕容雲笙共乘大黃，九如大師和雷化方合騎小黑。

大黃領路，小黑隨後，一口氣奔出了數十里，奔行的速度，不但不減，而且大有愈來愈快之勢。

不知奔行了多少路程，慕容雲笙才想到那冒名而來的藍衫人，低聲說道：「二叔父，那假冒小姪之人呢？還留在江州嗎？」

申子軒微微一笑，道：「咱們如若帶他同行，危險太大，被他知曉了咱們存身之處，更是不妥，因為咱們在虎谷停留時日甚久，而且要把全部精神集中習練武功之上，為叔三思之後，決心還是把他留在江州。」

慕容雲笙道：「那假冒小姪之人，二叔父如何處理？」

申子軒道：「我要手下把他幽禁在一處隱秘所在，等咱們習練武功回來，他又經過一段長時間的幽禁，銳氣盡消，那時再問他，他或可全都吐實。」

一夜奔行，天亮時分，到了一處山谷之中。

幾人休息一陣，待日薄西山之時，四人再乘虎趕路。

如此過了一日一夜，四人又到了另一山谷。

這是僻處深山中的一處隱秘山谷，四面群山環繞，谷中滿是山花青草，一道山泉搭成的小溪，由谷中穿過。

大黃、小黑，進入谷中，停下不動，仰首低嘯。

申子軒跳下虎背，道：「兩虎通靈，大約這就是虎谷了。」

慕容雲笙、九如大師、雷化方緊隨著跳下虎背。

大黃突然長嘯一聲，直向谷中奔去，小黑也隨在大黃身後行去。

大黃行了數丈，重又轉回頭來，望著四人低嘯兩聲，掉頭走去。

申子軒恍然大悟，低聲說道：「是了，牠要帶咱們到宿住之處。」當先舉步行去。

果然，四人隨在大黃身後，行到了一處峭壁之下，果見幾處洞穴，洞口都爲藤蔓掩著，如非行得切近，無法看得出來。

那幾處穴洞，都經虎王程南山精心布設，裡面儲藏的食用之物，足夠幾人數月之用，但終是言語難通，甚多不便。

時光匆匆，四人在虎谷一住七日，仍不見虎王程南山歸來。

除了慕容雲笙尙能安心專注研讀父親遺著，辨認臂上的刺字之外，申子軒、雷化方、九如大師三人，都一直在擔心虎王程南山，既怕他被擒之後，招出虎谷所在，又怕他威武不屈，殺身遇害。

第七日中午時，慕容雲笙也剛好把父親遺著分類完成，臂上的刺字，也完全解開，申子軒再也無法忍耐，說道：「孩子，初步你已完成，今後，咱們要分頭各習武功了，我和你五叔，所習雖然精奇，但我只五劍，他只三筆，自然可以抽出一些時間，爲你護法，不過，咱們不能再留住此了，遷地爲良。」

說話之間，瞥見兩條人影，疾奔而來。

慕容雲笙道：「虎王程南山回來了。」

只見那兩條人影，奔行迅快，當先一人，果然是虎王程南山。

緊隨在虎王程南山身後一人，身著黑衣，頭戴氈帽，年約四旬以上，身材瘦長，背插長劍，一臉精悍之氣。

申子軒道：「程兄回來了。」

程南山微微一笑，道：「有勞諸位久候了。」

回顧了身後的黑衣人，道：「我替兩位引見，這位是兄弟總角之交柴四郎，這位是中州一劍申子軒申大俠。」

程南山又一一替那柴四郎引見了雷化方、九如大師、慕容雲笙等人。

柴四郎對別人一抱拳，道聲久仰，就算過去，但對慕容雲笙卻是看了又看，打量良久，突然拜倒於地。

這一來，直鬧得慕容雲笙丈二金剛，摸不著頭腦，呆了一呆，才伸手扶起柴四郎，道：「老前輩這是何意，快快請起。」

柴四郎輕輕嘆息一聲，站起身子，道：「外界傳聞我為人狡詐，但我柴四郎捫心自問，一生只做了兩件錯事。第一樁事關私情，因此世人罵我是邪惡人物，在下也不願辯駁；但我真做錯的一件事，他們卻是毫無所知。」

慕容雲笙只覺內心中情緒激動，忍不住接道：「那事，可是和在下有關嗎？」

柴四郎道：「不錯。二十年前夜襲慕容世家的兇手，在下也是其一。」

此言一出，全場震動，程南山圓睜雙目，望著柴四郎，道：「這等大事，開不得玩笑。」

柴四郎道：「小弟說的是千真萬確，句句實言。」

慕容雲笙心有所感，早已推想及此，聞得此言，尚可勉強維持鎮靜。

申子軒道：「柴兄既然自稱是夜襲慕容世家的兇手之一，想必有內情見告。」

柴四郎道：「兄弟正要說出夜襲慕容世家的經過。」

此刻，驟然聽到有人要敘說慕容世家被襲經過，眾人心中當是又驚又疑。

只見柴四郎兩道炯炯的目光，緩緩由申子軒等人臉上掃過，道：「在下先說明一件事，事隔多年，在下也許有些記不清楚了，最好是諸位能夠分別質問，在下提出解說，如是諸位沒有問到的，在下如能想到，就自行補充說明。」

申子軒長長吁了一口氣，道：「那夜襲擊慕容府的人手，共有多少？」

柴四郎沉吟了一陣，道：「總在百人以上，不過，真正的首要人物，不過二十餘人，其餘的人手，先是被騙，後是被迫。」

慕容雲笙道：「不言可喻，前輩定是被騙之人，但是什麼人騙了你們？」

柴四郎道：「少林寺天通大師。」

程南山道：「什麼，天通大師？」

柴四郎道：「不錯，正是那天通大師。」

申子軒亦是有些不信，仰起臉來，長長吁了一口氣，道：「柴兄，那天通大師不但在少林寺中聲位極尊，就是天下武林同道，提到天通大師，也無不敬慕有加，柴兄不可含血噴人。」

柴四郎道：「我知道不會有人相信，但這卻是千真萬確的啊！」

柴四郎沉思了一陣，嘆道：「說來，這是一件偶然的巧遇，但在下事後推想，這卻是一件計劃精密的預謀。二十年前，在下行經鄂州，忽遇一位僧侶，自稱出身少林，問我是不是柴四郎。」

仰起臉來，又長長吁了一口氣，道：「我柴某聲譽雖壞，但自信還有一點骨氣，少林寺的聲譽雖重，但在下還是直認不諱。」

申子軒道：「那和尚就是天通大師？」

柴四郎道：「不是，那和尚只是天通大師的隨行僧侶，法名禪機。他說我作惡太多，要我隨他同往城郊普濟寺，聽天通大師講說佛法，並且再三聲明，出家人慈悲爲懷，決不會加害於我。」

語聲稍住，接道：「在下久聞那天通大師是一位得道高僧，武功、道德，兩臻絕境，再想到自己無緣無故的背上惡名，心中常蘊著一股不平之氣，也許這位高僧，能以無上佛法，解我心中的迷惑，當下欣然而去……

那普濟寺僻處鄂州近郊，是一個很小寺院，在下到達寺中時，見那大殿之上，黑壓壓的坐滿了人，其中大半和在下相識，都是綠林巨寇，江洋大盜，下五門中魁首人物……

「在下到後不久，那天通大師就登台講法，果然是精闢獨到，感人至深，甚多積惡無數的綠林巨盜，都聽得潸然淚下，在下亦聽得大為感動……

「但想不到證法一半時，那天通大師卻突然頓住……」

申子軒道：「那天通大師為何不肯繼續講下去呢？」

柴四郎道：「那天通大師流露無限慈悲，命那禪機大師，獻上松子露，人各一杯，他說這松子露，乃是他西遊崑崙時，得來的千年松子，喝一杯可以清心寡欲，助長善根，因此人人無疑，一飲而盡……

「但在下接過那茶杯時，曾仔細瞧了一眼，只覺那茶中微泛淡紅，心中忽然起疑。因在下素不為武林正大門戶見容，常在深山大澤中走動，自煮松子茶，食用甚多，濃鬱的松子水，向泛碧綠，何以此杯水色泛紅，但轉念又想，西崑崙峰高插雲天，也許萬年老松的松子水，與眾不同，當下喝了一口。但入口之後，我已辨別出，這杯水和松子無關，那是絕非松子茶了。」

申子軒道：「所以，你沒有喝下去。」

柴四郎道：「不錯，在下覺著那杯水有些不對，就不敢食用，心中也同時動了懷疑，想不明白，以那天通大師的身分，為什麼要施用詐術，但殿中群豪，大都是把那杯松子水飲了下去，如是在下不肯食用，必將引起懷疑，只好悄然把一杯松子水，倒入了隨身攜帶的毛巾之中……

「也因為在下心有所疑，所以對場中情景變化，就一直十分留心，眼看殿中群豪，飲用

過那杯松子水後，眉宇間都泛現出倦容，片刻之後，竟然都沉沉的睡熟過去，紛紛由木椅上摔落在實地，在下意識到情勢不對，但轉念一想，以那天通大師的武功、身分，如若想為江湖除害，實也用不著這等施下迷藥的手段，迷倒群雄，只怕別有作用，當時在下也就故意隨著群雄，倒在地上。」

申子軒點點頭，道：「以後呢？」

柴四郎道：「那天通大師下令，把我等送入了寺中一座密室，關了一日兩夜，直到第三日天亮之後，那禪機大師才啟門而入。」

雷化方接道：「在那一日兩夜中，天通大師沒有派人探視過麼？」

柴四郎道：「禪機大師，每隔上一、兩個時辰，就進入室中查看一遍，因此，在下不得不謹慎應付，連睡姿、位置，也不敢移動。直到第三日天亮，他們大部分醒了過來，在下才敢移動位置。不過，在下留心觀察之後，發覺那些醒來之人，一個個都有了很大的改變。」

申子軒道：「什麼改變？」

柴四郎道：「每個人都變成了滿臉茫然之色，似乎是每個人都已經失去了主宰自己的力量，這時，在下已想到，那天通大師，可能在進行一種大陰謀，只不過在下並未想到，那陰謀竟然是夜襲慕容世家。」

程南山突然插口接道：「到慕容世家之前，你一直不知曉這件事嗎？」

柴四郎道：「知道。那位禪機大師曾告訴我等，施襲慕容世家的事。不過，他把慕容長青說得十分可惡，這些人心智已為藥物所傷，記憶喪失，聽到那慕容長青為人的諸般惡毒之事，立時都答應下來。」

中子軒道：「看來，他們是早有預謀了，而且計劃得十分精密。」

柴四郎道：「不錯，有長達半個月時間，我們一直被關在那小寺之中，黑夜白天，都在練習暗器。半個月後一個月黑之夜，禪機大師突然帶我們離開了那座小寺，之後步行、騎馬行了幾十里，最後是被帶往一艘巨舟之上，等我們棄舟登陸時，人就已經到了江州。」

中子軒道：「你們下舟之後，是立時就趕往慕容世家嗎？」

柴四郎搖搖頭，道：「沒有。我們下舟之後，天色一片漆黑，大概是三更過後時分，那禪機大師帶領我等，行入一座大宅院中。」

雷化方道：「那天通大師，一直沒有現過身嗎？」

柴四郎道：「沒有，我等一路行來，一直未見過天通大師。」

中子軒道：「施襲慕容世家之夜，天通大師可曾出現過？」

柴四郎道：「在下看到了三個蒙面人，指揮施襲，其中一人，很像天通大師，但在下一直未覩過他真正面目，究竟是否就是天通大師，在下也不敢斷言了。」

中子軒道：「如是柴兄說得不錯，此事和天通大師，有著關係，那是不會錯了。」

柴四郎接道：「先說在下到了那宅院之後，已隱隱感覺到這座廣大宅院之中，除了我們一批人外，還住有不少人，因此，睡難安枕，心中雖想起來查看，但又怕露出馬腳，強自忍了下去……

「第二天，我們仍然在那宅院中住了一天，晚上三更過後，禪機大師又啓門而入，打開了一個玉瓶，倒出二十餘粒丹丸，給了我們每人一粒，要我們立刻服下。」

中子軒道：「那也是種毒藥嗎？」

柴四郎道：「當時我並不知道那藥丸是何物做成，效用何在，直到襲擊慕容世家時，我才了然，那是一種亢陽的藥物，使一個膽小畏怯的人，能夠變得十分勇猛。」

申子軒道：「你們服過那藥物之後，立刻趕往襲擊慕容世家嗎？」

柴四郎道：「不錯，服過那藥物之後，立時動身，但在下卻把那藥丸藏了起來，並未服用，因此對經過之情，記得十分清楚……

「我們先行潛伏在慕容府外三里之處，直到看到了一道沖天火花暗號，才攻入慕容府中。那時，在下才知道，除了我們這一批人外，還有數批人馬，在同一號令之下，衝入了慕容府中。」

申子軒道：「慕容府中，可曾有備？」

柴四郎點點頭，道：「有，但那慕容大俠自恃武功高強，並未設下埋伏，高燃紅燭，獨坐大廳。大約是慕容大俠的氣度，震懾了施襲之人，我們上百的人手，都在大廳外面停了下來。

……

「慕容大俠從容不迫的，緩緩站起了身子，行到了大廳門口，兩道炯炯的目光，掃掠了我等一眼，說道：『我慕容長青，不知犯了什麼江湖大忌，致勞諸位千里跋涉問罪。』……

「那晚率領我等夜襲慕容世家的首腦人物，似是早已有了很充分的準備，必要把慕容大俠置於死地，才能甘心……」

申子軒接道：「柴兄，也不識那首腦人物嗎？」

柴四郎道：「那首腦三人的舉動神秘小心，從那夜在慕容世家現身之後，一直用手勢，指揮隨身的親近人物，由他們代爲傳達令諭，指揮群豪，始終未發一言……」

語聲微微一頓，道：「但有一件事可以確定，那天通大師和禪機大師兩人，對此事必然知曉內情，在下躲了二十年，也就是希望把這幾句話，告訴諸位。」

申子軒道：「聽得柴兄一番言語，使我等有如在黑夜中遇上了一盞明燈。」

慕容雲笙道：「先父沉冤，如能昭雪，全是老前輩指引之功。」

柴四郎道：「不敢當，在下東躲西藏的逃了二十年，就是等待今日，我祈告皇天見憐，能替慕容大俠留下一個復仇之人，上天果然是不絕大俠之後。」

慕容雲笙道：「晚輩才能有限，為先父昭雪沉冤，還要借重老前輩之力。」

柴四郎道：「這個柴某自是全力以赴，唉！那夜如不是慕容大俠相助，柴某人早已屍骨成灰了……」

程南山奇道：「怎麼回事？你們去搏殺那慕容大俠，怎的還勞慕容大俠相救？」

柴四郎道：「因為在下施展傳音秘術，告訴那慕容大俠時，被他們瞧出了破綻。」

突聞一陣虎嘯之聲，傳了過來。

申子軒臉色一變，道：「兩位回來虎谷之時，可曾有追蹤之人？」

程南山道：「未曾發覺。」

語聲未落，瞥見人影閃動，三條人影，直衝而來，人未入室，暗器先到。

只見點點寒芒，夾雜著縷縷白線，分向申子軒等襲了過來。

雷化方右手一揮，金筆探出，閃起一片金芒，護住身子，左手一伸，抱起了九如大師，直向地上滾去。

雷化方護住了九如大師，但金筆卻露出了很多破綻，只覺左臂和肘間一麻，各中了兩枚暗

器。

前。

中子軒、程南山，各抄起一把竹椅，撥打飛來暗器。

慕容雲笙和柴四郎，也同時發掌拒敵。

柴四郎似是有意的護遮慕容雲笙，一面發掌擊敵，身子卻橫跨兩步，擋在慕容雲笙的身前。

這三人來勢既快，而且又都是暗器高手，三個人在同一時間發出的暗器，包括了午釘、鐵蒺藜和梅花針等細小、奇毒暗器，不下數十件之多，分襲幾人。

柴四郎護在慕容雲笙身前，成了十餘件暗器集中的目標，雖然被他擊落了幾件暗器，但前胸、小腹，仍然都爲暗器射中。

那三個衝入室中之人，並未出手攻擊，發出暗器之後，由居中一人投出一個白色絹包，突然轉身而去。

柴四郎身上數處要害，中了暗器，仍然強行忍受，雙手齊出，接住了那白色絹包，猛提一口真氣，直向外面衝去，口中同時喝道：「快些伏下。」

喝聲甫落，響起了一聲大震，煙硝漫天，塵土飛揚，滿室中盡都是濃煙和火藥味。

慕容雲笙不顧那瀰漫濃煙，縱身而出，口中叫道：「柴老前輩，柴老前輩！」

突然覺著臉上一熱，一件軟軟的物件，擊在臉上。

慕容雲笙伸手揭下，濃煙中凝目望去，原來是一塊帶血的肉泥。

凝目查看，只見煙硝中血肉模糊，三具隱隱可辨的殘缺屍體，橫陳地上。

丈餘外，另有著一具屍體較爲完整，想是他動作快迅，距離較遠之故，才留下了一具較完整的屍體。
慕容雲笙呆呆地望著三具血肉模糊的屍體，內心激動，不能自已。
煙霧漸散，景物也逐漸清明。
申子軒、程南山緩步行了出來，望望那血肉模糊的屍體，都不禁爲之黯然。
突然間，慕容雲笙對左面一具屍體跪了下去，道：「柴老前輩，世人誤會了你的清白，但你竟能堅行仁俠之事，這是何等的博大胸懷，何等的英雄氣度！晚輩有幸相識，但卻竟是曇花一現，老前輩又爲捨身相救我等，壯烈犧牲……」說至此處，已然淚如雨下，泣不成聲。
程南山大步行了過來，抱拳一揖，道：「柴兄弟，爲兄的沒看錯，交你這個朋友，實乃爲兄之榮。適才小兄急不擇言，希望兄弟你不要見怪。」言罷，又是一揖。
申子軒道：「人死留名，雁過留聲，申子軒有生之年，必將盡我之能，替柴兄洗刷污名，這也並非只是爲柴兄救了我等之命，而是我等必須將柴兄的仁義，傳揚於江湖之上。柴兄去了，但仁俠之氣，忍辱負重的事跡，卻永遠活在我等心中。」
程南山伸出手去，扶起了慕容雲笙，道：「公子請起，柴四郎求仁得仁，死得其所。咱們既無能使他復生，急在善後，強敵既然知曉了虎谷所在，咱們不能在此停留了。」
只聽九如大師的聲音傳了出來，道：「二哥可有解毒藥物嗎？」
申子軒急急轉了回去，道：「五弟傷得很厲害嗎？」
九如大師緩緩說道：「五弟爲了護我，身上中了數枚暗器。」
申子軒神情肅然地說道：「五弟傷勢如何？那暗器上是否淬有劇毒？」
雷化方道：「那暗器上淬有劇毒，而且毒性奇烈，小弟已覺出無能抗拒，只怕很難再支持過兩個時辰了。」

程南山突然一轉身子，悄然向外行去。

雷化方高聲說道：「程兄哪裡去？」

程南山道：「兄弟出去查看一下，爲什麼守衛之虎，報訊如此之晚。」

申子軒目光轉到慕容雲笙的臉上，道：「賢侄，揹起你五叔。」

雷化方搖搖頭，道：「不用了，我已無希望，爲什麼要帶上一個累贅？」

申子軒道：「無望也得走，只要有一分生機，咱們就不能放過。」

廿六　荒野練功

雷化方緩緩張開雙臂，慕容雲笙下伏身子，揹起了雷化方，舉步向前行去。

突然見人影一閃，程南山奔了回來，道：「好毒辣的手段！」

申子軒道：「怎麼回事？」

程南山道：「他們早已施用毒餌，毒死了放哨的猛虎，所以，咱們無法聽到警訊。」

右手伸出，握著兩個玉瓶，道：「這個是在下由來敵屍體上搜出的藥物，不知是否能夠解得雷兄身上之毒。」

雷化方接道：「兄弟還可支持兩個時辰，咱們先找一個隱秘的藏身之地，再行試驗這藥物不遲。」

程南山道：「這谷右山後，有一片很大的原始森林，林中有一座小潭，水源不缺，林木交錯，亂草迷徑。縱有敵人搜查虎谷，也是不易尋到那裡，但不知諸位是否願去？」

申子軒道：「好！咱們去瞧瞧吧！」

程南山道：「在下帶路。」

慕容雲笙揹著雷化方，申子軒扶著九如大師，程南山卻抱起了那柴四郎的屍體。

幾人提氣奔行，越過了右面山峰。

果然，那山峰之後，是一片古樹參天的原始森林。

程南山帶著幾人行入林中，深入五里左右，到了一處小潭旁邊。

自然世界造化神奇，真是不可思議。這參天林木，濃密異常，幾人行走其間，必得回轉側進，勉可通行，但這片小潭四周，卻是草不掩足，一片碧綠。小潭不過半畝，四周草地，卻逾潭兩倍以上，潭水墨綠，深不見底。

申子軒道：「好地方，如無外敵施襲，實是一片幽靜習武之地。」

程南山道：「諸位在此安居習武，我率群虎據守虎谷，虎嘯聲聞十里，如有強敵侵襲，在下能戰便戰，不能戰則藉大黃、小黑腳力，引敵他去，諸位意下如何？」

申子軒道：「程兄馴虎之能，古往今來，那是無人及得，有群虎助你，何畏強敵。不過，敵勢太過強大，其中不乏絕世高手，還望程兄小心一些。兄弟之意，程兄不妨把群虎暫遣他去，只率大黃、小黑，隱居峰下，監視虎谷的動靜。如是在下推斷不錯，三、兩日後，必有強敵來此查看，如是不見我等，必然認爲我等已遷他而去。」

程南山道：「申兄高見，兄弟自當遵辦，諸位就請在此遷就住下，如無事故，兄弟每三日來探望諸位一次。」

言罷，抱起柴四郎的屍體，行至草地一角，挖了一個土坑，把屍體埋葬起來。

慕容雲笙趕來相助，葬好了柴四郎的屍體，拜伏於地，道：「老前輩暫請委屈，晚輩如有出頭之日，再行遷移靈骨，重造墓地，昭告天下，洗刷老前輩的清白。」

再說申子軒取出那程南山交給他的兩個玉瓶，拔開瓶塞，各倒一粒丹丸。

兩個玉瓶中藥物顏色不同，一色乳白，一色淡綠。

申子軒雙手各托一粒丹丸，心中暗自忖道：「這兩色藥物之中，可能有一種是解毒藥物，只是無法分辨，又不敢冒險施用。」只有望著兩色丹丸，呆呆出神。

這時，慕容雲笙已拜罷柴四郎的墳墓，行了過來，低聲說道：「二叔父可是無法分出這藥物是否有毒？」

申子軒道：「爲叔的正在爲此作難，賢侄有何高見？」

慕容雲笙道：「咱們捉隻猴子，試試如何？」

申子軒道：「不錯，爲叔竟然想它不起。」

程南山道：「在下去捉。」急走行去。

片刻之後，抱了隻小猴行來。

申子軒想那白色丹丸，可能是解毒之藥，當下把手中白色丹丸，投入那猴子口中。

過約一盞熱茶工夫，突見那猴子雙目圓睜，口角流出血來。

申子軒吃了一驚，道：「好強烈的毒性！」

只見那猴子掙扎著向前面奔去。

申子軒道：「咱們追去瞧瞧。」舉步追了過去。

那隻猴側身入林，申子軒隨後急追，那猴子並不爬樹逃避，卻奔向一株開著紫花的小樹之下，伸爪摘了一把紫花，放入口中吞下，坐在地上休息片刻，又起身向前行去。

申子軒回目一顧，只見慕容雲笙站在身後，低聲說道：「快採這些紫花。」口中說話，人卻又追小猴而去。

慕容雲笙仔細瞧去，只見那個樹上開的紫花很少，已然被那猴子採去了一半，當下小心翼翼地摘完了小樹上餘下紫花。

轉眼看去，申子軒和那小猴子都已走得蹤影不見。

行回原處，只見九如大師抱著雷化方，雙目淚水盈眶。

程南山雙手中分執兩粒顏色不同的藥物，呆呆出神，不敢給那雷化方服用。

雷化方臉色慘白，雖然他極力在忍受痛苦，但仍不時發出輕微的呻吟之聲。

慕容雲笙緩緩蹲下身子，低聲說道：「三叔父，讓五叔服下這些紫花。」

九如大師抬起頭，望了慕容雲笙一眼，道：「這些紫花是何藥物？」

慕容雲笙低聲說道：「那個猴子中了毒後，採食此花，痛苦之狀大減，二叔父要小姪採了此花……」

九如大師捏起一朵紫花，道：「五弟，食用此物，可減你痛苦。」

雷化方雖然疼得臉上肌肉跳動，但他的神智尚未昏迷，張開嘴巴，吞了一朵紫花。

慕容雲笙低聲說道：「三叔父，那猴子食用十餘朵，才見效用，讓五叔多食用些。」

九如大師又捏起兩朵紫花，投入雷化方的口中。

雷化方食下三朵紫花之後，疼苦之狀大減，忽然坐起身子，雙手齊出，把慕容雲笙手中紫花，盡都取去食下。

九如大師神色緊張地問道：「五弟，有何感覺？」

雷化方道：「好多了。」

九如大師急道：「慕容賢侄，那紫花生在何處？再去採來。」

慕容雲笙道：「那些紫花，被那小猴食用一些，餘下的盡爲小姪採來了。」
九如大師輕輕嘆息一聲，道：「那就算了……」
談話之間，瞥見申子軒急步奔了回來，手中捧著兩顆核桃大小的白色奇果。
慕容雲笙道：「叔父，這奇果也是那隻猴子食用之物嗎？」
申子軒道：「不錯，你採來的那紫花呢？」
慕容雲笙道：「已被五叔食用。」
申子軒轉目望去，只見那雷化方正在運氣調息，低聲問道：「食過那紫花後，反應如何？」
九如大師道：「疼苦之狀大減。」
申子軒道：「看來那是不會錯了。」
語聲微微一頓，接道：「武林中深通醫理之人，不惜跋涉萬里，覓取奇藥，咱們卻無意中找得了這等奇藥，那紫花和這白果，都是療治奇毒的聖品，如若能用此配藥，天下當無不能解得之毒了。」
慕容雲笙道：「那小猴子呢？」
申子軒道：「食用這白果之後，休息片刻，突然縱躍而起，爬上了一棵大樹，爲叔默查這白果之效，似是尤在那紫花之上。」
慕容雲笙道：「二叔父，那樹上只有這兩顆嗎？」
申子軒道：「我瞧小猴一顆都未食完，棄置於地，顯是本能中，已知其量足夠，我看樹上尚有白果五枚，爲叔不知它是否能夠保存，不忍天物暴殄，所以只採下兩顆。」

這時，雷化方也剛坐息醒來，睜開雙目。
申子軒道：「五弟此刻傷勢如何？」
雷化方道：「大見好轉，小弟已可運行真氣。」
申子軒道：「慕容賢侄，把那白果給你五叔食下。」
雷化方接過白果立時食下。
申子軒道：「不要講話，先閉目坐息一陣，咱們等會兒再談。」
雷化方依言閉目調息，大約一頓飯工夫左右，突然又睜開雙目。
申子軒道：「怎麼樣？」
雷化方道：「效用如神，小弟似是已覺出餘毒盡消。」突然捧腹站了起來。
申子軒微微一笑道：「聖果能化奇毒，但卻難留在身上，五弟快去林中方便。」
雷化方應了一聲，迫不及待地轉身而去。
程南山緩緩站起身子，道：「看來，雷兄的毒傷已然無礙，兄弟想出去查看一下，也好替幾位找些食用之物送來。」
申子軒道：「如此勞動程兄，在下等心中實是難安。」
慕容雲笙也抱拳一揖，道：「老前輩數十年建設的虎谷，爲我等毀於一旦，不但不予見責，反而多方相助。大恩不言謝，晚輩記在心中就是。」
程南山哈哈一笑，道：「公子此話見外了。」轉身奔出密林。
申子軒目注程南山背影消失，長長吁一口氣道：「那程南山雖然馭虎奇能，使群虎警息報傳，但咱們卻也不能不作應變準備。」

慕容雲笙道：「二叔父是否已胸有成竹？」

申子軒點點頭，道：「爲叔倒是想了一個辦法。」

這時，雷化方正大步由林中行來，精神也大見好轉，接道：「什麼辦法？」

申子軒道：「咱們在潭邊找兩株高樹，設法在樹頂之上建起兩間宿住之處，夜晚時住在那樹頂之上，除了慕容賢侄日夜習練武功之外，三弟武功未復，也不能擔負守望之責，由我和五弟分班守望，萬一有敵人來襲，也好早些發現，以作準備。」

九如大師道：「有些不妥。」

申子軒道：「哪裡不妥了？」

九如大師道：「大哥遺留的武功中，特別爲咱們三兄弟設計下幾種武功，這幾種武功，不知耗費了大哥多少心血，我想他一定按照咱們武功成就、稟賦、潛能，替咱們計算出來的武功，那將是咱們可能一生所有的最高成就。」

雷化方接道：「除了這些之外，我想還能夠計算出咱們智慧所能運用的技巧，雖然二哥只有五劍，小弟只有三筆，但其中的變化，定然不輸一套完整的劍法、筆法。」

九如大師道：「不錯，所以，那五劍、三筆，學起來也非容易的事，小兄已落下殘廢之身，武功盡失，就是大哥遺著中妙法回天，但小弟習起來，也將事倍功半，因此，重要是二哥、五弟，這白晝間守望的事，由小弟擔負，你們也好全心全意的習練武功。」

申子軒接道：「好吧！就照三弟的意見，待我和五弟習有所成，你再習練那『迴環飛鈸』。」

申子軒回顧了雷化方一眼，道：「五弟，你藉此機會，坐息一陣，看看是否還有餘毒在

身，我和慕容賢侄，攀上樹去看看。」

雷化方點點頭，閉上雙目運氣調息。

慕容雲笙、申子軒選擇了一棵大樹爬了上去。

一切依照那申子軒的計劃，幾人用樹枝在樹上結成了一處宿眠之處，居高臨下，可清晰看到來路景物，但因樹上枝葉茂密，縱然是第一流的高手，也不易看到樹上的情形。

第二天中午時分，程南山送來食用之物，略坐片刻，又匆匆返回虎谷。

慕容雲笙以刺在臂上的暗記，算出亡父遺留武功筆錄缺漏的字跡，開始習練慕容長青的拳招、劍術，申子軒、雷化方也開始習練那「奔雷五劍」和「保命三筆」。

慕容長青遺留下的劍法，並不博雜，一套劍法，由頭至尾，只不過七七四十九招。但這四十九劍，卻是他採集天下之長，稍加修正，和自己悟出的奇奧之學。

拳掌之學，較爲博廣，除了一套以快速輕逸見長的「飄雲掌」外，另有拂穴手、斬脈法，以及掌指上的功夫，最後是指導慕容雲笙修習內功之法，解說詳盡，條理明晰，而且每一種武功，都指示習練時的訣竅，學起來簡便甚多。

時光匆匆，轉眼兩月。

慕容雲笙拳、劍方面，大見進境，內功也基礎扎實，一日千里，劍法已可全都施出，只是還未到得心應手之境。

倒是那申子軒的奔雷五劍，和雷化方的保命三筆，雖然招術不多，但卻複合運用，變化上有攻有守，兩人練了兩個月，還難得其神髓，只感愈練愈覺深奧，還不如初練時的輕鬆。

九如大師雖然終日守在大樹之上，未正式練習那「迴還飛鈸」，但卻常常默誦口訣，體念竅要，用樹葉代飛鈸習練。一面遵照那慕容長青遺著上導引之術，打坐調息，希望恢復失去的功力。

這其間，每隔三、五日程南山必來一次，替幾人送上吃喝之物。

又過兩月，申子軒和雷化方，逐漸地神領意會，領悟到劍、筆的妙諦，慕容雲笙也學完那遺著上的武功，只是他所習過多，成就上深淺不一，倒是內功方面，進境甚大。

九如大師功力雖然未復，但他已自覺體能大增，大有逐漸恢復功力的感覺。

這日午後，慕容雲笙練過了劍掌，緩緩對申子軒道：「小姪的才慧太差了。」

申子軒笑道：「我和你五叔，只練五劍、三筆，練了這久，才覺出有些成就，你習練了劍法、拳、掌，而且都已熟記於心，成就不謂不大了。」

慕容雲笙道：「小姪初練兩月，自己也覺著有些進境，但近兩月來，不但未覺到有所進境，反而感覺有些不如過去，如非才慧太差，豈會如此。」

申子軒沉吟了一陣，道：「這大概就是大進之前的頓挫了，賢侄如能衝過此境，必可登堂入室，得其精要了。」

突聞啪的一聲輕響，一截枯枝落在幾人身前。

申子軒望望雷化方和慕容雲笙一眼，低聲說道：「不知來的是何許人物，何以不聞虎嘯傳警？」

只見申子軒一舉手，雷化方、慕容雲笙分別隱入了一株大樹之後，申子軒目注兩人藏好身子，才緩緩退入了一株大樹後面。

三人藏身之地，都是預先選好的位置，雖然隱在樹後，仍可看到那九如大師放出的暗記。

只見一片樹葉，由高空飄飄而下。

三人心中明白，這是說明來人直對樹林行來。

突聽一個沉重的聲音，傳入耳際，道：「好一個逃塵避世的所在！」

慕容雲笙側目望去，只見一個身著灰袍，頭戴氈帽，揹著一個小包袱的老者，手中握著一棍木杖，大步行了過來。

只見那老者，行到水潭旁邊青草地上，放下背上包袱、木杖，舀起潭水，洗一個臉，坐在青草地上，瀏覽四面景物。

這時，時屆正午，深秋艷陽，照在那老者臉上，只見他留著長及胸前的花白長髯。

那灰衣老者，似是極喜愛這地方，流目四顧，怡然自得。

申子軒等三人很耐心等了一頓飯工夫之後，那老者似是仍無動身之意。

慕容雲笙心中暗道：「這等對峙下去，豈是良策，先該查明他的身分，再作主意。」

正待舉步行出，申子軒搶先自樹後現身，緩步對那老者行去。

那灰袍老者似是毫無所覺，望著一池碧綠的潭水，自言自語說道：「好一潭鮮美的魚兒……」

申子軒輕輕咳了一聲，打斷那老人之言，說道：「閣下貴姓大名？」

灰衣老者霍然回過身子，望了申子軒一眼，道：「閣下可是問老漢嗎？老漢姓包，性喜釣魚為樂……」

申子軒接道：「神釣包行。」

灰衣老者哈哈一笑，道：「不錯，閣下怎麼稱呼？」

申子軒道：「在下申子軒！」

語聲一頓，接道：「包兄到此作甚？」

神釣包行一皺眉頭，道：「兄弟是久聞申兄『中州一劍』的大名了，但如是兄弟的記憶不錯，咱們沒有什麼交往。」

申子軒道：「聞名而已，從未晤面。」

神釣包行冷笑一聲，道：「這就是了，既是彼此從未會過，申兄，不覺著言語之間，太欠禮貌嗎？」

申子軒略一沉吟，道：「天下無數名湖，包兄不去的魚，不知何故卻要跑入這深山密林中來……」

包行冷笑一聲，接道：「在下聽申兄之名時，原本有幾分敬慕，此刻，卻為申兄這幾句強詞奪理之言，一掃而光……」

只見人影一閃，雷化方閃身而出，接道：「二哥，此時此地，似是用不著和他多費唇舌了。」

包行一掠雷化方手中的金筆，道：「閣下是金筆書生雷化方？」

雷化方道：「正是雷某……」

包行冷笑一聲，道：「當年慕容長青在世之日，諸位都是名動江湖的大俠，想不到那慕容長青死後，諸位竟然是性情大變了。」

雷化方一皺眉頭，道：「閣下知道的愈多，愈不能放你離開。」

包行道：「兩位準備怎麼樣？」

雷化方道：「委屈閣下，暫時留在這森林之中，住上一段時間。」

申子軒低聲喝道：「五弟不可莽撞。」

包行緩緩轉過臉去，不再望兩人，舉起手中木杖，向上一推，那木杖突然長出了許多，一盤白線，出現於木杖頂端。

原來包行手杖，外面漆以淡金，看似木色，實則是精鋼所鑄，中藏機關，用手一推機簧，層層外出，愈往頂端愈細，變成了一根釣竿。

這手杖原不過七尺，但他一推機簧，內心層層滑出，竟然變成了一丈五、六尺長了。

只見那神釣包行，右手一抖，頂端一盤白線，散出兩丈多長，垂入潭心。

他抖竿、放線、垂釣入潭，不過是片刻時光，動作熟練至極。

垂下釣竿，人也隨著坐了下去，不再理會申子軒和雷化方。

雷化方人已欺近到包行身後，但見他垂釣自得，似是全然不把生死放在心上，一時間，竟是無法下手，他究是俠義身分，要他下手對人偷襲，實有不屑爲之的感覺。

當下輕輕咳了一聲，道：「包兄，不肯答允我等提出的條件，在下只好無禮了。」

右手金筆護身，左手一探，向包行左面的肩頭抓去，包行抖竿垂釣之後，一直沒有回頭望過兩人一眼，直到雷化方左手抓向左肩，仍是靜坐未動。

眼看雷化方左手五指，就要抓中了包行肩頭，包行突然雙肩一聳，橫裡向右面閃開三尺。間不容髮中，避開了雷化方的五指，落地後原姿不變，仍然是手執釣竿，盤膝而坐。

雷化方眼看那神釣包行避開自己一擊的身法，不禁暗暗一呆，忖道：「此人武功果然高

強，在未習大哥的保命三筆之前，決非他的敵手了。」
心中念轉，人卻又向前欺進兩步，準備再次出手。
申子軒一揮手，攔阻了雷化方，說道：「包兄輕功果然高明。」
只見包行右手一抬，揚動魚竿，一條金色大鯉魚，應手而起，伸出左手抓住魚兒，連連讚道：「好肥的魚兒。」
只見那神釣包行，左手拿著鯉魚，把玩了一陣，突然一揚左手，又把魚兒投入潭中。
包行的異常鎮靜，不但是雷化方心中感慨良多，就是申子軒也覺此人雅閒的氣度，臨事的鎮靜，如無過人的涵養，實難辦到。
雷化方輕輕咳了一聲，收回掌勢。
只聽包行緩緩說道：「雷五俠，你舉起的掌勢，為何不肯劈下，卻自收了回去？」
雷化方吃了一驚，暗道：「他一直未回頭望過我一眼，怎的竟然對我的一舉一動，了如指掌？」
抬頭看去，只見碧波泛光，心中忽有所悟，暗道：「原來他從水中看出倒映的人影，一舉一動，都被他瞧得清清楚楚。」
申子軒嘆息一聲，道：「智者樂水，包兄是一位大智若愚，藏鋒斂刃的高人。」
包行哈哈一笑，道：「區區只知釣魚為樂，申二俠這等誇獎兄弟，區區如何敢當。」
申子軒道：「咱們只聞包兄之名，從未有緣一會，今日有幸，能得一晤，兄弟等適才魯莽，開罪高人，還望包兄不見怪才好。」
只見包行右手一伸一縮，那伸出的釣竿，突然收縮回去，又恢復了一根手杖的形狀，那垂

出的魚索，也隨著軸層收回，回過頭來，微微一笑，道：「兄弟適才講話神情，也有些剛愎自用，申兄、雷兄，也不要放在心上才好。」

申子軒道：「唉！包兄行走江湖數十年，竟無人能瞧出包兄是一位身懷奇技的大智人物，而以神釣、魚痴呼之……」

包行淡淡一笑，接道：「滔滔人世，有如一溪濁流，兄弟冷眼旁觀，實也覺不出有一件值得兄弟動氣的事，心涼自無嗔，所以，兄弟從未和人動過手……」

包行神色突然嚴肅起來，緩緩接道：「但雁過留聲，人死留名，要兄弟一生垂釣，死於江河之畔，兄弟實也不肯甘心。」

突然間話鋒急轉，只聽得申子軒、雷化方全都爲之一怔。

包行仰天長長吁一口氣，接道：「人活百歲，終是難免一死，仙道無憑，求之何易，如是兄弟這一生，遇不上一件心氣難平的事，那也只好碌碌一生，垂釣自遣，死而後已了，所幸是讓兄弟今生中遇上了一件心氣難平的事，不幸的是皇天無眼，竟使一代才人大俠，抱恨而終，死得不明不白，元凶主謀，迄未受誅。唉！這幸與不幸，兄弟也無法分辨了。」

言罷，又是一聲長嘆，滿臉黯然神色。

申子軒呆了一呆，道：「包兄心中那一口不平之氣，不知爲何人所抱？」

神釣包行正容說道：「慕容長青。」

雷化方道：「我們那死去的大哥！」

包行點頭應道：「在下一生最敬佩的人物，也是使包某唯一動了不平之氣的一樁慘事……」

語聲一頓，接道：「兩位是感到兄弟到此，是一樁巧合的事嗎？」

申子軒搖搖頭，道：「包兄費盡了心機，才找到此地。」

包行肅然說道：「兄弟從未和人動手的事，已然早成過去。因爲，我在百日之前，已經破戒，而且一舉手間殺死了兩個人。」

申子軒若有所悟地說道：「我們能在此平安度過數月，全是包兄之賜了。」

包行道：「兄弟決心一洩胸中不平之氣，償我心願，兩位不用感激我。」

慕容雲笙隱在樹後，把三人對答之言，聽得清清楚楚，急步行了出來，對著神釣包行，躬身一個長揖。

包行也不還禮，雙目卻盯注在慕容雲笙臉上，瞧了良久，道：「你是慕容公子？」

慕容雲笙道：「正是晚輩。」

包行道：「在公子身上，在下又隱隱見到了慕容長青的風采。」

申子軒道：「包兄見過我們慕容大哥？」

包行微微一笑，道：「見過，而那也是在下真正的第一次和人動手。」

雷化方吃了一驚，接道：「你和慕容大哥動過手？」

包行笑道：「慕容大俠的爲人，誠然可敬，但如若在下和他全無關連，也不至於爲他如此抱不平了。」

慕容雲笙確知自己是慕容公子後，對亡父生出了無比的孺慕之情，對亡父生前的事跡，希望能多多知曉一些，忍不住說道：「包老前輩，可否把你和先父動手經過，說給晚輩聽聽？」

包行緩緩坐了下去，拍著草地，道：「自然要告訴你，坐下來，咱們慢慢的談吧！」

申子軒、雷化方、慕容雲笙等依言坐下，包行輕輕吟了一聲，道：「這是三十年前的事了，在下垂釣江毛潭時，遇上慕容大俠，我雖未見過他，但卻已久聞他名，相見之下，已然瞧出是他。」

申子軒接道：「包兄這等修養，我們慕容大哥，又是個穩健人物，如何會引起衝突呢？」

包行道：「那一次是在下逼他出手。但那慕容大俠卻處處謙讓，不肯和我動手。最後，他被我逼得沒有法子，才答應和我動手。」

申子軒道：「兩位比了幾招？」

包行道：「九十九招。」

申子軒怔了一怔，道：「九十九招！武林中能夠和我們大哥拚上九十九招的人，實是不多，包兄足以自豪了。」

包行道：「也是慕容大俠故意相讓，九十九招，一掌擊中我的前胸。」

雷化方道：「包兄受了傷嗎？」

包行道：「不但受傷，而且傷得很重。」

長長吁一口氣，道：「那時，四野無人，慕容人俠如若殺了在下，把屍體投入江毛潭中，除他之外，天下再也沒有第二個人知道了……

「但慕容大俠不但有著絕世武功，驚人才華，更難得的是，還有著菩薩心腸。在下受傷奇重，那慕容大俠傾盡身上的靈丹，救我性命，因此，使在下從死亡中重獲生機。」

雷化方道：「我家大哥仁慈心腸，天下皆知，這也不算什麼。」

包行微微一笑，道：「在下傷勢好後，不但未謝那慕容大俠一句，而且一直未再回頭望過他一眼，那慕容大俠竟然未出一句惡言。」

包行輕輕嘆息一聲，道：「在下和慕容大俠比武之後，一別十年未再見面，江湖從未傳出過包某和人動手的事，顯然，慕容大俠並未洩漏那次我們動手的經過。」

雷化方道：「包兄如是今日不談起來，這件事那就永遠不會有人知道了。」

包行道：「但在下卻一直記恨著那日比武之事，分手十年，一直在苦苦習練武功，希望能有一個機會，再和那慕容大俠交手一次。」

長長吁一口氣，抬起臉來，望著天上一片飄浮的白雲，接道：「那是他遇害的前一年吧，在下遣人送上一函，約他在江中一座小舟之上會晤，在下只知他武功高強，卻從未聽過他會水中工夫，因此，約他在江中會晤，想不到他按時赴約。」

申子軒接道：「你們又動手了？」

包行道：「這次沒有動手，在下在一杯茶中下了奇毒，那慕容大俠竟然坦然飲了下去。」

慕容雲笙只覺心中一跳，道：「你下了毒？」

包行道：「不錯，在下下了毒，但眼看那慕容大俠飲下毒茶之後，竟然若無其事，那時，他已經知曉了茶中有毒，但卻仍不肯說出口來，在下為那坦蕩的君子風度所懾，大生慚愧之心，自行雙手奉上解藥。」

目光轉到慕容雲笙的身上，接道：「在下所乘的木舟，其重要的釘軸，都經拆除，只要揮掌一擊，那個舟就立刻散毀。」

雷化方道：「為何如此？」

包行道：「因為，在下自知非那慕容大俠之敵，如是動起手來，拳掌交錯中，那個舟必然

碎沉。」

申子軒道：「包兄精通水中工夫，準備在水中擒獲我家大哥。」

包行道：「在下是這樣的安排，但後來，爲那慕容大俠的氣度所懾，又改變了主意，送他下舟，慕容大俠臨去之際，對在下說了幾句話，使在下內心中感覺到榮寵無比，在下也答應了慕容大俠，遊罷東海之後，立時登府拜見，想不到在下遊罷東海歸來，慕容大俠已遭了毒手。」

慕容雲笙道：「家父對老前輩說的什麼，可否賜告？」

包行道：「令尊臨去之際，誇獎了在下幾句，他說：『大丈夫應生於憂患，死於安樂，當今江湖上雖然表面平靜，實是暗地裡波濤洶湧，一些魑魅魍魎，正聯手結盟，躍躍欲動，如若包兄不棄慕容長青，希到舍下一會。』」

黯然嘆息一聲，接道：「慕容大俠沒有叫在下一句兄弟，在下也沒有叫他一句慕容兄，表面上我們沒有什麼交情，但在下相信我們已兩心相投，他是在下生平第二個敬重的人，也是我唯一的知己。」

雷化方道：「包兄弟第一位敬重的，是什麼人呢？」

包行道：「我的授業恩師。」

目光凝注在慕容雲笙的臉上，接道：「當在下知道這噩耗那一天起，就決心爲他報仇，直到我死而後已，這是後半生唯一的心願。」

慕容雲笙抱拳一揖，道：「晚輩這裡代亡父領受盛情了。」

包行道：「但在下知曉，能夠殺死慕容大俠的人，不論武功、才華，都是第一流中頂尖人

物，自非易與，因此，在下不得不耐心的等待時機。」

目光由申子軒、雷化方等臉上掃過，又道：「我知道慕容大俠有幾個好兄弟，必會竭盡所能的爲他復仇。」

申子軒接道：「我等雖有此心，只是力量有限，唯有盡我等心力而已。」

包行微微一笑，道：「我想以那慕容大俠生前的仁厚、氣度、善緣廣結天下，慕容公子只要能找出仇人首腦，登高一呼，必將有無數風塵奇士，聞風而來。」

慕容雲笙道：「老前輩……」

申子軒接道：「包兄和慕容大哥英雄相惜，肝膽論交，你應該稱叫包叔叔才是，老前輩這稱呼，未免見外了。」

慕容雲笙目光轉到包行臉上，道：「包叔父在上，請再受小姪一禮。」

包行還了半禮，道：「包某托大，受賢侄一禮了。」

申子軒哈哈一笑，道：「包兄如此，才不見外。」

包行道：「諸位留此數月，包某替諸位守衛數月，想來諸位定有用心了？」

申子軒道：「皇天相佑，我們找到了慕容大哥的武功，居此習武。」

包行點點頭，道：「進境如何？」

申子軒道：「慕容大哥的武功，博大精深，豈是我等能完全領悟，數月苦習，也不過是稍有成就而已。」

包行道：「來日方長，諸位只要熟記要訣，不論何處，都可習練，那也不用留居於此了。」

申子軒怔了一怔，道：「包兄，可是有所發現嗎？」

包行道：「如若在下不是發現敵蹤，也不會驚擾諸位了。」

雷化方道：「包兄可是在江州就盯上我們了？」

包行道：「不錯，你們在江州時，我已暗中追隨諸位。後來，見你們和虎王程南山常在一起，推斷你們可能來虎谷小住，在下本想現身相見時，發覺了另有幾個武功高強的人，也已盯上你們。幸好他們發覺過晚，一天之後，你們離開了江州。」

申子軒嘆息一聲，道：「在下防備不謂不嚴，但仍然被敵人暗中監視。」

包行淡淡一笑，道：「因此，在下改變了心意，暗中追蹤他們，發覺他們竟然往虎谷追來，他們一行五人，帶了三隻信鴿，分成二路，那帶鴿人帶個助手走在後面，一直盯著虎王程南山，程南山帶著南天一狐柴四郎，這兩個老江湖，竟然是未發覺被人追蹤。」

語聲一頓，接道：「在下冷眼旁觀，發覺他們追蹤技巧卻也高明，常以不同的身分出現，雖和程南山擦身而過，兩人也不覺得。這時，在下最擔心的，是那三隻信鴿，因此全神貫注，無論如何不能讓信鴿飛走。在下本可設法把三隻信鴿殺死，但又想從三隻信鴿身上，得到一些消息。」

雷化方道：「不知包兄如何對付那三隻飛鴿。」

包行道：「總算如願以償，在下不但活捉了他們的三隻信鴿，而且還把他們傳出的消息截獲。」

申子軒道：「那信上寫的什麼？」

包行道：「書信在此，中兄自行瞧瞧吧！」

緩緩從懷中取出三張極薄的白箋，交給申子軒，接道：「這已是數月前的事了，兄弟已經瞧過，都是報告他們行止所見的事，在下認爲重要的倒是那三隻信鴿。那信鴿都是他們特選的健鴿，訓練有素，縱然隔上一年半載，仍然會記得飛回之路。日後，咱們追覓他們的巢穴，那信鴿倒是一個很好的帶路嚮導。」

申子軒打開那三封信，上面果如包行所言，都寫得十分簡單，但卻說明了自己幾人的住地。

數月之前，這三封簡單的書簡，每一封都重要無比，但事過境遷，這三封書簡，已然價值消除。

申子軒藏入懷中，問道：「包兄，這幾日發現了什麼可疑人物？」

包行道：「兄弟爲了衛護諸位，擊斃了那兩個跟蹤之人後，就住在對面一座山峰之上，每日我都沿小徑巡視那山口一周，看看是否有可疑之人，昨天兄弟在途中遇上兩個樵夫，當時並未放在心上，過後才覺兩人行跡，有些可疑。因此兄弟又轉了回去，這次我因爲有備，並未爲兩人發現，果然兩人在交頭接耳，談了一陣，其中一人下山而去……」

雷化方道：「包兄不該放走他。」

包行道：「不錯，但兩人分道，我如追殺一人，必有一人漏網，故得想個法子，盡斃兩人才成。」

申子軒道：「他們分道奔馳，同時對付兩人，只怕不易。」

包行道：「但兩人如有一人逃走，後果一樣，因此兄弟決定先行搏殺那留在原地之人，再

行追殺那逃跑的人。兄弟點中了那留在原地之人的穴道，再去追那下山之人，這其間相差約一盞熱茶工夫。」

雷化方道：「包兄追上沒有？」

包行道：「追上了，但是晚了一步，他已放出了藏在草中的信鴿。」

申子軒道：「那人呢？」

包行道：「傷在兄弟掌下，咬破了口中的毒丸而亡！」

語聲頓了一頓，接道：「兄弟昨天本想連夜趕來，但想到諸位必有戒備，夜間來此，難免造成誤會，對方飛鴿已去，縱有援手，也不會當夜即至，因此今日才來。」

申子軒一抱拳，道：「數月來，多承包兄相護，我等竟然完全不知。」

包行道：「如是他們行動快速，說不定一、兩天內，就有大批強敵趕到，諸位要遷地爲宜，而且愈快愈好。」

雷化方道：「那位被包兄點了穴道的人呢，也許可以從他口中問出一點內情。」

包行道：「大約是被程南山巡山之虎噙走，兄弟趕去已然不見那人，不過，他們消息已經傳出，那人生死，已不重要了。」

包行目光轉注慕容雲笙的臉上，說道：「慕容公子對令尊留下的武功，學得如何了？」

慕容雲笙道：「先父遺留武功，太過深博，晚輩只能算略窺堂奧。」

包行道：「公子是否已記熟令尊那手錄所記？」

慕容雲笙道：「上面所記，晚輩已熟記於胸。」

包行道：「夠了，每一種深博的武功，都非三、五月能夠學會，公子不論何等才華，都需要相當的時間，最好是利用和人動手，從中求進。」

申子軒道：「包兄之意是……」

包行道：「在下之意，慕容公子已該出面了，一面普遍發出爲父復仇，鋤惡誅邪的俠義帖……」

申子軒接道：「此時，咱們的實力，只怕還無能和強敵抗拒吧？」

包行道：「自然咱們不用和他們正面對抗，那俠義帖也不用指名發給任何人，以免強敵遷怒，上附討邪之文，到處散發，旨在使武林同道知曉，慕容公子已然出道江湖爲父復仇，既可亂敵章法，又可使心存武林大義的同道，心中有所準備。」

語聲一頓，接道：「至於咱們的行蹤，自應力求秘密，但也要盡量出手，剪除他們在江湖上布置的耳目、羽翼。」

申子軒道：「包兄之言，大有道理。」

忽見程南山揹著一個身著土布衣服的漢子，大步行了過來。

程南山揹著那布衣大漢行到身前，望了包行一眼，道：「這位是……」

包行接道：「兄弟漁痴包行。」

程南山放下那布衣大漢，一抱拳，道：「久仰大名，今日幸會。」

口中說得雖然客氣，目光中卻滿是懷疑。

申子軒怕那程南山和包行有所誤會，當下把包行來此經過，很詳盡地說了一遍。

程南山哈哈一笑，道：「包兄是真人不露相，露相不真人。」

包行接道：「程兄言重了。對了，程兄既能伏虎，想來亦可馴鳥了。」

程南山道：「馴什麼鳥？」

包行道：「兄弟想馴上幾隻蒼鷹猛鵰之類的凶禽，對付他們的信鴿。」

程南山搖搖頭道：「兄弟無此能耐，不過，兄弟倒知曉一人，善馴飛禽。」

包行道：「什麼人？」

程南山道：「魯東大俠齊飛的夫人，齊夫人。」

包行點點頭道：「齊飛和兄弟還有一面之緣，但他已去世很久了。」

程南山道：「不錯，他夫人還活著啊！」

雷化方接道：「在下亦曾聽過，齊飛生前極善育鳥，曾經建了一座鳥園。」

程南山接道：「那都是齊夫人的手筆，只是她素來不願出面，武林中人都把那育鳥一事，加諸在齊飛身上。」

包行道：「齊夫人現在何處？」

程南山道：「就在虎谷之南，不足百里之處。」

長長嘆息一聲，道：「這些年來，齊夫人閉門謝客，從不見人，但願她念在慕容大俠生前俠義、仁慈，願意鼎力相助。」言罷，隨即安排眾人出發。

只見一黑一黃兩隻巨虎，並立林外相候，虎王程南山回首說道：「大師行走不便，請騎虎趕路。」

程南山道：「在下走前面了。」

放腿奔行，幾人都是武林中一流身手，輕功卓絕，全力趕路，快逾奔馬。

程南山路徑熟悉，帶幾人奔捷徑，太陽下山時分，到了一處小溪旁邊。

這時，已入平原，抬頭看去，只見青苗鋪野，一望無際，三、五農夫，荷鋤而歸，茅舍隱現，炊煙縷縷，好一幅美麗境界。

程南山伸手指向正東方，一片果林掩映的紅磚瓦舍，低聲說道：「那就是齊夫人隱居之地了，在那果林之中，他們自闢了一片菜圃，雞舍、豬欄，全自經營，男耕女織，一切應用之物，全都不用外求，那齊夫人更是難得出門一步。」

申子軒道：「那齊大俠有兒子嗎？」

程南山嘆息一聲，道：「原本有一位公子，但自齊飛死去之後，那位齊公子也同時失蹤，不知去向，現在只有一位女公子跟著她。」

目光轉動，掃掠了群豪一眼，接道：「齊夫人這些年過得十分平靜，在下實也不願驚擾她。諸位請在溪旁小候，在下先去見過齊夫人，說明來意，免得驚擾了她。」

大步直向果林瓦舍之中行去。

幾人等約頓飯工夫之久，才見程南山急步行了回來。

包行笑道：「程兄說服了齊夫人嗎？」

程南山道：「費了兄弟很多口舌，那齊夫人仍是不肯答應，兄弟為情所迫，只好說出了慕容公子。」

申子軒道：「那齊夫人如何說？」

程南山微微一笑，道：「想不到說出了慕容公子之後，那齊夫人竟然一口答應，把她訓練有成的兩隻靈禽，奉贈慕容公子。」

慕容雲笙道：「在下和那齊夫人素不相識，竟承如此厚待。」

程南山道：「令尊生前餘蔭，遍及江湖，公子自然不會知道了。」

語聲微微一頓，道：「此刻，那齊夫人已然秉燭等候，她要把兩隻靈禽親交慕容公子，並授他役禽之術，可是，可是……」

忽然張口結舌，半晌說不出個所以然來。

包行道：「可是那齊夫人只限慕容公子一人入內相見嗎？」

程南山道：「不錯，那齊夫人說她隱息已久，不思再和武林中人來往，縱是齊大俠生前摯友，她也不希望見面。」

申子軒道：「既是如此，程兄請帶慕容賢侄去一趟，我等在此相候。」

程南山道：「婦人見識，和咱們不同，希望諸位不要放在心上才好。」

包行道：「年輕喪夫，老而失子，乃人生大悲大慘的事，她一人兼而有之，這痛苦自非一般人所能承受的了。她能夠很堅強的活下去，已經不錯啦。」

程南山道：「諸位能夠諒解，那就好了。」

目光轉到慕容雲笙的臉上，緩緩說道：「慕容公子，咱們走吧！」轉身向前行去。

慕容雲笙轉身對申子軒抱拳一揖，道：「小姪去去就來。」

申子軒道：「齊夫人如此看得起你，你要留心禮數才是。」

慕容雲笙道：「小姪尊命。」

緊隨在程南山身後行去，只見瓦舍木門大開，室中燈火通明。

一個白髮蒼蒼的老嫗，布衣荊釵，當門而立。

程南山一抱拳，道：「有勞張嬤通報夫人一聲，就說慕容公子求見。」

白髮老嫗點點頭，道：「世家公子，果然不凡，兩位請進吧！」閃身退到一側。

程南山、慕容雲笙魚貫行入室中，那老嫗閃在兩人身後，隨手掩上木門，又搶到兩人前面，道：「老身替兩位帶路。」

行過前堂，穿過了一片白石鋪成的甬道，到了後廳。

廳門半掩，燈火透出廳外。

那老嫗推開廳門，低聲說道：「啓稟夫人，慕容公子駕到。」

廳中傳出來一個清柔的聲音，道：「請他進來。」

程南山帶著慕容雲笙行入廳中，抬頭看去，只見一個藍布衣服的中年婦人，坐在一張竹椅之上，在她旁側，坐著一個頭梳雙辮，年約十七、八歲的少女，穿著一身淺綠的衫裙，生得眉目如畫，十分秀麗。

慕容雲笙不敢多看，掃掠了兩人一眼，對那藍衣婦人抱拳一禮，道：「小可慕容雲笙，見過夫人。」

那藍布衣著婦人，正是齊夫人，只見她雙目流轉，打量慕容雲笙一眼，道：「張嬤，給慕容公子和程大俠看座。」

那白髮老嫗應了一聲，搬過來兩張椅子。

慕容雲笙一欠身道：「晚輩謝坐。」

齊夫人目光望著程南山，道：「你是先夫的好友，你如騙了我，不但對不起我們孤女寡母，也對不住你那故世的好友。」

程南山道：「程南山如有一字虛言，天日可鑒，嫂夫人但請放心。」

齊夫人目光又轉到慕容雲笙的臉上，接道：「你是慕容大俠之子？」

慕容雲笙道：「晚輩慕容雲笙，先父慕容長青。」

齊夫人道：「你要兩隻猛禽作甚？」

慕容雲笙道：「先父被害，含冤莫白，晚輩身負血海大仇，浪跡江湖，雖有先父生前幾位故友相隨呵護，但仍難完全擺脫強敵追蹤，近日中發現強敵施傳信鴿追蹤傳訊，四面攔截，恭請夫人賜贈猛禽，以制強敵信鴿。」

齊夫人緩緩點頭道：「老身未見過慕容大俠，但亡夫在世之日，卻常和老身談起慕容大俠的英雄事跡。武林救星，萬家生佛，老身對他仰慕已久。」

回顧了身側的少女，道：「麗兒，見過慕容公子。」

那少女緩緩起身，福了一福，道：「見過慕容公子。」

慕容雲笙起身還了一禮，道：「在下還禮。」

麗兒目光微抬，只見慕容雲笙猿臂蜂腰，氣度高華，望了一眼，不禁芳心一跳，急急垂下頭去，退回原位。

只聽齊夫人接道：「麗兒，去把為娘那兩隻蒼鷹架來。」

麗兒應了一聲，起身而去。

齊夫人緩緩說道：「那一對蒼鷹，乃是少見奇種金眼鷹，目光敏銳，飛行迅速，長爪尖利，都非尋常之鷹能夠及得，老身已養了多年，近兩年才真正長大。老身每夜放出牠們，替我巡夜，牠們都能忠於斯職，一夜有狼來犯，被兩鷹利爪所斃，捕捉信鴿，當非難事，只是，牠

們追隨我們母女已久，初隨公子，恐不習慣，還望公子忍耐一、二。」

慕容雲笙道：「牠們助我拒敵，我自當視牠們如親如友，善為珍惜。」

齊夫人道：「只要訓練得法，猛禽如人，有時比起人來還要忠心，有公子這兩句話，老身就放心了。」

語聲一頓，接道：「兩鷹都已訓練有成，老身只要傳公子馭鷹之法，公子就可指使牠們了。」

程南山知趣地站起身來，道：「嫂夫人這片果林十分茂密，兄弟還未見識過，不知可否觀賞一番？」

齊夫人緩緩說道：「程兄請便。」

程南山站起身子，退出客廳。

片刻之後，麗兒雙手捧著一支鐵架，行入廳中。

慕容雲笙抬頭看去，只見那兩隻蒼鷹身體巨大，落在那鐵架之上，仍有兩尺多高。

齊夫人一揮手，道：「麗兒，放下鐵架去吧！」

麗兒應了一聲，放下鐵架而去。

齊夫人目睹麗兒背影消失，才低聲說道：「慕容公子，這一對巨鷹雖和小女相熟，但她也不知馭鷹之法，老身今傳公子。」

慕容雲笙起身一揖，道：「晚輩感激不盡。」

齊夫人道：「需知兩鷹雖已通靈，但牠們只能和人相熟，無法分辨善惡，敵友之分，全憑馭人的指示，老身法由心傳，彈指舉手間，都可指揮雙鷹，但老身希望此中訣竅，只有慕容公子一人知曉，免得使雙鷹無所適從。」

慕容雲笙道：「晚輩記下了。」

齊夫人開始傳授慕容雲笙馭鷹之法，以及分辨雙鷹的鳴叫之聲。

慕容雲笙足足花去了一個時辰的時光，才把馭鷹術完全學會。

那齊夫人極是小心，要慕容雲笙從頭至尾演習了一遍，才完全放心。點點頭，道：「公子，你很聰明。」

慕容雲笙道：「夫人教導有法，晚輩再學不會，那豈不太笨了嗎？」

齊夫人高聲說道：「麗兒。」

但聞一聲嬌應，麗兒急步行入廳中，道：「母親，有何吩咐？」

齊夫人道：「替為娘送客。」言罷，轉身行入內室。

齊麗兒低聲說道：「公子請架起雙鷹。」

慕容雲笙伸手去捧鐵架，卻為麗兒攔住，道：「公子行蹤無定，如何能帶此鐵架同行，此後牠們自會尋覓棲息之地，不勞公子費心，此刻公子把牠們架在雙臂之上吧！」

慕容雲笙想到齊夫人傳授馭鷹術中，有一法可以召鷹上臂，當下雙臂平伸，低呼兩聲。

但見那雙鷹齊展雙翼，飛落到慕容雲笙的雙臂之上，齊麗兒低聲說道：「這雙鷹已通靈性，公子要善待牠們。」

慕容雲笙道：「姑娘但請放心。」大步向前行去。

行出廳外，程南山早已在院中等候。

齊麗兒送兩人出了大門，柔聲說道：「程叔父，恕晚輩不遠送了。」

程南山道：「賢侄女請回，爲叔的此番打擾，心中極是不安，還望賢侄女代我向令堂謝罪。」

齊麗兒目光轉到慕容雲笙臉上，道：「敬祝公子早報大仇，一帆風順，日後我們寡母孤女，也許還有借重公子之處。」

慕容雲笙道：「但得在下能力所及，無不全力以赴。」

齊麗兒一對秋水似的眼睛，盯注在慕容雲笙臉上瞧著，緩緩掩上木門。

兩人行回原地，只見那申子軒和雷化方、九如大師，三人正在坐息相候，神釣包行卻不知去向。

慕容雲笙剛剛停下腳步，雙鷹也一齊落地，停在慕容雲笙的身側。

程南山目光轉動，回顧了一眼，低聲說道：「那位包兄呢？」

申子軒道：「發現敵蹤，追趕去了。」

程南山道：「這麼說來，齊夫人居住之地，也已被人發覺了。」

申子軒道：「還要勞請程兄一趟，通知那齊夫人一聲才好。」

語聲甫落，突見那果林中火光冒起。

程南山大吃一驚，來不及和申子軒等招呼，飛躍而起，直向那果林撲去。

慕容雲笙一跺腿，道：「可惡得很。」縱身飛起，直追程南山而去。

申子軒低聲說道：「五弟，守護三弟，有事故立刻呼叫我等，爲兄也去瞧瞧。」

申子軒轉過身子，急急奔去。

行到果林瓦舍前面，只見一個白髮老嫗，手執竹杖，站在瓦舍前面。

程南山、慕容雲笙並肩而立，站在那老嫗前面。

只聽那老嫗說道：「有勞三位了，我家夫人、小姐，恐已在數里之外，老身要早些趕上她們才成。」言罷，轉身而去。

申子軒低聲說道：「程兄，怎麼回事？」

程南山道：「那齊夫人慨賜雙鷹之後，已然覺著此地不妥，攜女遠走了，而齊夫人又不願自己住過的地方，留下痕跡，因此放起了一把火。」

申子軒道：「原來如此。」

三個人望著那大火，出神片刻，才緩緩回身而去。

行回原地，那包行已在等候。

申子軒道：「包兄追上敵人了麼？」

包行點點頭，道：「兄弟一生中很少殺人，但這一開殺戒，竟自難再遏止，那人已被兄弟斃於掌下，為了不使消息走漏，兄弟已把他屍體埋起。」

申子軒接道：「那齊夫人慷慨賜贈她育養十年的兩頭神鷹，撲捉那信鴿的猛禽已有，咱們此刻，行止如何？」

包行微微一笑，道：「離此荒山僻野，到人多的城鎮中去。」

雷化方道：「咱們實力還未壯大，難以和他們對抗，避之唯恐不及，似是不宜到城鎮中去。」

包行道：「咱們不但要到城鎮中去，而且還要讓他們發現咱們的行蹤，那樣才能和他們互較智力，此外，還要打起慕容公子的招牌，使天下都知道，慕容公子已出現江湖，要為慕容大

俠復仇，使那死去的人心，重新振起。」

中子軒道：「包兄心目中，可有去處嗎？」

包行道：「兄弟之意，先到洪州一行。」

中子軒暗道：「他似是未經思索，就一口提出洪州，只怕他早已成竹在胸，咱們也不用多說了。」

當下應道：「好，就依包兄之意，咱們先到洪州瞧瞧。」

沿途之上，慕容雲笙全心和雙鷹接近，數日夜下來，竟似已得雙鷹認了他新主人的身分。

這日，將近洪州，包行望望那隨行的二虎、雙鷹說道：「進入洪州，咱們就可能和強敵展開一場鬥智之戰，這雙鷹還好，二虎要如何安排呢？」

程南山道：「這倒不勞包兄費心，如是那洪州城有樹林可容牠們存身，兄弟就帶牠們同行。如是沒樹林可供存身，此刻就可以讓牠們避開，自覓藏身之地。」

包行目光轉到慕容雲笙的臉上，道：「慕容公子，可要架著雙鷹入城嗎？」

慕容雲笙道：「據那齊大人言，雙鷹可放諸天空，牠們目光銳利，強人百倍，雖然在極高空飛行，亦可辨識主人，只是晚輩還未把牠們養熟，不知是否還能收回。」

包行微微一笑，未再接言。

程南山口中低吼數聲，雙手一揮，兩隻巨虎，突然奔騰而去。

慕容雲笙當下雙臂一振，二隻巨鷹同時凌空飛去。

包行目睹兩人把鷹、虎一齊遣走，才緩緩說道：「在下和程兄先入城中，替四位布置一

下。」

申子軒道：「我等可要易容而入？」

包行道：「不用了，你們大張旗鼓，能使知道的人愈多愈好，咱們就是要武林道上全都知道，慕容公子為慕容大俠復仇，重出江湖。」

包行沉吟了一下，道：「南大街有一家杏花樓，四位投宿到那酒樓，在下和程兄，自會趕往那裡和四位見面。不過，我們先走，四位且慢一步，晚我等半個時辰再入城中。」

申子軒道：「好，咱們一切依照包兄的吩咐就是。」

包行回顧了程南山一眼，道：「咱們走吧！」放腿向前奔去。

廿八　算無遺策

慕容雲笙等人依照那包行之約，等了半個時辰左右，緩步向洪州行去。

申子軒當先而行，九如大師和慕容雲笙居中，雷化方走在最後。

幾人一行，直奔南大街。

那杏花樓乃洪州有名的大飯莊，前面酒樓，後面客房數百間，經營著客棧生意。

四人行近杏花樓時，只見店門口處，高貼著一張紅紙，寫著，「恭迎慕容公子大駕」。

申子軒望了那貼的紅紙一眼，舉步向杏花樓中行去。

兩個店夥計立時迎了上來，道：「四位之中可有一位慕容公子？」

慕容雲笙接道：「區區便是，兩位有何見教？」

兩個店夥計望了慕容雲笙一眼，齊齊作了一個長揖，道：「有人替公子訂下一座跨院，預付了十兩黃金的店租，叫小的在門口貼起紅紙，恭迎公子大駕。」

慕容雲笙點點頭道：「好！你們帶我到那跨院去。」

左首店夥計欠身一禮，道：「小的帶路。」

慕容雲笙回顧那張貼的紅紙條，道：「把紅紙扯下，在下不願驚動了太多的人。」

右首店夥計應了一聲，扯下貼在門上紅紙條，慕容雲笙搶在申子軒身前，緊隨那店夥身後

而行，那店夥計帶著幾人穿過了兩重庭院，行入一座獨立的院落之中。

只見院中魚池盆花，十分清雅，那店小二微一欠身，道：「這座院落是我們杏花樓中最好的一座院落，四位請到上房坐吧！」

只見這座院落，除了一座上房之外，還有兩座廂房，可算得十分寬闊。

店小二推開上房木門，慕容雲笙先行進入房中，室中布設亦很古雅，迎面壁上掛著一幅山水畫，一張紅漆八仙桌，緊傍著左面壁間而放，兩張太師椅分放在木桌兩側，另外有幾張木椅沿著牆壁而放。

雷化方忍不住問道：「夥計，這座跨院是什麼人替我們訂的？」

店小二道：「這個小的不清楚了，櫃上吩咐下來，小的們就照著辦了。」

雷化方輕輕咳了一聲，道：「你到櫃上問問，慕容公子相識之人太多，什麼人的好意，咱們必須問個清楚才成。」

店夥計應了一聲，轉身而去。

片刻之後，店小二提著一個白瓷大茶壺行了進來。

店小二抬起頭道：「小的問過了，替慕容公子訂下這間跨院的是位女客人。」

申子軒緩緩說道：「那位女客人是何模樣，你能夠記得嗎？」

店小二搖搖頭，道：「這個麼，小的沒有問過。」

雷化方掏出一塊銀子，道：「這個賞給你了，去問問櫃台那位女客人模樣、年齡、口音、穿著，問得愈是詳細愈好。」

店小二接過銀子，哈腰點頭地說道：「你老放心，小的立刻去問。」躬身而退。

雷化方望了申子軒一眼，道：「二哥，怎會有女人先替咱們訂下這跨院呢。除非那女子是受了包行之命，只有包行知曉咱們住在此地啊。」

只見店小二又匆匆行了進來，道：「小的問過了。是一位年輕姑娘。」

雷化方接道：「穿的什麼衣服，長像如何？哪裡口音？」

店小二道：「據一個看見的夥計說，那位姑娘長得十分標緻，穿著一身青衣，至於口音，小的卻無法問得出來。」

申子軒一揮手，道：「夠了！你替我們弄八樣美肴酒飯，一起送到這跨院中來。」

店小二應了一聲，急急轉身而去。

申子軒輕輕嘆息一聲，道：「看來要等那包行到此之後，才能知曉內情了！」

片刻之後，酒飯遞上，申子軒先行試過，確證無毒之後，幾人才開始進食。

幾人心中充滿著疑慮，雖然是佳肴美酒當前，也是無法下嚥。

匆匆食畢，喚店小二撤去殘席，申子軒目睹店小二去後，低聲說道：「五弟，咱們仔細搜查院裡草樹，和那兩側廂房。」

幾人一齊動手，搜過整個跨院，仍是未找出可疑事物。

正當幾人猶豫不安之際，店小二帶著包行和程南山適時而至。

雷化方沉聲說道：「包兄來得正好。包兄可曾替我們訂下這座跨院？」

包行搖搖頭道：「沒有。」

申子軒道：「這就奇怪了！」

略一沉吟，把經過之情，很仔細地說了一遍。

程南山沉聲說道：「那定然是女兒幫中人，過去咱們在江州之時，幾個毛丫頭，也是故弄玄虛，鬧得心神不安。」

包行道：「據在下所知，這女兒幫和三聖門兩股神秘的力量，在江湖上曾有過幾次衝突。三聖門以用毒見長，女兒幫卻不惜犧牲色相，廣結實力，奇怪的是，他們似是都在一種適當的約束之下發展。」

慕容雲笙道：「小姪在江州之時，曾和女兒幫、三聖門雙方爲敵，也曾托護於三聖門中一段時光，個中經過，曲折奇幻，事後想來，有如經歷了一場夢境，如若據實說出，也許有助包叔父的推事之能。」

包行道：「好！你仔細的說說看。」

慕容雲笙略一沉思，把經過詳情，很仔細地說了一遍。

自然，其中把蛇娘子對他的愛護之情，稍作保留。

包行凝目相注，聽得十分仔細，直待慕容雲笙說完之後，才緩緩接道：「這確實是一段很重要的內情，世兄親身經歷，自然是不會錯了。」

語聲微微一頓，突轉低沉，道：「這其間有一位關鍵人物，最爲重要。」

慕容雲笙道：「什麼人？」

包行道：「李宗琪，如是世兄日後還能和他遇上，希望能和他仔細的談談。」

申子軒突然話鋒一轉，道：「包兄要我等先到洪州，是早有所謀呢，還是隨口而出？」

包行道：「本是早有所謀，希望藉重一位朋友之力，爲慕容公子造成一種聲勢。但此刻，卻不得不放棄了。」

雷化方道：「爲什麼？」

包行道：「因爲在下那位朋友，已然不在洪州。」

申子軒道：「早已搬家了？」

包行搖搖頭，道：「今晨離開了洪州他往。」

申子軒一怔，道：「那是有意逃避咱們了！」

包行道：「不錯，在下一生，不相信碰巧的事，那位朋友今晨離此，必有原因。」

雷化方道：「他可以拒絕咱們所求，那也用不著離家遠走啊。」

包行道：「就是這問題，只不過咱們未明原因罷了。」

雷化方道：「如果咱們把每一件事都看得複雜萬端，那實是一樁很煩惱的事，定然是你那位朋友，不願多惹麻煩，躲避出去罷了。」

包行道：「怎知他一定不在洪州呢？」

雷化方道：「你是說他會騙你？」

包行答非所問道：「就算他真的離開了洪州，又怎知他是自願離開呢？」

雷化方怔了一怔，道：「包兄之意是？」

包行道：「我等來此之前，在下那位朋友，並不知曉，他又怎知我會來找他呢？」

申子軒接道：「那是說有人告訴他咱們來了洪州？」

包行道：「不錯，而且那告訴他的人，還知曉咱們來此找他。所以，事情就顯得有些複雜了，這證明了一件事。」

申子軒道：「什麼事？」

包行道：「在下和諸位攜手合作一事，早已被人知道了。而且，那人對在下還很注意，咱們到洪州來，他就瞭然到在下要找什麼人。」

申子軒道：「如若把那替我等訂下這跨院的女子，聯想一起，事情似是更為明朗一些。」

包行淡淡一笑，道：「不論如何，咱們已經和敵人接觸，所以，從此刻起，咱們要處處小心。」

雷化方道：「唉！咱們似是一直落於下風，處處被人搶去了先機，我明敵暗。」

包行神情肅然地說道：「所以咱們要冷靜的對付，化明為暗。」

語聲微微一頓，接道：「在下想，今夜之中，他們或會有所行動，派人來此。咱們分頭守候，以查究竟，如是三更之後還未見人，咱們再行分頭行動。」

申子軒道：「如何行動？」

包行道：「趕往在下朋友宅院中瞧瞧。」

申子軒道：「好！就依包兄之見，還請包兄分派方位。」

包行低聲說道：「咱們進過酒飯，分頭安歇，申兄和慕容公子住此正房，在下和程兄住東廂，雷兄和九如大師居西廂。但在初更過後。要設法潛出室外，埋伏院中盆花草叢之間。三更過後若無動靜，聽在下招呼，咱們再趕往我那位朋友宅院。」

九如大師道：「貧僧行動不便，只怕難以配合。」

包行笑道：「大師可守在房中，最好能傳出些輕微鼾聲，以便誘敵，由我等為大師守護，大師盡可放心大睡，至於三更過後，請程兄和申兄留此，護守此地，在下帶雷兄和慕容公子同行。」

申子軒口雖未言，心中卻知那包行這番安排，是在用行動解釋別人對他的懷疑，帶雷化方和慕容雲笙同去，那是讓兩人明瞭內情。

因爲，在對包行的懷疑之中，以雷化方表現的最爲露骨。

申子軒微微點頭，道：「好！就依包兄的吩咐。」

幾人依照計劃，進過洒飯，分頭安歇，初更時分，群豪藉夜色掩護，潛出室外，隱身於草叢盆花之間。

慕容雲笙看屋角處有一株榆樹，枝葉十分茂密，可做藏身之用，當下縱身一躍，登上老枝，隱於密葉茂枝之處。

這晚上，天上雖非陰雲密布，但卻淡雲迷漫，天地間一片昏黃之色。

約莫初更時分，果見一條人影，飛躍到對面屋頂之上，極快地隱入屋脊之後。

這人身法快速，行動之間，不帶一點聲息。

包行、申子軒等，都隱在院中盆花叢芇之間，除非那人飛入了院中之後，無法看得清楚。

慕容雲笙雖然瞧到，但卻無法告訴幾人，只好全神貫注，監視那人的舉動。

但那人隱入屋脊之後，竟似投入大海的砂石，良久不聞聲息，不見任何舉動。

別人都未瞧到，也還罷了，但慕容雲笙卻瞧得十分清楚，心中極是焦急，暗道：「難道那人是住在此地的武林人物不成？」

心念轉動之間，瞥見正東方又飛奔過來一條人影，也隱身在一面屋脊之後。

緊接著又是兩條人影趕到，來人似是心有所忌，不敢太過接近幾人宿住的跨院，都在臨近跨院屋頂之上停下。

這時，慕容雲笙心中已經確定了來人，都是和自己等一行有關，心中忖道：「來了四人，竟然仍無舉動，那是還在等人了。難道這些人，準備明火執仗地和我等決戰不成？」

突然間，響起了一聲輕微的口哨，傳入耳際。

包行和申子軒等，雖然未見到來人，但他們確聽到了那聲口哨，全部精神一振。

只見四條人影，一齊飛起，歸鳥投林一般，下落於跨院之中。

包行極是沉得住氣，見四人落入院中，仍是不動聲色，這時，申子軒等都已看得清楚，只見落入院中四人，都穿著夜行衣服，兩個揹劍，兩個佩刀。

四個夜行人一排而立，八隻目光轉動，查看廂屋中的動靜。

雙方一明一暗，對峙了一盞熱茶工夫之久，四個青衣人仍然是站著不動。

突然間，又響起一聲輕微哨聲，傳了過來。

四個夜行人，也突然發動，分向正廳和兩廂之中衝去。

包行突然間疾躍而起，直向九如大師住的房中奔去。

一人發動，申子軒等跟著出手，也向廳房之中衝去，包行動作奇快，後發先至，右手一揚，砰然一聲，震開木窗閉住氣，直向木榻之上撲去，右手一探，抓起了睡在木榻之上的九如大師。

就在包行右手抓住九如大師的同時，寒芒一閃，一道白光直向木榻之上劈去。

包行左手一揮，內力湧出，劈向那人，一擋那人刀勢，右手卻抓起九如大師倒躍而退，穿窗出室。

躍出窗外，才大聲喝道：「小心，房中有毒香，不要著了道兒。」

這時，申子軒和雷化方等，都已奔到窗口，正待破窗而入，卻聽包行呼叫之言，立時止下腳步。

雷化方左手一揮，啵的一掌，拍在窗上，震碎了木窗之後，人卻倒躍而退。

申子軒卻一躬身，飛上屋面，流目四顧。

慕容雲笙、程南山齊齊縱身而起，跌落在包行身側，包行低聲說道：「守著四面，別讓他們走了一個。」

程南山應了一聲，退守在圍牆旁側，慕容雲笙低聲說道：「三叔父怎麼了？」

包行道：「不要緊，他只是暈迷過去，賢侄只管放心對敵。」

慕容雲笙應了一聲，飛身而起，守在北面方位，跌落院門之處。

這時，雷化方、程南山、包行、慕容雲笙等，分守四個方位，申子軒卻站在屋面，居高監視。

奇怪的是，那四個撲入廳廂中的夜行人，竟也不肯出來，一直停留在室中，雙方形成了對峙之局。

包行緩緩放下九如大師，摸出一粒丹丸，投入九如大師口中，把他放在壁角暗影中，便於保護，才轉過身子高聲說道：「申兄身邊帶有火種嗎？」

申子軒道：「有啊？」

包行道：「燒房子。」

申子軒應道：「先燒那一幢？」

包行道：「先燒正廳。」

申子軒手中一探一攪，屋瓦碎落，登時，屋頂上露出一個大洞來，右手摸出一個火摺子，迎風晃燃，投入室中。

只見寒芒一閃，一柄單刀，由暗影中伸了出來，劈碎了火摺子。

包行行到雷化方身前，低聲說道：「趁他們應付申兄之時，雷兄請和慕容公子衝入房中。記著閉住氣，不能呼吸，我和程兄守在外面，以防他們逃走。」

雷化方點點頭，縱身而起，越過屋面，下落慕容雲笙身前，低聲說道：「賢侄，咱們衝入正廳瞧瞧。」

原來，四個夜行人，兩人飛入正廳，另兩個分別飛入廂房。

慕容雲笙道：「小姪帶路，五叔接應小姪。」

雷化方道：「爲叔的走前面。」大步向前行去。

廳中夜行人，已知中計，是以早把木門關上。

雷化方飛起一腳，踢中廳門。

這一腳力道奇猛，只聽砰然一聲大震，木栓震斷，大門立開。

只見寒光一閃，兩道寒芒，破空而出，直向雷化方飛了過來。

雷化方早已有備，右手金筆一揮，噹的一聲，擊落了一支飛刀。

出手一擊之下，雷化方突然感覺到自己的手法，已較前快了許多，原來在四月苦苦習練之中，不知不覺武功已然大進。

只見火光一閃，申子軒又投入一枚火摺子，但見刀光一閃，一柄單刀疾向申子軒投下的火摺劈了過去，這雖然只是一瞬間的工夫，但雷化方卻瞧得極是清楚，當下一挺身，疾如電光石火一般，直向室中衝去。

但聞一陣金鐵交鳴之聲，傳入耳際，室中火光一閃而熄。

室中又恢復了黑暗。

慕容雲笙心中大急，暗道：「聽那兵刃相擊之聲快速，顯是雷五叔至少在抵擋兩個人的圍攻，我應該進入廳中，助他一臂之力才是。」

心中念轉，口中大聲喝道：「小姪助拳來了。」只聽一聲慘叫，傳了出來，打斷了慕容雲笙未完之言。

緊接著，傳出了雷化方的聲音，道：「不要進來。」

慕容雲笙人已衝近室門口處，聽得雷化方喝叫之言，只好停了下來。

突然間，傳來了衣袂飄風之聲，一條人影直向廳外飛來。

慕容雲笙正待揮劍擊出，突然心中一動，急急收劍而退。

只見那人影落入院中，身子搖了兩搖。一跤栽倒。

昏黃星光之下，慕容雲笙看得明白，那人正是雷化方，心中暗叫一聲：「僥倖，我適才如若揮劍一擊，勢必傷他不可。」

心念轉動，人卻疾躍過去，伸手抓起雷化方，只見他衣衫完全，除了前胸上幾點血跡之外，全身無傷，但卻緊閉著雙目，似是受了重擊一般。

慕容雲笙搖動著雷化方，道：「五叔，你受了傷嗎？」

一連喝問數聲，雷化方一直是閉目不答。

伸手按在雷化方前胸之上，只覺他心臟仍在跳動。

只聽一聲輕輕的嘆息，道：「世兄不用急慮，他只是中了悶香一類的毒煙。」

慕容雲笙抬頭看去，只見包行手執魚杖，站在身前，當下嘆息一聲，道：「是了，他如不回答我的問話，也許不會中毒了。」

包行道：「他在自己中毒後，還能衝出室外，那也算不幸中的萬幸了。」

慕容雲笙道：「什麼毒煙如此厲害，中人之後，立時就暈迷不醒。」

包行道：「此乃雞鳴五更返魂香之類的煙毒，雖然中人即暈，但卻有一定時限，最易解救，世兄不用擔心。」

突聞木門呀然，跨院圓門大開，一個店夥計手中高舉著紗燈，行了進來，道：「客官發生了什麼事？」

慕容雲笙接道：「店中來了強盜。」

店小二道：「強盜在哪裡？」

包行突然開口接道：「正廳之中，你如不信，何妨進去瞧瞧？」

那店小二舉起手中燈籠，向大廳中瞧了兩眼，道：「裡面當真有強盜嗎？」

包行道：「閣下放心去吧！那室中縱然確有強盜，也是不會傷你。」

那店小二揚了揚手中的燈籠，低聲說道：「好吧！你老說的也許是實話，強盜不殺店家。」當真舉起燈籠，直向廳中行去。

慕容雲笙凝目望去，只見那店小二步履沉著，毫無驚恐之態，不過他走得很慢，不留心很難看得出來。

突然間刀光一閃，直向燈籠上斬了過去。

包行陡然一提氣，直向廳中衝去。

他動作快速，有如電光石一般，一閃之間，人已到了那店小二的身後。

只見那店小二身子突然向前一探，手中燈籠一轉，直向包行臉上擊去。

這時，慕容雲笙已然瞧出，那店小二身手不凡，不禁暗叫了兩聲慚愧。

包行左手推出，一股強風擊在那店小二燈籠之上。

只聽達的一聲，那燈籠吃掌力擊碎，四下分飛，燈光一閃而熄。

慕容雲笙正待趕入廳中援手，燈火已然熄去。

凝神聽去，廳中傳出來砰砰不絕的掌聲。

顯然，廳中正展開一場激烈絕倫的惡鬥。

突然間，人影一閃，包行飛身而出，躍落院中，長長吁一口氣。

慕容雲笙道：「包叔叔，那店小二……」

包行接道：「武功高強得很，我和他過了十招，硬拚五掌，仍然無法傷他。」

慕容雲笙道：「這麼說來，咱們只有設法把這座房子拆了。」

包行道：「那倒不用，只要咱們把門窗打開，設法使房中的毒香，散流室外，就可衝進去了。」

這時，申子軒已在屋頂上之上挖了一個大洞，高聲說道：「包兄，可要在下進入廳中瞧瞧嗎？」

包行道：「不用涉險，他們似是一直在室中施放毒香。」

申子軒道：「看來，咱們如是不施下毒手，很難把他們逼出室外了。」

包行道：「申兄請守在屋頂上，只要他們離開廳房，那毒香就失去了作用，對付他們，就易如反掌了。」

這幾句話，說的聲音甚高，似是有意讓室中之人聽到。

慕容雲笙緩步行了過來，低聲說道：「包叔父，咱們這樣和他們相持下去，終非長久之策。小姪想進去瞧瞧如何？」

包行望了仰臥在地上的雷化方一眼，低聲說道：「公子不能涉險，還是由我進去看看吧！你守著雷化方。」

慕容雲笙急道：「小姪近日練習先父遺留的武功之時，學會一種龜息之法，小姪雖還未登堂入室，但已學得一點訣竅，閉氣時間，要較常人長得很多。」

包行略一沉吟，道：「好吧！你可以進去瞧瞧，不過，不可延誤過久的時間，稍有不支，立刻退出。」

慕容雲笙長長吸一口氣，舉步向室中行去。

慕容雲笙長劍護身，行入門內兩尺，立時停下了腳步，凝目四顧。

這時，申子軒已在屋頂之上開了一個大洞，星光隱隱，透入室中。

以慕容雲笙的目力，再加上那透入的星光，室中景物，清晰可見。

但他目光掃過了全室，卻不見一個人影，心中大感奇怪，暗道：「難道他們藏在床下和木櫃之內不成。」

站在室外的包行，目睹慕容雲笙進入廳中，良久不聞聲息，心中大是不安，高聲說道：「如是你完好無恙，那就請擊掌兩響，也好讓我等安心。」

慕容雲笙依言擊掌兩響。

就在掌聲甫落，突然暗影中寒芒一閃，疾快絕倫地直向慕容雲笙劈了過來。

慕容雲笙心中一震，暗道：「此人就在我身側不遠處，我怎麼未瞧到他呢？」

心中念轉，人卻疾退兩步，準備拔劍還擊，心中忽然一動，暗道：「我如把他殺死，三叔、五叔身中之毒，有何人去解救，必得設法生擒他才成。」

只覺腦際中靈光一閃，記起了父親遺著中，談到幾招特殊的擒拿手法，當下不再拔劍，左手一伸，拍出一掌，疾向那執刀人的右腕劈出。

那執刀人刀勢被慕容雲笙封住，無法施展，只好一挫腕，收刀而退。

慕容雲笙右手在左掌拍出的同時，已然隱於掌下遞出，右腳疾躍半步，右手電光石火般，橫裡一抄，抓住了那執刀人的右腕。

他想不到這擒拿手法，竟有如此奇妙的威力，不禁一呆。

那執刀人脈門被扣，本能地一掙。

慕容雲笙心神略分，幾乎被那執刀人掙脫右腕，急急五指加力，扣緊那執刀人右腕穴脈，向室外拖去。

那執刀人右腕脈門被扣，無能反擊，只好跟在慕容雲笙身後而行。

這時，包行正在焦急地等待消息，眼看慕容雲笙生擒敵人而出，不禁心頭一動，暗道：「未聞他們搏鬥之聲，他竟然能生擒一個強敵而出，難道他真的已從慕容長青遺著中，承繼了慕容大俠的絕世武功不成。」

但聞慕容雲笙說道：「小姪生擒了一人。」

包行大行一步，伸手點了那執刀人的穴道，冷冷說道：「我們沒有太多時間耽擱，問閣下幾句話，希望你據實而言。」

執刀人手中仍然緊握著單刀，冷冷地望了包行一眼，也不答話。

包行冷冷地說道：「在下一向不喜對人施下辣手，但我也不信人身是鐵打銅鑄而成，壯烈成仁易，從容就義難，閣下如若自信能承受分筋錯骨的痛苦，那就不用回答在下問話了。」

說完話，左手一抬，托住了那執刀人的右肘關節，手指一錯，格登一聲，錯開了那執刀人肘間關節。

只聽那執刀人冷哼一聲，五指一鬆，手中單刀跌落於地，同時也痛得出了一頭大汗。

包行冷笑一聲，道：「閣下的忍耐之力很強，我現在再錯開你的左臂。」

那勁裝大漢悶哼一聲，疼得雙目中熱淚奪眶而出。

包行面色肅然，冷冷接道：「現在，我再錯開你的右腿。」

那勁裝大漢急急叫道：「不要再動手了！」

包行緩緩說道：「你如洩漏機密，最多是不過一死，但如不答覆我相詢之言，你卻比死痛苦百倍以上。」

那勁裝人點點頭，道：「接上我兩處關節。我答覆你的問話就是。」

包行道：「好！在下一向不怕欺騙。」右手一抬，接上了勁裝大漢左肩和右肘的關節。

包行道：「你在廳房之中，燃有惡香，可有解除其毒的藥物？」

勁裝大漢道：「有，不過，那藥物不在我的身上，在王領隊那裡。」

慕容雲笙道：「王領隊現在何處？」

勁裝大漢道：「大廳之中。」
包行道：「就是那假冒店夥計的人？」
勁裝大漢點點頭道：「不錯。」
包行冷笑一聲，道：「你們布置得很周密，你們是三聖門中人？」
勁裝大漢搖搖頭，道：「不是。」
慕容雲笙道：「你既非三聖門中人，又非女兒幫的人，不知為何要和在下等作對？」
那勁裝大漢道：「我等奉命行事。」
包行冷笑一聲，道：「奉誰人之命，閣下為何不肯說個明白？需知既是違背了戒規，說一句，說兩句都是一樣。」
勁裝大漢沉吟了一陣，道：「說了只怕諸位也是不信。」
包行道：「你倒說說看，是假是真，在下自信絕對有分辨之能。」
勁裝大漢道：「我很難說出個具體的形象。」
突然見寒芒一閃，由大廳中直飛出來，射向包行。
包行右手一抬，接住飛刀，回手又擲還廳中，接道：「閣下只管請說，只要你說的是實話，我可放你離此，逃命，自絕，悉憑尊便。」
勁裝大漢凝目思索了良久，才緩緩說道：「你們聽說過花令嗎？」
慕容雲笙接道：「花令怎麼？」
勁裝大漢道：「我等一切行動，都憑那花令指示。自然，在下的職位不高，在我之上，還有領隊之人。」

慕容雲笙道：「這可能是一場誤會，在下去和你們那位王領隊談談。」

勁裝大漢道：「你認識他嗎？」

慕容雲笙道：「不認識，不過，在下可能認識那花令主人。」

大步行到那大廳之前，一抱拳，道：「王兄在嗎？」

廳中傳出了一個冷漠的聲音道：「你是何人？」

慕容雲笙道：「諸位來此加害我等，卻又不知在下是誰，未免太過冒昧了！」

廳中又傳出那冷漠的聲音，道：「不論爾等何人，是何身分，只怕爾等來的時間不巧，在下等只好格殺勿論了。」

慕容雲笙心中暗道：「看來，這其間誤會重重，如是一味蠻幹，縱然搏殺他們幾人，也是無法了然內情，必得善謀解決之道才成。」

心中念轉，口中卻說道：「王兄見過那花令主人嗎？」

廳中應道：「自然見過。」

慕容雲笙道：「可是楊鳳吟，楊姑娘？」

廳中人應道：「是姑娘不錯，什麼名字，在下就不知道了。」

慕容雲笙笑道：「古往今來，飛花傳令，只有那位楊姑娘一人，自然不會錯了。在下和那位楊姑娘亦是相識，王兄請出來一談如何？」

廳中人道：「閣下何許人，口氣如此之大，竟認得飛花令主？」

慕容雲笙道：「區區慕容雲笙，家父慕容長青。」

廳中人道：「是慕容公子？」

只見人影一閃，一個身著店夥計衣著的大漢，急急行了出來，抱拳一禮，道：「真是慕容公子？」

慕容雲笙笑道：「大丈夫豈肯更動姓名。」

那大漢拜伏於地，道：「小的王彪。不知公子駕到，不但未能遠迎，反而率人加害，還望公子恕罪。」

慕容雲笙當下說道：「王兄請起。」

包行也看這場事件，起於誤會，急急拍活那大漢穴道。

只見那大漢右手一抬，自向天靈要穴之上拍下。

包行早已顧及於此，右手疾出，抓住了那大漢的右腕。

慕容雲笙忍不住問道：「王兄何以對在下……」

王彪道：「花主之命，不論何時何地遇到慕容公子，必得大禮參拜。」

慕容雲笙心中暗道：「這麼看來，這王彪口中的花主，定然是那楊鳳吟無疑了。」

當下說道：「貴上現在何處，可否帶在下去見她一面？」

王彪微微一怔，道：「敝上的行動，我們一向不敢多問，不過，敝上後日中午，要來此地，我等一直留心著近日到此的可疑武林人物，所以才造出這場誤會。」

慕容雲笙點點頭，道：「這就是了，事情既屬誤會，如今已經冰釋，在下要向王兄討個人情。」

王彪道：「公子只管吩咐在下，如所能及，無不從命。」

慕容雲笙望了那勁裝大漢一眼，道：「王兄請看在下薄面，寬恕這位兄台之罪。」

王彪道：「公子吩咐，在下怎敢不從。」
包行一鬆那大漢右腕，那大漢回頭對王彪一禮，道：「多謝領隊恕罪。」
那大漢又轉對慕容雲笙一禮，道：「多謝公子。」
王彪冷冷說道：「招呼他們一聲，熄去毒香，退出室外候命。」
那大漢應了一聲，自去招呼房中同伴。
包行望了雷化方一眼，緩緩說道：「王兄用的毒香，可有解藥？」
王彪探手入懷，摸出一個玉瓶，道：「解藥在此。」
包行接過玉瓶，瞧了一眼，打開瓶塞，倒出一粒解藥，投入雷化方的口中。
片刻之後，雷化方已然清醒過來。
這時，申子軒、程南山等全都圍了過來。
包行又倒出一粒解藥，交給程南山，道：「有勞程兄，照顧九如大師服下此藥。」
程南山接過藥物轉身而去。
包行道：「我等到此不久，王兄就得到訊息，足見王兄的耳目靈敏得很。」
王彪道：「說來慚愧得很，諸位到此，並非兄弟查出。」
包行道：「那王兄何以知曉？」
王彪道：「這店中一個小二，送信給我，說是來了幾位可疑之人，攜刀帶劍，似乎是武林中人，因此兄弟率人趕來，順便又借了他一身衣服。」
包行心中已覺出事態嚴重，王彪等不知不覺中已經為人所用，口中卻輕描淡寫地說道：「那店小二可是王兄派在這杏花樓的耳目？」

王彪霍然警覺，道：「不是。」

包行接道：「那他又爲何送信王兄，而且又輕易的找到了王兄的停身之地。」

王彪道：「不錯，這中間有毛病，我去抓他來問個明白？」

一跺腳飛躍而起，越屋而去。

慕容雲笙嘆息一聲，道：「抓來那店小二，也許可以問個明白。」

包行搖搖頭，道：「他抓不到，慕容賢侄等著瞧吧！」

幾人等候約一盞熱茶工夫，果然王彪赤手空拳而來。

包行道：「那小二可是被人殺了？」

王彪怔了一怔，望著包行滿臉敬佩之色，道：「那小二被人殺了，而且身上被彈上了化藥粉，天亮之前，那店小二的屍體，就只餘下一灘清水了，死無對證。」

包行微微一笑，道：「此刻天色不早，諸位勞碌半夜，也該早些休息了。」

王彪抱拳對慕容雲笙一禮，道：「明日午時之前，在下再來請命。」

言罷，又欠身一禮，才率領屬下而去。

廿九　毛遂自薦

包行目注王彪等去遠後，神情突轉嚴肅，緩緩說道：「這雖是一場誤會，但卻暴露了咱們在洪州的危機，目前的洪州，至少有兩種神秘的動力，在衝突激蕩。」

申子軒道：「此後咱自該有些防備才是，包兄想已胸有成竹了？」

包行道：「此刻情勢，瞬息萬變，預謀對敵，很難適應，只有隨時提高警覺之心，隨機應變了。」

申子軒站起身子，道：「大約今夜也不會再發生什麼事故了，咱們也該借此有限時光，好好的休息一下才是。」

包行道：「申兄說得是。」

群豪分頭安歇，但因有了這番驚變之故，人人都變得十分小心。

一宵無事，次晨天亮之後，一個店小二突然急急行了進來。

只見那店小二手中執著一封白函，行了進來，道：「哪位是慕容公子？」

慕容雲笙起身應道：「什麼事？」

店小二道：「有人送來一封信，要在下交給慕容公子。」

慕容雲笙還未來得及接口，申子軒已搶先說道：「放在木案上。」

店小二應了一聲，把手中白函，放在木案之上。

群豪凝目望去，只見白色的封套之上，寫著：「慕容公子親啟」六個大字。

慕容雲笙伸手去取封簡，卻為申子軒攔住，道：「那送信人呢？」

店小二道：「那人把書信交給在下，就掉頭而去。」

申子軒道：「那人是何模樣？」

店小二道：「一個身著青衫，眉目清秀的童子，似是一個書僮。」

申子軒一揮手，道：「好！你可以去了。」

店小二應了一聲，轉頭而去。

申子軒一探右手，唰的一聲，抽出長劍，輕輕一劃，劃開了封口，挑出信箋道：「賢侄可以看了。」

慕容雲笙取過信箋展開，只見上面寫道：「字奉慕容公子足下。閣下如能有暇，請即移駕洪州北門外純陽宮中一晤。」

信箋上寫的非常簡單，寥寥數行，但字跡卻很娟秀。展望函角，亦未署名。

慕容雲笙一皺眉頭，道：「不知何人寫來此函，何以不肯具名。」

包行道：「也許他有苦衷，也許是故弄玄虛，世兄怎麼決定呢？」

慕容雲笙緩緩說道：「小姪準備去瞧瞧，包叔父看法如何？」

包行微微一笑，道：「在下同意世兄之見，不過，咱們得準備一下才成。」

申子軒目注包行道：「包兄有何高見。」

包行道：「那純陽宮的情形如何，咱們還無法了然，如是進香人十分眾多，人來人往，咱

們自是可以混入，但如是地處僻野，人蹤稀少，咱們混入，必將引起人的疑心。」

申子軒道：「包兄之意呢？」

包行低聲說道：「要慕容世兄先去，咱們隨後而行。」

目光轉到慕容雲笙的臉上，接道：「如若世兄發覺了情形可疑，那就在純陽宮前面等候我等，如是不見可疑，或是自忖能夠對付得了，那也請留下暗記，指明我等去路，以便我等追蹤。」

慕容雲笙道：「小姪遵命。」

一抱拳，轉身而去，問明了路徑，直奔純陽宮。

那純陽宮在洪州城北不足五里，慕容雲笙行走極快，不過片刻工夫，已到純陽宮。

抬頭看去，只見那純陽宮建在一座土坡之上，只有一座宮殿，後面是一片廣大的竹林，看上去稍顯荒涼。

慕容雲笙心中暗道：「如若那約我之人，站在宮門口處，可見來路上二里外的景物，這地方選擇得十分有利於他。」

心念轉動，隨手留下暗記，人卻直向大殿中行去，這座純陽宮，香火並不旺盛，慕容雲笙流目四顧，目力所及，不見人跡。

大殿內，也是一片冷凄清靜，聽不到一點聲息。

慕容雲笙緩步行入大殿內，目光轉動，只見一個身著道袍，年紀老邁的道人，閉著雙目，坐在一張木椅之上養神，除了那道人之外，大殿上再無其他人物。

慕容雲笙心中暗道：「難道這老道長，就是他們的化身不成？」當下重重地咳了一聲。

那老道睜開雙目，坐正了身子，打量了慕容雲笙兩眼，緩緩說道：「施主可是要上香嗎？」

慕容雲笙道：「不錯。」

語聲一頓，接道：「貴宮住持不在嗎？」

那老道人長長吁一口氣，道：「住持已數月未歸，此刻這純陽宮，只有貧道一人。」一面說話，一面站起身子，步履蹣跚地行了過來。

慕容雲笙急急說道：「老道長請坐，在下道經於此，順便一拜仙觀。」

雙目卻盯注在那老道人臉上查看，只見他臉上皺紋堆累，白髮蕭蕭，不似化裝而成。心中暗道：「如若這香火道長，是他們偽裝而成，這易容之術，當是世間最高的易容手法了。」

那老道人似是老邁得已無力行動，聞得慕容雲笙之言，又緩緩退回原位坐下。

慕容雲笙探手從懷中摸出一錠銀子，道：「這點香火錢，還望道長收下。」

那老道人望了銀子一眼，道：「唉，三年多了，貧道這對黑眼珠，就沒再見過白銀子。」

慕容雲笙道：「三年之前呢？」

老道人道：「那時這純陽宮香火鼎盛，由晨至暮，香客不絕，每日的香火錢，總要收上十兩、八兩銀子。」

慕容雲笙道：「為何香客忽絕，無人再來呢？」

那老人道：「這要怪我們那位住持，醫道不成，偏偏要替人看病，當真是看一個死一個。

三個月內，被他連續看死一十二個病人，純陽宮的香火，也由那時起，突然間斷。」

慕容雲笙一皺眉頭，道：「那住持既然明知自己的醫道不成，為什麼偏要替人看病呢？」

老道人輕輕嘆息一聲，道：「這就是貧道也想不通的事了。」

慕容雲笙口中嗯了一聲，道：「道長請坐吧！在下隨便瞧瞧之後，就要走了。」

那老道人啊了一聲，又退回原位坐下。

慕容雲笙回顧了一眼，仍是不見人影，舉步向外行去。

目光到處，只見那純陽宮外，大門口旁，端端正正放著一張白箇，上面寫著：「慕容公子親啓」六個字。

慕容雲笙伏身撿起封函，拆開看去，只見上面寫道：「請移駕宮後竹林見面。」

慕容雲笙一皺眉頭，把書柬收入懷中，轉身向宮後竹林行去。

走近宮牆之時，隨手留下了暗記，直向竹林之中行去。

這片竹林十分廣大，一眼不見邊際。

慕容雲笙打量了那竹林一眼，舉步直向竹林中行了過去。

他連經凶險之後，早已有戒心，暗中運氣戒備。

深入了五丈左右，突聞一個嬌脆的聲音，傳了過來，道：「慕容公子很守信用。」

慕容雲笙停下腳步，轉頭看去，只見一個身著青衣的少女，緩步由一叢濃密的竹林中行了出來。

那少女微微一笑，道：「慕容公子一個人來嗎？」

慕容雲笙淡淡一笑，答非所問地說道：「姑娘是何身分？邀在下來此，有何見教？」

青衣少女輕輕一顰柳眉，道：「我只是個丫頭，奉命邀你而來。」

慕容雲笙道：「在下想知道姑娘的主人是何許人物？」

青衣少女道：「似乎是公子應該先答覆賤妾一個問題，然後再問，我看你留下暗記，那是說，後面還有人追蹤而來。」

慕容雲笙心中一動，暗暗忖道：「我一路小心，從未見到跟蹤之人，這丫頭怎的看到我留下暗記？」

心中念轉，不禁仔細地打量了那少女兩眼，只見她柳眉鳳目，生得十分靈巧、清秀。

青衣少女微微一道：「怎麼，賤妾說錯了嗎？」

慕容雲笙淡淡一笑，道：「姑娘一直跟著在下，是嗎？」

青衣少女道：「慕容公子一路行來，十分謹慎、小心，賤妾未被發覺，那是僥倖了。」

慕容雲笙淡淡一笑，道：「如是在下身後有人追來，咱們今日之會，是否就要作罷呢？」

青衣少女道：「這個麼？賤妾也做不了主。」

慕容雲笙道：「區區在此等候，姑娘去請示主人，如是不願相見，在下也不勉強。」

青衣少女略一沉吟，道：「除此之外，似是再也無其他良策，公子稍候片刻，賤妾去去就來。」

青衣少女轉身而去，走入叢竹之中，隱失不見。

慕容雲笙站在原地，流目四顧，打量四面景物。

大約一盞熱茶工夫，青衣少女重又轉了回來，說道：「我家主人吩咐，此番邀請公子前來，毫無惡意，只不過想和公子作一次清談，如是公子願意和她相見，那就請在竹林之外，留

下暗記，如是不願相見，她也不勉強公子。」

慕容雲笙沉吟一陣，道：「好吧！勞請轉告貴主人，在下立時去留暗記。」

那青衣少女道：「公子請吧！賤妾在此相候。」

慕容雲笙行出竹林，留下暗記，在那暗記中示明，不要申子軒等人尋找，然後重入林中。

果然，那青衣少女還在原地等候。

青衣少女轉身向竹林中行去，慕容雲笙緊隨身後而行。

那青衣少女穿過兩叢濃密的排竹，景物忽然一變，只見濃密的竹林中，突然泛現出一片開闊之地，那地方大約有八尺見方，鋪著一片雲白的毛氈，顯然，那片空地，是經人工伐去了叢竹。

白氈上放著一個小小的木桌，木桌上擺著一個精美的瓷壺，兩個白色的茶杯，和四盤點心。

一個長髮披垂的黃衣女子，低頭而坐，那長髮多而且濃，遮去了她的面目，連粉頸也埋入那長髮之中。

木桌兩端各放著一個白色的錦墩，那黃衣女坐了一個，空著一個，慕容雲笙心中大感奇怪，暗道：「她既然約我來此，似乎不用把面目藏入長髮之中，這神態看上去，未免有些詭異。」

只見那青衣少女行至黃衣女身前，低言數語，欠身而退。

只見那青衣女行了過來，低聲說道：「我家主人請慕容公子過去坐，她已爲公子備好了香茗細點。」

慕容公子啊了一聲，緩步向前行去。

只見那鋪地白氈，白得一塵不染，慕容雲笙雙腳泥土，有著玷污之感。

猶豫之間，突聞一個清脆的聲音，傳入耳際，道：「慕容公子請坐。」

慕容雲笙道：「在下謝坐。」踏上白氈，在那白色錦墩上坐了下來。

那黃衣女坐姿仍然一點不變，慕容雲笙雖和她對面而坐，也是無法看到她的面貌。

只聽那清脆的聲音，又傳入耳際，道：「桌上細點香茗，公子隨便取用。」

慕容雲笙執起瓷壺，倒滿茶杯，卻不肯食用，放下茶壺，道：「姑娘召在下來此，不知有何見教？」

黃衣女應道：「賤妾想請教公子幾件事，但公子從人過多，不便啓問，只好故施小計，邀請公子到此一敘。」

慕容雲笙道：「姑娘要問什麼？」

黃衣女道：「公子當真是慕容長青之子嗎？」

慕容雲笙道：「不錯，家父正是慕容長青。」

黃衣女道：「公子此番明目張膽，出現江湖，可是想替令尊報仇。」

慕容雲笙道：「父仇不共戴天，在下自然要報了。」

黃衣女道：「你既敢張揚出報仇的事，想來公子定有所恃了。」

慕容雲笙心中一動，暗道：「她這般盤根究柢，似是套我胸中所知，何不將計就計，給她個莫測高深。」

心念一轉，緩緩說道：「不錯，對方勢力龐大，在下如是全無半點準備，那也不敢堂堂正正的在江湖之上露面了。」

黃衣女啊了一聲，道：「公子可知仇人是誰嗎？」

慕容雲笙淡淡一笑，答非所問地道：「姑娘對在下為父復仇一事，追問得如此詳盡，不知是何用心？」

黃衣女道：「公子，可是對我動疑了嗎？」

慕容雲笙道：「江湖險詐，在下和姑娘又是素昧平生，自是不得不問明白了。」

黃衣女沉吟了一陣，道：「你的話很有道理。」

慕容雲笙聽她語氣平和，似是毫無怒意，接口說道：「還有一點，叫在下想不明白。」

黃衣女道：「什麼事？」

慕容雲笙道：「姑娘既然約在下來此相會，何以始終不肯以真面目和在下相見？」

黃衣女緩緩說道：「賤妾醜陋得很，公子如不堅持，不看也罷。」

慕容雲笙好奇之心愈烈，緩緩說道：「如是在下堅持呢？」

黃衣女道：「賤妾只好獻醜了。」一擺頭，甩開長髮，緩緩抬起頭來。

慕容雲笙凝目望去，不禁為之一呆。

只見那黃衣女一張臉上，生滿銅錢大小的白癬，一個連著一個，整個臉上，沒有一塊光滑的皮膚，心中暗道：「如此醜怪之臉，那是無怪她要藏在髮中，不肯示人了。」

但聞那黃衣女道：「駭著公子了嗎？」

慕容雲笙輕輕咳了一聲，道：「沒有。」

黃衣女淡淡一笑，道：「你說得很勉強。」

慕容雲笙心情逐漸地平靜了下來，緩緩說道：「姑娘既以真正面目和在下相見，想來定可以把真正的身分也告訴在下了。」

黃衣女嗯了一聲，道：「公子得寸進尺，深通謀略之道。」

慕容雲笙道：「在下的身世來歷，姑娘都已經瞭如指掌，但在下對姑娘，卻是一無所知。」

黃衣女道：「公子才氣縱橫，何不猜上一猜？」

慕容雲笙只覺腦際中靈光一閃，道：「姑娘是女兒幫中人？」

黃衣女嗯了一聲，道：「公子果然聰明。」

慕容雲笙心中暗道：「那青衣少女暗中跟我，我在極度小心之中，竟未發覺，足見她的武功、心機，都是一等的高手了，但她對這黃衣少女，卻仍有著無比的恭敬，難道這醜怪無比的女子，就是女兒幫的幫主不成？」

心中念轉，口中說道：「閣下可是女兒幫中的幫主嗎？」

黃衣女身軀一動，顯然，內心之中，有著很大的驚駭。

只見她轉動一對又圓又大的眼睛，望著慕容雲笙，緩緩說道：「公子猜得很準啊！看來，慕容兄早已胸有成竹。」

慕容雲笙道：「幫主請在下來此，不知還有什麼指教？」

黃衣女道：「指教倒不敢當，倒是有兩件事情請教。」

慕容雲笙道：「什麼事？」

黃衣女道：「江湖之上，最近崛起了一個飄花門，可是和公子有關嗎？」

慕容雲笙沉吟了一陣，道：「到目下爲止，在下還未會過飄花令主，故而是否舊識，還難斷言。」

黃衣女道：「原來如此。那公子和三聖門也有來往，是嗎？」

慕容雲笙心中暗道：「定然是在江州之時，我和蛇娘子等在一起，引起了他們的誤會，此刻她意圖不明，那也不用給她講得很真實了。」

當下說道：「只不過有幾個熟識之人而已。」

黃衣女緩緩說道：「三十年前，左右武林大局的少林派和武當派，已然退出江湖，目下武林中實力極爲強大的，應該算三聖門。」

慕容雲笙道：「還有貴幫中人，崛起的時間雖然不久，但隱隱間，已可和三聖門分庭抗禮。」

黃衣女微微一笑，道：「多謝公子的誇獎，我們女兒幫比起三聖門，還有一段距離，而且這段距離很長，實非短期內可以追上。」

語聲微微一頓，接道：「賤妾屬下報告，有很多慕容長青的故舊，或是受他之恩的人，聞得慕容公子復出江湖一事，已然相互聯絡結合，公子很快可在武林結合成一股強大的實力。」

慕容雲笙道：「縱然姑娘說的句句真實，那也是先父餘蔭，說來，實叫人慚愧得很。」言罷，一聲長嘆。

黃衣女淡淡一笑，道：「賤妾原本想和公子談一件大事，想不到勾起了公子懷親感情，當真是罪莫大焉。」

慕容雲笙一整臉色，道：「幫主有什麼指教，只管請說不妨。」

黃衣女道：「據賤妾所知，三聖門因為女兒幫和飄花門的崛起江湖，已然大為不安，除了派遣高手，對付我們女兒幫和飄花門之外，並已決心，在擁戴公子這股實力，還未結合一起之前，全力剿滅……

「賤妾因本幫中弟子，近月大遭傷亡，不得不親身趕來，為了避免本幫重大的傷亡，賤妾已然重新調整了本幫的部署。但擁戴公子的一股力量，如不能未雨綢繆，只怕要慘遭三聖門中高手屠戮。」

慕容雲笙沉吟了一陣，道：「這個，在下要和幾位長輩研商一下，再作決定。」

黃衣女淡淡一笑，道：「申子軒、雷化方，加上那大智若愚的神釣包行，也未必能為公子想出良策。」

慕容雲笙道：「幫主之意呢？」

黃衣女道：「賤妾已然為公子借箸代籌，想了一個法子，但不知公子是否同意。」

慕容雲笙說道：「在下是否同意，那要看幫主的高見，是否能讓在下心服了。」

黃衣女緩緩說道：「目下為止，你慕容公子，還未有一種組織的力量，就算你身負絕技，也無法和耳目靈敏的三聖門對抗。」

慕容雲笙道：「幫主之意是……」

黃衣女微微一笑，道：「當今武林之中，只有賤妾能夠幫助你，也只有賤妾敢幫助你。」

語聲一頓，接道：「少林、武當兩派，都有著眾多的弟子，但他們眼看三聖門勢力日漸廣大，卻不肯出面干涉，堂堂武林中九大門派，竟然一個個噤若寒蟬，公子如若期望於九大門派

助你，那是緣木求魚，全然無望的事了。」

慕容雲笙點點頭，道：「幫主說得有理，素來主持武林正義的少林、武當兩派，對三聖門胡作非爲的舉動，不加干涉一事，實叫在下有些想不明白。」

黃衣女道：「公子有此一念，那是最好不過。除了九大門派之外，只有我女兒幫可以助你。而且，這些年來，我們和三聖門常常衝突交手，爲求自保，不得不苦用心機，遍布下眼線耳目，和他們抗拒。因此，對三聖門中的舉動也知曉較多。不是賤妾誇口，如若慕容公子尋求，有能助你抗拒三聖門的力量，除了賤妾之外，再無適合之人了。」

慕容雲笙暗自奇道：「她苦苦毛遂自薦，助我抗拒三聖門，不知是何用心？這本該是我來求她的事，但她卻挺身自任。」

心中念轉，緩緩說道：「幫主一番盛情，在下感激不盡，只是，在下有兩點不解之處，不知可否請問？」

黃衣女道：「公子只管請說。」

慕容雲笙道：「三聖門首腦何人？是否是殺死先父的兇手，此刻還無法證明。」

黃衣女點點頭，接道：「還有呢？」

慕容雲笙道：「幫主相助抗拒三聖門，不知要在下如何酬謝？」

黃衣女稍一沉吟，道：「三聖門中首腦是何許人，賤妾亦不知曉，但賤妾自信除了三聖門中主要的人物之外，賤妾當是知曉三聖門中事較多的一個。」

語到此處，遽然而住，沉吟不語。

慕容雲笙心知她話到了重要關口，不能不權衡利害，謹愼口風，也不追問。

良久之後，才聽那黃衣女說道：「不論咱們的合作之事能否談成，但賤妾相信公子是位君子，不會把我幫中之秘，輕於告人。」

說話時，兩道清明的眼神，逼注在慕容雲笙的臉上，似是要慕容雲笙有所承諾。

慕容雲笙微微頷首，道：「在下決不輕於示人。」

黃衣女道：「好！賤妾相信公子。三聖門中人早已混入了我女兒幫中。」

端起茶杯輕輕啜了一口香茗，接道：「關於殺死慕容大俠的兇手，是否是三聖門中人物，賤妾亦無證據，不便輕言嫁禍，不過，有一樁巧合，公子想已知曉。」

慕容雲笙追：「什麼巧合？」

黃衣女道：「慕容長青死去之後，三聖門才崛起江湖，算不算巧合呢？」

慕容雲笙道：「幫主高見，在下亦有同感。不管如何，家父之死，三聖門受嫌最重，幫主助在下抗拒三聖門，決不會全無條件，還望能坦然相告，在下也好和幾位長輩研究一下，敬覆幫主。」

黃衣女道：「我如說全無條件，公子定然不肯相信，是嗎？」

慕容雲笙笑道：「如是幫主悲天憫人，不願眼看三聖門這股邪惡勢力，遍布江湖，視武林正義為己任，進而……」

黃衣女道：「賤妾無悲天憫人之心，那就只好提出條件了。」

慕容雲笙心中暗道：「好一個見風轉舵之策，和她談話，當真要小心一些才成！」

心中暗自警惕，口中卻笑道：「幫主最好能說詳明一些，只要條件公平，彼此互惠，在下相信能促成雙方合作之願。」

黃衣女道：「第一是：賤妾不願眼看那些武林前輩，再爲三聖門所屠戮……」
慕容雲笙道：「這不是悲天憫人嗎？」
黃衣女道：「賤妾不那麼想，因爲那些人中有我的幾位親友、長輩。」
慕容雲笙啊了一聲，道：「第二個原因呢？」
黃衣女道：「借用你慕容公子七日。」
慕容雲笙怔了一怔，道：「借在下做什麼？」
黃衣女嗤的一笑，道：「借公子七日，在這七日之中，公子的一切舉動，都要聽賤妾的安排。」
慕容雲笙緩緩說道：「這個麼？實叫在下爲難！如是在這七日之中，幫主要是讓在下食用毒藥，在下難道也要食用嗎？」
黃衣女道：「咱們決不加害公子。」
慕容雲笙淡淡一笑，道：「幫主的盛情，在下只能心領了，在下不是物品，借給人用，礙難從命。」
黃衣女道：「一個人要大處著眼，想想那些爲你決心重出江湖的叔叔伯伯們，公子也許會改變心意……」
慕容雲笙道：「幫主可否把借用在下的目的，說出來，先讓在下聽聽好嗎？」
黃衣女道：「自然不是什麼光明磊落的事，但也無傷大雅。」
慕容雲笙道：「我要明白詳細的內情才能決定。」
黃衣女道：「用你去騙一個人……」

慕容雲笙道：「騙什麼人？」

黃衣女道：「那是個很壞很壞的人。」

慕容雲笙道：「幫主可否說出他的名字？如若能夠證明他確然是很壞的人，在下可以考慮效勞。」

黃衣女沉吟了一陣，道：「這一點還要請公子多多原諒，賤妾確有不能說出的苦衷。」

慕容雲笙道：「爲什麼？」

黃衣女道：「因爲賤妾如若不能得慕容公子答允相助，賤妾還不願和他爲敵。」

慕容雲笙道：「此地只有在下和幫主兩人，出幫主之口，入在下之耳，我如不說出去，別人如何會知曉呢？」

黃衣女道：「公子初入江湖，賤妾縱然說出他的姓名，你也不會知曉，必然要設法和申子軒、包行等商量，消息一走漏，賤妾和公子，都將人爲不利。」

慕容雲笙心中忖道：「這話倒是不錯，她如告訴那人姓名，我是非要和包行、中二叔商量不可了。」

心中念轉，口中說道：「幫主之言，亦有道理，不過就在下而言，似乎是這要求有些過苛了。這既非什麼大仁大義，又不讓在下知曉是何許人物。」

黃衣女道：「賤妾付出了極高的代價，算起來，我並未沾你之光。」

語聲頓了一頓，道：「如若賤妾助你，不但要與三聖門結下永不可解的仇恨，而且，這一場搏鬥中，我女兒幫不知要損失多少精銳，這代價不謂不大。」

慕容雲笙沉吟了一陣，道：「幫主之意，在下已經了然，可否容我考慮一些時日？」

黃衣女道：「可以，不過賤妾事忙，不能在此多留，我等到初更過後，如若賤妾還未得公子回音，此事就作罷論。」

慕容雲笙道：「可否延到明日晚上呢？」

黃衣女搖搖頭，道：「不行，明日午時，飄花令主要到洪州，賤妾不願和飄花門中人衝突，因此，天亮之前，我女兒幫中人，要完全撤離洪州。」

慕容雲笙輕輕嘆息一聲，道：「好吧！初更時分，在下何處可見幫主？」

黃衣女道：「屆時賤妾自會相邀，不用公子費心了。」

慕容雲笙一抱拳，道：「就此一言爲定，在下就此別過了。」

黃衣女道：「公子的友人，已在林外相候，他們很尊重公子留下的暗記，因此，未入林中。」

站起身子接道：「公子慢走，賤妾不送了。」

慕容雲笙道：「不敢有勞。」轉身大步向林外行去。

行出竹林，果見申子軒、包行等在林外等候。

雷化方長長吁一口氣，道：「賢侄會見的什麼人？」

慕容雲笙低聲說道：「女兒幫的幫主。」

包行怔了一怔，道：「女兒幫幫主？那女兒幫主行動極是神秘，武林中很多人想盡方法，都無法見她一面，不知何以要約公子會晤？」

慕容雲笙回顧了一眼，道：「咱們外面談吧！」當先向林外行去。

包行等魚貫隨行。

慕容雲笙找了一處廣闊之處，席地而坐，說道：「這地方視界遼闊，方圓十丈內，無隱身之處，咱們可以放心的談話了。」

神情突轉嚴肅，接道：「那女兒幫的幫主，告訴了晚輩一樁消息，且事關無數武林前輩生死！」

包行道：「什麼事？」

慕容雲笙道：「據她所言，先父生前一些相識故舊，已聽到晚輩出現江湖之訊，準備相助晚輩追查元凶。」

雷化方道：「這是好消息啊！」

慕容雲笙道：「但那三聖門也已知曉了此事，準備遣派高手，分頭圍殲，盡屠相助晚輩之人。」

包行道：「那女兒幫的幫主，既然找你談論此事，想來必然另有原因了。」

慕容雲笙道：「不錯，她說，當今武林之中，只有她們女兒幫可以助我對付三聖門。」

包行點點頭，道：「這話不錯，只有女兒幫靈敏的耳目，可以知曉那三聖門的舉動。不過，她定然別有條件，才肯相助咱們，是嗎？」

慕容雲笙道：「正是如此。她要借用晚輩七日，七日之中一切聽她之命。」

包行道：「她可曾說出借你做什麼？」

慕容雲笙道：「晚輩再三相問，她才略作說明，借晚輩去騙一個人。」

包行接道：「你拒絕了？」

慕容雲笙道：「原應拒絕，但因她提到先父無數故舊的生死，使晚輩又心生猶豫，因此答應那女兒幫的幫主，可以考慮，今夜初更時分給她回音。」

包行道：「她要用你去騙什麼人？可曾告訴過你？」

慕容雲笙道：「那女兒幫主說過，對方是一位聲譽很壞的人。」

申子軒點頭接道：「女兒幫的實力，不肯和對方硬拚，卻要設法行騙，那是說對方的實力，一定是很強的了。」

包行雙目凝神，仔細地打量了慕容雲笙一陣，低聲說道：「申兄，女兒幫欲騙之人，會不會是女人呢？」

申子軒叫道：「女人！」

突然間若有所悟的啊了兩聲，道：「不錯，不錯，這一點兄弟倒未想到。」

包行道：「應該是美男計，此計行之數百年，人人皆知，但仍然是有人上當。」

慕容雲笙道：「據那女兒幫幫主所言，飄花令主，明日要在洪州出現，女兒幫不願和飄花門中人衝突，因此決定天亮之前，撤走女兒幫中所有在洪州的人。小姪必得初更之前，給她答覆。諸位叔叔都是閱歷豐富，經驗廣博的人，斷事之能，自非小姪能及，還望爲小姪代作一個主意。」

目光轉動，只見包行、申子軒、雷化方一個個閉目而思，顯然這三位老江湖，也爲此事困惑無策，個個閉目而坐，似是在暗中分析利害，以供決斷。

良久之後，仍然不見三人開口。

慕容雲笙長長吁一口氣，自言自語地說道：「如若能拖過明日午時，那就好了。」

包行霍然睜開雙目，道：「爲什麼？」

慕容雲笙道：「明日午時，那飄花令主要到洪州，在下相信那飄花令主定然是楊姑娘，其人才慧絕世，如若向她請教，定可得到答案。」

包行道：「你和她很熟嗎？」

慕容雲笙道：「在下和她相識，可謂機緣使然，分手之時，曾訂下半年後九華山相會之約，但時限未到，竟然在洪州提前會晤。」

包行道：「飄花門的崛起，不過是最近數月間事，對他們知之不多，如若只是想回覆今宵女兒幫幫主的話，在下倒有一可行之計。」

慕容雲笙道：「請教叔父？」

包行道：「討取回音之言，未必是女兒幫主親身趕來，公子把會見之期，訂於明日夜間，何時何地，任她安排，如是屆時不能去，那就是有了變化，要她們別再等待就是。」

慕容雲笙道：「一時之間，善策難求，也只有這個法子了。」

包行站起身子，道：「九如大師和程兄，都還在客棧中等候，咱們也不宜在此多留，早些回到客棧中吧！」

幾人動身，返回客棧時，程南山和九如大師正自等得心急。

程南山急急迎了上來，道：「你們再不回來，在下當真無法應付了！」

包行心中暗自震動，忖道：「這洪州城中到處是非，當真是步步陷阱，寸寸殺機。」

但他表面之上，卻是絲毫不動聲色，緩緩說道：「發生了什麼事？」

程南山目光突然轉到慕容雲笙身上，道：「你好嗎？」

這一句話，問得大是奇怪，只聽得申子軒等個個神色一變。

慕容雲笙緩緩說道：「我很好啊！」

程南山一手拍在腦袋上，道：「這就有些奇怪了！公子沒有被人抓去嗎？」

慕容雲笙搖搖頭，道：「沒有。」

程南山道：「見鬼了，我明明瞧到是你，青天白日朗朗乾坤，當真我還會瞧花眼不成？」

三十　喬裝改扮

包行聽程南山說出見鬼之言，不由輕輕咳了一聲，道：「程兄，鎮靜些，可否仔細的說明經過？」

程南山長長吁一口氣，道：「諸位去後不久，在下聽到了室外響起呼喝之聲，忍不住奔出店外，目睹慕容公子騎馬而去。」

包行接道：「只有慕容公子一個人嗎？」

程南山道：「一共三匹馬，兩個人挾持著慕容公子，一先一後，縱騎而去。」

申子軒道：「程兄沒有追趕嗎？」

程南山道：「在下追了上去，還和那斷後大漢對了一掌，那人掌勢強猛，在下被他強大的掌力所阻，想到了九如大師的安危，不敢追趕。」

申子軒道：「程兄如是沒有看錯，這定然又是三聖門搞的鬼了。」

慕容雲笙目光轉到程南山的臉上，道：「程叔父瞧清楚那人了嗎？」

程南山點點頭，道：「瞧得清清楚楚，形貌衣著，和賢侄一般模樣。」

申子軒道：「他們扮成慕容賢侄的模樣，想來定然是有作用了。」

慕容雲笙道：「他們想冒我之名，去找那飄花令主。」

申子軒啊了一聲，一掌拍在大腿之上，道：「不錯，定然是此用心。」

包行沉吟了一陣，道：「據在下推想，目前這洪州城中，適巧又成了三聖門、女兒幫鬥力的地方，咱們適逢其會罷了。」

包行望了慕容雲笙一眼，道：「我想這和飄花令主到此有關，自然，這也非完全的巧合。三聖門耳目遍布，施用信鴿，傳遞消息，一日千里，咱們的行蹤，自然是無法逃過他們耳目監視，不過，他們要調集高手趕來此地，亦無法趕得這等快速，所以，咱們只算適逢其會……

「照在下的看法，在咱們進入洪州城中時，女兒幫得到了消息，三聖門也得到了此訊，飄花門的王彪卻為人所利用，女兒幫因為想利用慕容世兄，代咱們訂下了跨院，首露鋒芒，三聖門中人卻潛伏店中，不動聲色，暗中遣人告訴了王彪。自然，他們別有說詞，造成一場誤會……

「幸得慕容世兄說出姓名，使一場誤會暫時消弭。但同時，也使三聖門知曉了個中內情，因此他們忽然動了奇想，假扮慕容世兄，對付飄花令主。」

申子軒點點頭說道：「包兄思慮縝密，使人敬佩。」

包行淡淡一笑，接道：「大約飄花令主這次來洪州的消息，已然很早洩露，三聖門準備借此機會，對付飄花令主。」

神色突轉嚴肅，接道：「目下有一點不解之處，就是那飄花令主，為何要到洪州來，她必然有所作用。」

申子軒道：「包兄推論大致不錯，區區認為眼下最為重要的事，是不能讓三聖門利用慕容賢侄，對付那飄花門，這可能引起誤會，不知包兄是否有防護之策。」

包行道：「此刻，在杏花樓的四周，恐還有很多耳目監視著咱們，除非咱們使用金蟬脫殼之計，使他們不知曉咱們離開了此地，或可找出他們的行蹤。」

申子軒道：「不錯，咱們要化裝成不同身分，想法子混出杏花樓。」

包行道：「咱們離此的用心，旨在找出敵人的目的、用心，非不得已不能暴露身分，和人動手；而且不論是否找到敵人，天色入夜前，都得趕回此地，免得實力分散，被人個別擊破。」

突聞一陣步履之聲，傳了過來，打斷了包行未完之言。

只見人影閃動，一個店夥計緩步行了過來。

廳中群豪，大都是久經大敵的人物，雖覺此人來得突然，但卻無一人流露出驚慌之狀，十二道目光一齊投注在那店夥身上，暗自提氣戒備。

只見那店夥計隨手掩上房門，脫下氈帽，柔音細細說道：「賤妾是女兒幫中人，奉幫主之命而來，求見慕容公子。」

慕容雲笙道：「區區便是，貴幫主有何指教？」

那店夥一欠身，道：「賤妾朱鳳……」

慕容雲笙一拱手，道：「朱姑娘。」

朱鳳微微一笑，道：「不敢當，敝幫主適才接到了快報，三聖門已然有很多高手趕到洪州，而且後援也將於午時和夜間分批抵達，特地遣賤妾奉告公子。」

那朱鳳穿著店夥計的裝束，臉上也滿是油污，無法看出她醜美，但她那一笑之間，卻可見一排整齊細小的玉齒，慕容雲笙道：「貴幫主只說了這幾句語嗎？」

朱鳳道：「還有他事，不過，敝幫主說公子身側智勇雙全的高人很多，如非公子之命，不許賤妾多管閒事。」

包行、申子軒同時心中暗暗忖道：「好啊！這不是在譏諷我們嗎？」

慕容雲笙略一沉吟，道：「貴幫主還吩咐了姑娘什麼事？」

朱鳳道：「公子既然下問，那就不能算賤妾多口了。」

語聲一頓，接道：「三聖門中，找了一個和公子年齡、身材相若的人，把他假扮成慕容公子……」

包行接道：「這個在下等已經知道了。」

朱鳳道：「諸位可知道他們假扮慕容公子的用心何在嗎？」

包行道：「這個，在下等就不知了，請教姑娘有何高見？」

朱鳳道：「詳細內情，敝幫也未聽到，不過，似是和飄花令主有關。」

包行望了慕容雲笙一眼，微微頷首，似是讚許她推斷的正確。

朱鳳目光轉動，掃掠了包行一眼，道：「諸位此刻居住的杏花樓外，已然有著很多的三聖門中高手，在監視諸位。」

包行道：「姑娘進入這杏花樓時，可曾被人發覺嗎？」

朱鳳微微一笑，道：「大約還不致被他們瞧出來。」

包行道：「此刻我等應如何？」

朱鳳沉吟了一陣，道：「應該如何，那要諸位決定了，賤妾只能對諸位說明內情。」

包行道：「我等此刻想離開杏花樓，不知姑娘有何良策？」

朱鳳道：「諸位可是要走嗎？」
包行道：「不是，我等想追查那假扮慕容雲笙之人，行向何處，但又不思讓三聖門知曉此事。」
朱鳳道：「諸位全部離開嗎？」
包行道：「我們只要走出兩個人。」
朱鳳點點頭，道：「賤妾出去瞧瞧，替兩位安排一下。」
戴好氈帽，緩步行了出去。
幾人等候片刻，朱鳳果然去而復回，接著向包行等述說了讓他們離店的計劃。
朱鳳說完話後，微一欠身，道：「賤妾去了，諸位請即準備，我們那接應之人，就直呼慕容公子。」
言罷，也不待幾人答語，轉身而去。
一切如那朱鳳所約，一盞熱茶工夫之後，兩個大漢直衝而入。
兩人衝入幾人的大廳之後，突然叱喝兩聲，互擊兩掌，然後，匆匆地脫下身上衣服。
包行、慕容雲笙迅快地換上兩人脫下的衣服。
申子軒一皺眉頭，道：「還要易容。」
只見兩個大漢伸手從臉上揭下兩張人皮面具，遞了過去。
包行低聲說道：「朱姑娘顧慮的果然周到。」
慕容雲笙、包行接過人皮面具戴好，舉步向前行去。
申子軒低聲說道：「有勞程兄和五弟送他們出店。」

包行縱身而出，大步向外行去，慕容雲笙緊追在包行身後。

雷化方、程南山急追兩人身後，向店外奔去。

慕容雲笙一面急步而行，一面留心著四下的形勢，兩人行向大廳時，只見廳中稀稀落落，坐著幾個客人。

包行和慕容雲笙行入廳中，雷化方和程南山也追入了廳中。

這時，坐在大廳一角處兩個客人，突然站了起來，向外行去。

包行反應靈敏，一眼之下，已然瞧出那兩個站起身子的客人，可能是三聖門中的眼線，當下一提氣，躍出客棧門外。

慕容雲笙如影隨形，緊隨包行身後躍出客棧，就在兩人飛躍而出的同時，兩個離位的客人，也同時向杏花樓外奔去。

雷化方、程南山早已有備，當下快步向外奔去，四人同時以極快的速度，奔向客棧大門。

雷化方一個箭步當先，搶落到店門口處，右肘一抬，點向一個搶近門口，準備奔出店門口的大漢。

那人被雷化方一肘逼得向後退了一步，程南山卻一側身搶到前面，和雷化方並肩而立，兩人並肩擋在門口，正好堵住了出路。

兩個衝向門口的客人，一個身著長衫，一個身著短裝。

那身著長衫的大漢，被雷化方逼退了一步，那短裝大漢卻疾步而上，左肩一探，直向外面衝去。

雷化方身子一側，左手五指一伸，疾向短衣漢子身上搭去。

有事趕路。」

那大漢疾退兩步，避開一擊，突然一拳，搗向雷化方的胸前。

雷化方冷笑一聲，道：「朋友打人麼！」

右手一抬，五指快速絕倫地向那大漢手腕之上扣去。

那大漢似是已知遇上了高手，避開一擊，不再動蠻，一拱手，道：「兩位請讓讓路，我們有事趕路。」

雷化方緩緩說道：「兩位早這麼客氣，也不會動手了。」

口中雖然答語，但人卻站在原地未動。

那長衫大漢突然探手入懷，摸出一只竹哨，放在口中，吹了起來。

哨聲尖厲，十分刺耳。

程南山右手一抬，奪過那長衫人手中竹哨，道：「好難聽的聲音。」

這杏花樓面對大街，四人這番爭吵，立時引得路人注目，把一個杏花樓的大門，整個堵了起來。

程南山舉起手中竹哨瞧了一眼，隨手放入懷中，道：「兩位要趕路麼？請便吧！」閃身退到一側。

兩個大漢也不答話，一側身衝出杏花樓，穿入人群不見。

雷化方、程南山相視一笑，行向跨院。

且說慕容雲笙和包行行出杏花樓，加快腳步而行，奔到第二條街口處，轉入右首街內。

這條街似是鬧中取靜的住宅區，家家大門緊閉，眨眼間，不見人蹤。

慕容雲笙一皺眉頭，低聲說道：「咱們可是走錯了路……」

包行身子一側，當先衝了進去，慕容雲笙隨後而入。

只見門內站著一個鬢插白花的青衣少女，低聲說道：「哪位是慕容公子？」

慕容雲笙一拱手，道：「區區便是。」

青衣少女輕輕地推上木門，上了木栓，低聲說道：「兩位隨我來！」轉身直向後院行去。

穿過了三重庭院，到了後門之處。

青衣少女指著一間小屋，道：「兩位請進去更衣。」

包行緩步行入房中，果見兩件長衫高高掛起，兩人換過衣服，行入小屋，那青衣少女已然打開後門，低聲說道：「往南走，不要急著趕路，出城五里之後，自有人接迎你們，兩位請吧！」

慕容雲笙只覺她說得含糊不清，正想再問，那青衣少女已輕輕掩上木門。

包行低聲說道：「咱們走吧！要咱們穿長衫，不能急著趕路，那是說，城中到處都是三聖門中的耳目，要咱們走得逍遙一些，免得引起別人疑心。」

兩人同時邁步，向前行去，繞到大街口上瞥見兩匹快馬，流星一般向前奔去。

慕容雲笙一瞥之間，瞧出那兩人之中，有一人正是青衫劍手領隊李宗琪，心中吃了一驚，暗道：「李宗琪既然到了洪州，想來青衫劍手必然也趕來此地了。」

那兩匹馬，奔行極快，慕容雲笙一沉思間，兩匹馬已奔出數十丈外。

慕容雲笙回目一顧，只見李宗琪身旁馬上人，青衫高聳，似是一個駝子。

兩人一路上，留心觀察，果然發覺了很多形跡可疑的人物，以各種不同的身分，混在大街兩側。

慕容雲笙暗暗忖道：「看將起來，這三聖門實力果然是強大無比，似是隨時隨地，都可以調集大批高手，布置成嚴密之網。」

因兩人再經改裝，使三聖門手下的耳目失去了效用，很快便混出了城門。

包行略一打量城外形勢，直奔正南一條大道。

兩人步履加快，奔行了一陣之後，放緩了腳步。

慕容雲笙四顧了一眼，不見人蹤，低聲說道：「包叔叔，三聖門中人，到得很多，看樣子，似是有所謀圖了。」

包行道：「不錯，看情勢，比咱們預料的更爲嚴重了。」

慕容雲笙道：「如若他們是對我們而來，那就可證明一件事了。」

包行道：「什麼事？」

慕容雲笙道：「證明了先父果是三聖門中人物所害。」

談話之間，奔行到一座樹林前面。

只聽一個清脆的聲音，由林中傳了出來，道：「慕容公子。」

慕容雲笙停下腳步，道：「什麼人？」

林中緩步行出個青衣少女，欠身一禮，道：「賤妾奉了朱鳳姑娘之命，替兩位備了快馬，請兩位入林更衣。」

慕容雲笙心中暗道：「又要入林更衣，看來這女兒幫的組織，真是嚴密得很。」心中念轉，口中說道：「多謝姑娘。」大步向林中行去。

只見兩個身著布衣、頭戴草笠的村女，各牽著一匹健馬，站在林中。

那青衣少女緊隨兩人身後，行了進來，低聲說道：「朱鳳姑娘，要賤妾致意公子，三聖門此番來勢極爲凶猛，一夜間趕到了一百多人，據說主持其事的人，身分極高，隨行高手中，有不少是聖堂護法，我們女兒幫在洪州的活動，也受到了極大的限制，因爲敵勢眾大，賤妾等已然奉到諭令，對三聖門中人，鬥智不鬥力，非到必要關頭，不許出手。所以敝幫中人，都已由明入暗，隱蔽起來……」

語聲微微一頓，接道：「朱鳳姑娘對兩位的接迎安排，到此爲止，也許以後諸位還會碰到敝幫中人，但她們並未奉到相助兩位之命，還望兩位多多保重。」

慕容雲笙道：「貴幫如此厚待，我等已經感激不盡了，姑娘見到貴幫主和朱鳳姑娘時，請代在下致謝一聲。」

青衣少女奇道：「怎麼，你見過我們幫主？」

慕容雲笙道：「上午才和她會過一面。」

青衣少女似信似疑地點點頭，回顧了兩個村女一眼，道：「把坐騎交給慕容公子，我們走了。」

兩個村女遞過韁繩，三人分向三個方位退去，片刻間，已走得蹤影全無。

只見那馬鞍之上，各放著一套衣服，都是清藍色緊身勁裝，馬鞍上各掛著一柄長劍。

包行離開杏花樓時，爲了易保身分之密，把那從不離手的鋼杖，放在店中，兩人都只帶著

兩把長不及尺的匕首。

兩人匆匆更過衣服，發覺衣袋之內，各有一副人皮面罩。

除下舊有面罩，藏入懷中，把換下的一襲長衫，也藏於鞍下，兩人戴上了新的面罩，包行是一位面容很黑的漢子，慕容雲笙卻面色淡黃，似帶病容。

兩人縱身上馬，馳出林外，直向正南奔去。

此時，兩人離城已遠，路上的行人漸少。

慕容雲笙看四周無人，低聲對包行說道：「包叔叔，咱們走的方向不會錯嗎？」

包行道：「如是方向錯了，女兒幫中人，必會告訴咱們，她們既然未說，想來是不會錯了，咱們再走一程瞧瞧，如是找不出可疑之徵，那只有先回杏花樓了。」

談話之間，突聞得得之聲，由身後傳了過來。

回頭看去，只見兩騎馬疾如流矢一般，飛馳而來。

慕容雲笙和包行，一帶馬韁，讓到路側。

兩匹馬急掠而過，帶起了一道煙塵。

這次，慕容雲笙看得甚是清楚，左首一匹馬上，正是青衫劍手領隊李宗琪，右首一人，白髯蒼蒼，身著青衣的駝背老者。

慕容雲笙低聲說道：「這駝背老者，好威武的相貌！」

包行道：「我認識他。江湖上稱他文駝子，其實他真名文嘯風，因為練一種武功，練岔了氣，練成了駝子，但他仍是把那門武功練成了。」

慕容雲笙道：「他練的什麼武功？」

包行道：「聽說叫什麼『七步攝魂手』，居於一種奇門邪功，不過他很少和人動手，一旦和人動手，必取對方之命，是以武林中只知他的武功很惡毒，詳細情形，卻是未曾聽人說過。」

慕容雲笙心中一動，突然想到父親遺留的拳譜之上，有一種閉穴移位之法，說明專以對付一種奇奧的拿穴手法，也許就是對付此種武功之用。

一念動心，神與意會，不覺之間，默誦起那閉穴移位口訣，沉浸於法訣之中。

不知過去了多少時間，奔行了多少路程，突覺座下之馬，停了下來。

定神看去，只見自己馬繩，已被包行拉住，那包行已然下了馬背。

但聞包行低聲說道：「咱們吃杯茶，再趕路吧！」

包行低聲道：「咱們往東首客棧中去。」

慕容雲笙轉頭看去，只見兩座磚舍，矗立道旁，原來，這是一處十字路口，道旁兩座磚舍，是兩家客棧，對面而建，兼代做酒飯生意，以供過往的旅客打尖休息。

慕容雲笙目光一轉，只見東首客棧外面已拴著四匹健馬，其中一匹，正是李宗琪的青鬃馬，想來那文嘯風和李宗琪也在東首客棧之中，當下低聲對包行說道：「三聖門中人，常常自設客棧，利用迷藥，咱們要小心一些。」

包行微一頷首，大步向客棧行去，口中喝道：「店夥計。」

只見一個店小二，應聲而出，接過兩人馬，道：「兩位先請裡面坐，小店人手不夠，小的拴好馬，就來招呼兩位。」

包行道：「不要緊。」緩步行入店中。

抬頭看去，只見李宗琪和文嘯風坐在靠窗口處，低聲交談。

包行和慕容雲笙行入店中，似是已引起了李宗琪和文嘯風的注意。

兩人停下了談話之聲，四道目光一齊投注在包行和慕容雲笙的臉上。

包行神情鎮靜，對兩人投注的目光，若無所覺，就在緊依門口處一張桌上坐了下來。

慕容雲笙雖然明知臉上戴有面具，那李宗琪決不會認出自己，但仍然背對李宗琪坐了下去。

但聞文嘯風冷冷說道：「夥計，你過來。」

那店夥計剛剛拴好了慕容雲笙和包行的坐騎，走過來準備招呼兩人，聽得那文嘯風呼叫之言，只好轉身行了過去，道：「客爺有何吩咐？」

文嘯風冷笑一聲，道：「老夫進店之後，交代你一句話，你可曾記得？」

店夥計臉色一變，道：「小的忘記了，該死，該死……」

大步行到包行身前，抱拳一個長揖，道：「千不是，萬不是，都是小的不是，還望兩位大人不見小人怪，多多的擔待。」

包行道：「什麼事？」

店夥計道：「那位大爺進店之後，就交代了小的，不准再接待別的客人，小的被你老在店外一叫，叫得小的暈了頭，忘了那位大爺的吩咐，就接過了兩位爺的馬繩，如今那位大爺責問了下來，小的無法交代，兩位大爺請到對面店中，吃的喝的全由小的代付啦。」

說罷，又是一個長揖。

包行略一沉吟，道：「如是對面那座客棧之中，也被別人包下了，我們兩個豈不要餓肚子

麼，再說你這客棧中，六張桌子，空了四張，我們佔了一張，還有三張空著，空著位子，不賣客人，是何道理？」

原來，這小店中，大張桌位上，除了文嘯風、李宗琪，包行和慕容雲笙佔著兩張桌子外，還有兩個人坐在壁角處一張桌子，那文嘯風不肯攆走他們，想來定是三聖門中人了，但聞那店小二道：「你老說得是，不過，小的已經答應了那位老爺。」

只聽文嘯風冷冷接道：「宗琪，你去瞧瞧什麼人，不吃敬酒吃罰酒。」

李宗琪應了一聲，緩步行到包行桌位之前，冷冷地望了包行和慕容雲笙一眼，道：「兩位貴姓？」

那店夥計一看雙方直接搭上了語，早已駭得躲向一側。

包行抬頭看了李宗琪一眼，道：「朋友有何貴幹？」

李宗琪一皺眉頭，道：「我在問兩位姓名？」

包行道：「如是朋友不先說明來意，咱們似乎用不著通名報姓吧。」

慕容雲笙心想包行的舉動，定然會激怒那李宗琪，已然暗中戒備。

哪知李宗琪竟然是不肯發作，冷厲的神態，也突然緩和了下來，淡淡一笑，道：「兄弟李宗琪，兩位怎麼稱呼？」

包行似是已準備和文嘯風等衝突，故作沉思之狀，然後搖搖頭，道：「沒有聽人說過。」

只聽文嘯風的聲音傳了過來，道：「宗琪，不用和他們多囉嗦了，要他們快些離去就是。」

李宗琪應了一聲，拱手對包行道：「強賓不壓主，兩位既是遠道而來，希望能入鄉隨俗得

好，現在，兩位可以走了。」

包行望了慕容雲笙一眼，緩緩站起身子。

原來包行已知道再拖延下去，只有動手一途了，那勢非暴露身分不可，此刻李宗琪等似乎還沒對兩人動疑，不和他們衝突最好。

李宗琪看兩人站了起來，似欲離去，微一頷首，退後三步，讓開了去路。

包行離開桌位，一語不發，緩步向店外行去。

慕容雲笙緊隨在包行的身後而行。

包行的步履盡量地放慢，似是能多延一寸時光離店也好。

他的推想不錯，就在兩人行到店門口處時，一匹快馬急馳而到。

馬上人一勒繩，健馬長嘶一聲，人立而起，停住了奔衝之勢，那馬上勁裝大漢，一躍而下，直向店中衝去。

包行和慕容雲笙正行在門口處，那大漢卻渾如不見一般，直向店中闖去。

慕容雲笙一閃身，讓過那勁裝大漢。

回頭望去，只見那勁裝大漢一舉手，道：「我如限趕到……」

身子搖了兩搖，似是向地上倒去。

李宗琪一把抓住那大漢衣服，穩住他的身子，低聲道：「那邊坐。」扶著他行到文嘯風的面前。

包行回目一顧店中情形，大步向前走去。

慕容雲笙心知如若再多望一眼，很可能惹來一場麻煩，當下舉步向前行去。

包行走入對面一家店內，選擇了一處靠門口的位置坐了下來，低聲對慕容雲笙道：「他們已對咱們動了懷疑，只是那李宗琪也發覺了咱們的身手不凡，不是三、五招能夠取勝，他們沒有工夫和我們動手，只好暫時忍耐一下，但他們決不會放過咱們，如若咱們不願找麻煩，現在可以走了。」

慕容雲笙低聲說道：「包叔叔覺著應該如何？」

包行道：「這地方，似是他們的一個驛站，如若咱們在此，可以見到三聖門中一些隱秘，或可找出一些可貴的資料來。」

慕容雲笙道：「那咱們留在這裡吧！」

包行道：「留這裡就未必能看到那飄花令主了，但咱們此行的用心，就是找到那飄花令主！」

慕容雲笙道：「此等事，晚輩很感爲難，不知該如何才好？」

包行道：「照說兩件事都很重要，咱們此刻不能分頭去辦，爲了要保存實力，只好守在一起了。」

談話之間，又見一匹快馬，奔了過來，馬上人是一個佩劍勁裝大漢，行到店前，勒下馬韁，直向對面店中行去，慕容雲笙和包行叫了酒肴食用，一面留心著對面舉動。

片刻之間，突見對面客棧之中，飛起一隻健鴿，破空而去。

慕容雲笙心中暗道：「這健鴿定然傳遞著十分重要的消息，可惜我那蒼鷹不在此地。」

心念轉動之間，突見李宗琪快步奔了過來，直向慕容雲笙等桌位之前行去。

慕容雲笙還未想到如何對付李宗琪，包行已突然站了起來，冷冷說道：「什麼事？」

李宗琪停下腳步，道：「兩位之中，哪一位是慕容公子？」
慕容雲笙吃了一驚，暗道：「他們怎麼知曉的呢？」
但聞包行冷冷說道：「咱們也想找慕容公子！」
李宗琪微微一怔，道：「你們也找慕容公子？」
包行道：「不錯，聽說那慕容公子到了洪州，咱們追尋來此。」
李宗琪冷笑一聲，道：「閣下的武功很好，在下適才幾乎被閣下瞞過了。」
包行接道：「我們走南闖北，也經過不少風浪，但像閣下這樣年紀輕輕，出言卻咄咄逼人，倒也少見。」
李宗琪道：「今天讓兩位見識一番了。」突然一伸右手，疾向包行右腕之上抓去。
包行右腕一轉，不閃不避，反向李宗琪脈穴之上扣去。
行家一出手，便知有沒有，李宗琪似是未料到對方竟有著如此武功，疾退兩步，道：「閣下是真人不露相。」
慕容雲笙坐在一側，心中暗暗忖道：「看來今日是難免一戰，何不先下手擒住了李宗琪，以制文嘯風。」
念頭一動，心中卻在忖思著父親遺留那拳掌招數中，七招連環擒拿手。
但聞文嘯風的聲杳，傳了過來，道：「宗琪，很棘手嗎？」
李宗琪高聲應道：「琪兒遇上了高人。」
只聽文嘯風應道：「有這等事？」
砰然一聲，木窗碎裂，文嘯風天馬行空般，疾掠而至，眨眼間，人已落在店門口處。

原來那文嘯風來不及繞到門口行出，已一掌破空躍飛而至。

慕容雲笙突然站起身子，直向李宗琪身側欺去，口中喝道：「小心了。」右手卻施展開連環擒拿手法，疾向李宗琪抓了過去。

李宗琪一閃避開，還擊一掌。

哪知慕容雲笙連環擒拿手，變中有變，奇幻莫測，李宗琪一掌拍出，正好趕上慕容雲笙五指回轉，一招扣住了李宗琪的手腕。

這一招變幻莫測的擒拿手法，表面之上，看去似是巧合，其實乃是經過了精密算計之後的變化。

文嘯風人雖趕到，卻未料李宗琪連一招擒拿手也避不開，不禁微微一怔。

慕容雲笙五指加力，李宗琪頓時感覺著半身麻木，抗拒之能完全消失，文嘯風冷笑一聲，駝背一探，腿不屈膝，腳不離步，人卻陡然欺進三尺。

慕容雲笙左手一抬，按在李宗琪背心之上，道：「站住，閣下再向前行進一步，我就發掌力震斷他的心脈。」

文嘯風已然揚起的右手，緩緩垂了下去，冷然說道：「你們是什麼人？」

包行接道：「江湖上無名小卒，不勞下問。」

文嘯風望望李宗琪，輕輕咳了一聲。道：「琪兒，是否還有掙脫之能。」

李宗琪搖搖頭，道：「義父不用管我了，只管出手，琪兒就算被震斷心脈而死，但相信義父也能替我報仇。」

文嘯風眉頭聳動，目光轉到慕容雲笙的臉上，道：「閣下有何條件？」

包行道：「我等並無找事之心，兩位卻是咄咄逼人，追蹤而至。」

文嘯風冷冷說道：「老夫在問你們的條件？如若兩位耳朵不聾，當已聽明白老夫之言了。」

包行道：「此刻此情，閣下暫處下風，似是用不著威風凌人。」

文嘯風臉上忽青忽白，顯然內心之中，十分激動，良久之後，才長吁了一口氣，道：「老夫問你們條件，意求和解，已是老夫畢生之恥了。」

包行緩緩說道：「在下等也和兩位無怨無仇，只不過為兩位逼得如此而已，只要閣下答應在下等兩件事，我等立刻放人……

「第一件，閣下要負責約束屬下，不再干涉我們的行動，第二件，如若在下等萬一和人動手，閣下如若在場，要聽從在下吩咐一次。」

文嘯風怔了一怔，道：「這算什麼條件，難道要老夫相助你們不成？」

包行道：「閣下要我等開出條件，目下我等是開出來了，答不答應，要閣下去考慮。」

文嘯風冷冷說道：「好！不過，時效只限三日，三日之後，如若再為老夫遇上，必取爾等之命。」

包行略一沉吟，道：「也許三日之後，我們相隔在千里之外，就此一言為定。」

慕容雲笙右手一鬆，放開了李宗琪，疾快地向後退了三步。

李宗琪回顧了慕容雲笙一眼，道：「閣下的擒拿手法，十分奇奧，在下很少見到，今日算是開了眼界。」

李宗琪又仔細地瞧了慕容雲笙一眼，大步向前行去。

文嘯風緊隨在李宗琪身後，向前行去，又行入那座客棧之中。

包行低聲說道：「咱們可以坐下來聊聊天了。有那文嘯風保護咱們，三聖門中人無法加害咱們了。」

慕容雲笙道：「文嘯風對咱們恨若刺骨，豈願真的履行諾言，咱們還是要多加小心一些才成。」

突然間，一陣急促的馬蹄聲，飛馳而至，打斷了慕容雲笙之言，抬頭看去，只見三匹馬，一色的白毛如雪，金蹬玉鞍，健步如龍，再加上那輝煌的鞍鐙，烘托出一股華貴不凡的氣勢，慕容雲笙抬頭看去，只見三匹白色健馬上，分坐著三個身著白衣，背插長劍的少年。

三人一樣的馬，一樣的衣服，一樣的俊俏面目，個個白面無鬚，金環束髮。

驟然看去，白衣白馬，三個人都有如下凡金童，但慕容雲笙看了一陣，發覺三人面色白的很難看，有如雪中之冰，白中隱隱透青。

而且，三人的年紀和裝束大不相襯，看年齡，三人似是都應在三十以上，但那一身裝束，卻是十幾歲的童子穿著之物。

慕容雲笙打量過三個白衣人，目光轉到包行身上，只見他微微垂首，舉筷夾菜，心中若有所懼，不由大感奇怪，正待開口告訴包行，那三個白衣人的行蹤可疑，耳際間已傳入了包行的聲音，道：「快些吃飯，不要看他們。」

聲音細微，似是極怕別人聽到一般。

慕容雲笙拿起筷子，吃了一口菜，又忍不住轉臉望去。

只見三個白衣人勒馬在路口停了片刻，文嘯風已帶著李宗琪急步而出。

狂傲不可一世的文嘯風，對三個白衣人卻似是極爲尊重，遙遙地抱拳一揖。

三個白衣人留在馬上，欠身還了一禮。

文嘯風行到三人馬前，低言數語，三個白衣人突然一勒馬，健馬折向東方行去，被店房遮住，消失不見。

直待三個人身影消失，文嘯風和李宗琪重回對面店中，包行才長吁一口氣，道：「想不到啊！想不到。你知道那三個白衣人是誰嗎？」

慕容雲笙道：「這個晚輩不知道。」

包行神情嚴肅，緩緩說道：「雪山三怪，聽人說過嗎？」

慕容雲笙搖搖頭，道：「沒有。」

包行道：「此刻時間有限，我無暇仔細告訴你。總之，這三人武功高強，非同小可，在下一生中只敗過兩次，一次是敗在令尊手中，一次就敗在雪山三怪的手中，想不到這三人竟然也投入三聖門中。」

突見白芒一閃，一個紙團直向慕容雲笙飛來。

慕容雲笙右手一伸，接過紙團，凝目望去，只見上面寫道：「目下高手雲集，兩位處境愈來愈險，還望小心珍重，如若不願離去，最好能換套衣服，扮作村人。」下面署名李宗琪。

慕容雲笙望著紙團，交給包行瞧過，包行立時起身，行到爐邊，隨手投入火中燒去。

重行步回原位，低聲說道：「那文嘯風果然是言而有信，看來三聖門要在此布下陷阱，準備對付一個極厲害的人物，咱們找店東求身衣物。」

兩人行入店後，包行以十兩銀子的重金，購得店東兩套舊衣。

慕容雲笙扮做一個跑堂夥計，包行卻扮做一個老農。

兩人重行走回前店，只見店中幾個客人，都已離去。只餘下一個補鍋的老人，還在店中，自斟自飲。

這等荒野小店，只因位處要道，人來人往，生意很好，這客棧房中，擺了十幾張桌子，包行略一忖度店中形勢，選擇了一個緊傍窗口的桌位上坐了下來。

木窗半開，包行可清楚看到店外大道上的景物，慕容雲笙扮做一個跑堂的夥計，和店中真正的夥計站在一起，慕容雲笙爲求那真的跑堂夥計合作，塞給他一錠銀子。

此時，艷陽高照，大道上一片靜寂。

這本是一條行旅往來的要道，突然間行旅絕跡，出現一種異常的平靜。

顯然，這是三聖門中人的手段，使來往行旅，暫時斷絕，意識著這地方將有一場驚天動地的風暴，慕容雲笙等得心中焦急，望了包行一眼，包行微微頷首，示意他多多忍耐。

又等一頓飯工夫之久，突然有一批行旅擁至。

慕容雲笙凝目望去，只見來人大都是精壯的漢子，扮裝著各種不同的身分。

大部分人行入了對面店中。

其中一個中年文士，帶著兩個青衣童子，向慕容雲笙停身的店中行來。

那真的跑堂夥計低聲對慕容雲笙，道：「你留心看著。」大步迎了上去，欠身說道：「諸位裡面坐。」伸手去接左面童子手中的提箱。

那童子搖搖頭，道：「我自己提著。」

慕容雲笙藉機打量那中年文士一眼，只見那文士年約三旬以上，身著藍衫，頭戴方巾，白

淨面皮，臉上無鬚。

兩個青衣童子，都在十六、七歲左右，一個提著紅色木箱，一個揹著長劍。

那中年文士赤手空拳，衣袂飄飄地行入店中，目光轉動，打量了店中形勢一眼，突然揮手一招，道：「夥計。」

那真的跑堂急急行了過去，道：「你老有何吩咐？」

中年文士輕輕咳了一聲，道：「那窗口的老者，似是你們附近的人？」

店夥計道：「不錯，你老有什麼事？」

原來慕容雲笙和包行等，未雨綢繆，早已和那店夥計商量好了答對之詞。

中年文士道：「你去通知他一下，要他早些回家去吧！」

那店夥計亦瞧出今日形勢不對，這人雖然文質彬彬，隨行童子卻身帶長劍，不似普通商旅，一時間不知如何回答才好，不禁回頭望了慕容雲笙一眼。

慕容雲笙急步行了過來，接道：「那位老丈和敝東是親戚，在下等不敢啓齒，咱們做生意，哪有攆走顧客之理。」他說的聲音很高，有意讓那包行聽到。

中年文士冷笑一聲，道：「既是如此，你去要他換個位置坐吧，我要那靠窗的桌位。」

慕容雲笙道：「這個，這個……」

中年文士冷漠一笑，道：「你還是不敢去說……」

目光轉到右首揹劍童子身上，接道：「去要那老丈讓開桌位。」

那青衣揹劍童子應了一聲，大步行到包行桌子旁，隨手一掌，拍在木案之上，包行叫的四盤小菜和一只酒杯，突然自行跳了起來，酒濺、湯溢，灑了一桌子！

卅一 風雨欲來

包行見青衣揹劍童子，拍案震起了自己桌上的酒菜，故做驚駭之狀，轉過臉來，望了那童子一眼，道：「小兄弟，怎麼回事？」

青衣童子冷冷接道：「誰是你的小兄弟了。要你搬搬位置就是！」

包行應了一聲，起身行到壁角處一個桌位之上。

慕容雲笙又端兩樣小菜，一壺燙熱的老酒，行了過去，放在包行桌上。

包行低聲說道：「注意他們提的木箱。」

慕容雲笙微一頷首，退了下去。

只見那中年文士，行到靠窗桌位上，坐了下去，那真的跑堂夥計，早已收拾了酒杯菜盤，抹淨桌子上的酒湯。

就這一陣工夫，又有四個五旬左右的健壯大漢，各帶兵刃，行了進來，坐在靠門口處一張方桌之上。

慕容雲笙忙著送茶上酒，一面卻留心著店中形勢。

片刻工夫，店中又擁進來十幾個人，整個店中的桌位上，都坐滿了人。

細心觀察之下，慕容雲笙發覺了這些人，個個精神充沛，神芒內斂，分明都是第一流的武

林高手。

顯然，這是一場有計劃的埋伏，這兩家荒涼的小店，正是他們選擇的主要戰場，一場大風暴，即將掀起。

只見那中年文士，伸手提起木箱，放在木桌之上，打開箱蓋。

慕容雲笙看那中年文士打開木箱，立時凝目望去。

他還未看清那木箱中放的什麼，忽見人影一閃，一個青衣童子急急奔了過來，突然伸手，一把抓住了慕容雲笙的左腕脈穴。

慕容雲笙本待反抗，突然警覺到自己改扮的身分，停手未動，讓那青衣童子抓住了自己的腕穴。

那青衣童子冷笑一聲，道：「現在，店中用不著你們多管了，你們回房中去。」

慕容雲笙道：「店中這多客人，小的如是不管，豈不要砸了飯碗……」

語未落口，突然一聲低沉的號角聲傳了過來。

那青衣童子顧不得再管慕容雲笙，突然轉身一躍，下落到原位之上。

那號角聲音雖然低沉，但卻充滿著殺伐韻味。

那中年文士陡然站起身子，雙眉聳動，回顧了一眼，道：「各位準備好了嗎？」

全室中大部酒客，聞得那號角聲後，都為之精神一振，齊聲應道：「準備好了。」

中年文士探手從木箱之中，抓出一隻健鴿，放出窗外。

但聞一陣鴿翼劃空之聲，健鴿沖霄而起。

中年文士又從木箱中，取出五枚形如桃核的紅色彈丸，放入懷中，接道：「諸位未聽令諭之前，不要妄動，但如聞令出擊，還望能奮勇爭先，違者要身受五刀分屍之苦。」

廳中大漢，齊齊應了一聲，各自取出兵刃，突然間，一匹快馬馳過，吹起了一聲尖銳的哨聲，那中年文士突然站起身子，目光掃掠了全室一眼，低聲對那佩劍童子說道：「把閒人攆入後宅。」

那青衣童子行到那補鍋老人身側，冷笑一聲，道：「老丈請到後面，躲一躲吧！」

那補鍋老人點點頭，擔起擔子向外行去。

那中年文士一皺眉頭，道：「不能讓他出去。」

青衣童子應了一聲，突然一閃身子，一個箭步，直向門口搶去，希望攔在那老人前面。

那補鍋老人正巧換肩，一轉身上擔子，正好擋住了那青衣童子的去勢，逕自行出店外。

看上去，那老人走得很慢，實則快速無比，只是他舉動自然，室中之人，都未思念及此而已。

那中年文士似是也警覺情勢不對，沉聲喝道：「抓他回來。」

他口中喝叫，人卻快速絕倫地一個空中翻躍，越過兩個桌面，直向店外奔去。

慕容雲笙凝目望去，那補鍋老人已然行到數丈開外。

這時，大街上一片靜寂，除了那補鍋老人和中年文士之外，再無其他之人。

經此一變，店中之人，似是已把包行和慕容雲笙忘記，無暇再顧到兩人。

只見那中年文士一長腰，兩個飛躍，已追到那補鍋老人身後，右手一探，抓住了那補鍋老人的擔子。

這時，突聞輪聲轆轆，傳了過來。

那中年文士手抓擔子，略一停頓，突然放手，又躍回店中。

慕容雲笙只看得大爲奇怪，暗道：「這人怎麼回事，明明看他抓住了那人的擔子，也不見那補鍋老人還手，這中年文士怎會突然自己放手退回店中……」

心念轉動之間，瞥見一輛黑篷馬車，飛馳而到。

只聽一陣急快的梆子之聲，箭如飛蝗，迎面而至。

耳際間響起了健馬悲嘶之聲，四匹拉車的健馬，剎那間滿身中箭，倒地而亡，奔行的馬車，也突然停了下來。

就在亂箭驟然而至，健馬中箭之際，車身前陡然間飛起了一道寒光，交錯流轉，光繞車前。

這變故來得太快，快得令人目不暇接，刀光環繞下，掩去那人的整個身形，只見森森寒芒，匹練般繞轉車前，無法看出是何許人物。

這當兒，那中年文士突然雙手連揚，手中紅色的彈丸，脫手飛出。

那綿密的寒光，只護在車身之前，卻無法護擋兩側。

只聽一陣啵啵輕響，那紅色彈丸分擊在車身木輪之上，彈丸分裂，爆現出一片藍色火焰，那火焰極是強烈，著物即燃，只不過一瞬工夫，篷車一面全爲火光籠罩。

但見寒芒輪轉，飛躍而下。

飛蝗狂雨一般的長箭，突然頓住。

寒芒斂收，現出一個長髯垂胸，手執細刀，身著青衣的老人。

慕容雲笙心中暗道：「這老人是馳車之人呢，還是車中主人？」

這時，整個篷車，都爲那藍色的火焰籠罩，開始燃燒起來。

那青衣老人望了那燒車的藍色火光一眼，冷冷說道：「火王彭謙。」

那中年文士緩緩行出，接道：「正是小弟，大哥別來無恙。」

只見那青衣老人臉色一片肅穆，冷冷說道：「你沒有把我燒死，很失望吧！」

火王彭謙滿臉迷茫之色，道：「大哥怎會坐在這輛篷車上呢？」

青衣老人目光迅快地掃掠了四周一眼，道：「這麼說來，你不知車中坐的是我了？」

火王彭謙緩緩說道：「是的，大哥息隱林泉十幾年，不知居於何處，小弟縱有相尋之心，卻是無有可覓之處。因此如若小弟知是大哥，決不敢施展火襲。」

青衣老人淡淡一笑，道：「不知者不罪。」

火王彭謙似是突然想起了一件十分重要的事，急急接道：「大哥，那篷車之中，還有人嗎？」

青衣老人道：「如是有人，現在也被兄弟那毒火燒死了。」

彭謙突然縱身而起，躍近篷車，陡然一掌，向滿是火焰的篷車劈去。

掌風到處，一陣嚓嚓亂響，車架分裂，整個篷車，分成兩半。

凝目望去，只見車中盤膝坐著一人，在適才箭如飛蝗的攻襲之下，身上竟未中一箭。

這證明那青衫老人的刀法，超異過人，綿密無比，潑水難入。

但聞火王彭謙口中咦了一聲，突然一伸右手，快速絕倫地抓出那車中人。

敢情那人早已被點了穴道，無能掙動，是故才那般沉著。

彭謙臉色一變，揮手一掌，拍向那人，希望拍活他的穴道。

那青衫老人卻淡淡一笑，道：「不成啦，他被點了死穴。他想殺死為兄，為兄是不得不爾。」

語聲一頓，接道：「有一事，小兄想不明白，請教賢弟。」

彭謙冷哼一聲，道：「大哥請說。」

青衫老人道：「這大道兩側的客店之中，滿藏武林高手，想來都是賢弟帶來之人了，但賢弟這等勞師動眾，精密設計，不知想對付何人？」

火王彭謙冷笑一聲，道：「大哥若當真不知，小弟就只好奉告了。」

彭謙冷笑一聲，說道：「小弟實說了吧，我們這番設計，旨在對付那飄花令主，想不到大哥卻是飄花令主的前驅。」

青衫老者道：「為兄的也想不到，彭兄弟竟然委身於三聖門中，以濟其惡。」

彭謙長長嘆一口氣，接道：「天涯這樣遼闊，想不到卻叫咱們兄弟碰上。」

青衫老者雙目中神光一閃，道：「賢弟之意，是想和愚兄動手了。」

彭謙道：「此時此情，小弟實也想不出兩全之法。」

青衫老者道：「小兄倒有個主意，但不知兄弟是否同意？」

青衫老者道：「這辦法就是，咱們誰也不勉強誰，彼此保持情意，賢弟令他們放過小兄，也好免去咱們兄弟一番自相殘殺。」

彭謙道：「大哥這主意，好是好，不過，兄弟做不得主。」

青衫老人臉色一沉，道：「那是說賢弟已然情盡義絕，非要和小兄動手不可了。」

火王彭謙道：「咱們既有結拜之情，昔年大哥又對小弟不錯，小弟天膽，也不敢和大哥動手，因此，小弟暫時退出，袖手不問，至於大哥能否闖得過去，那就不是小弟能助的了。」

青衫老者道：「就算你袖手不管，在你們重重部署之下，爲兄怎能闖得過去？」

火王彭謙抱拳一禮，接道：「這叫各爲其主，小弟也是情非得已，至於是否闖得過，那要憑你武功，看你的運氣了，小弟是愛莫能助。」

語聲一落，縱身躍回客棧之中。

青衣老者望著火王彭謙的背影，長長嘆息一聲，突然轉身向前行去。

他的步履很慢，看上去，有著舉步維艱之感，但內行人都可瞧出，他藉舉步行走，在暗中凝聚功力。

顯然，這青衣老者準備憑仗手中一把刀，硬闖險關。

眼見青衫老人從容而去，竟然無人出手攔阻。

顯然，暗中隱伏著有更厲害的人物了。

這當兒，突然又響起轆轆的車輪聲，劃破了緊張的沉寂。

慕容雲笙目光到處，只見兩輛黑色篷車，疾馳而至。

只見那兩輛黑色的篷車，行近了火燒的篷車處停了下來，第一輛篷車先到，車門開啓，走出兩男兩女，只見兩個男的，身著深藍色的勁裝，背上各插一把雁翎刀，左手中提著一支虎頭拐杖，年約三旬，白面無鬚。

兩個女的，身著淡青勁裝，都在二十左右的年紀，柳眉鳳目，生相極爲娟秀。

四人的臉色，都很嚴肅，但舉動卻是沉著異常，望了那被燃燒的篷車一眼，迅快地分散開去。

緊接著第二輛篷車，也停了下來，車上行下了一個中年婦人，衣著樸素，薄施脂粉，但神態之間卻有一種震懾人心的冷肅殺氣。

慕容雲笙心中暗道：「這中年婦人，不知是何許人物？」

那先前下車的兩男兩女，對那中年婦人，似是極爲敬重，齊齊欠身作禮。

中年婦人一揮手，低聲說道：「小心戒備，防人暗算。」

四人齊齊應了一聲，反手撥出背上的兵刃。

兩個男的左手握拐，右手執刀，兩個女的右手握劍平胸。

四人分站四個方位，把那中年婦人圍在中間，隱隱間有保護之意。

但那中年婦人卻舉步越過四人，目光轉動，望了兩面的客棧一眼，冷冷說道：「這等鬼鬼祟祟、暗施算計的手段，豈是英雄人物，你們既已有了準備，何不堂堂正正的一分高下？」

只聽對面客棧中，響起了一聲長笑，道：「一個婦道人家，說話如此托大，可是活得不耐煩了嗎？」

話落人現，文嘯風緩步由客棧中行了出來。

那中年婦人望了文嘯風一眼，道：「閣下可是主持這次伏擊我們的首腦人物？」

文嘯風道：「老夫雖非首腦人物，但卻是主事人之一，夫人有什麼話，儘管對老夫說。」

那中年婦人冷冷說道：「你認爲你們布置這一次伏擊，十分機密，是嗎？」

文嘯風冷笑一聲，道：「洪州城方圓百里之內，都已經布置了我們的眼線，諸位的一舉一動，全在我等監視之下。那飄花令主，縱然能避開這次伏擊，也無法逃避開我們的追殺，何況，爾等已入陷阱。」

中年婦人目光轉動，四顧了一眼，接道：「聽你言下之意，似乎是想要和我動手。」

文嘯風道：「夫人如肯賜教，老夫是求之不得。」

中年婦人道：「那也好，打鳥打翅，打蛇打頭，咱們如能分出勝負，也免得他們浴血苦戰了。」

文嘯風掌勢一揚，道：「夫人請亮兵刃吧！」

那中年婦人氣定神閒，淡淡一笑，道：「你的兵刃呢？」

文嘯風道：「老夫就以雙掌領教。」

中年婦人道：「我也赤手奉陪。」

文嘯風道：「好大的口氣，憑此一言，老夫也可放心施爲了。」

語聲甫落，右掌已緩緩拍下。

文嘯風的掌勢打得很慢，但那中年婦人更是沉得住氣，文嘯風的掌勢相距她身前尺許左右時，那中年婦人仍然是肅立不動。

陡然間，文嘯風掌勢變快，疾落而下。

但見人影一閃，那中年婦人快速絕倫地避過一擊，人卻欺在那文嘯風的身側，拍出一掌。

文嘯風大喝一聲，右手回擊一掌，迎向了那中年婦人的掌勢，左手五指半屈半伸地抓向中年婦人。

兩個人陡然間由慢轉快，展開了一場搶制先機的惡鬥。

但見兩條人影交錯輪轉，難分敵我。

兩人快速搏鬥，足足有一刻之久，突聞文嘯風哼了一聲，交錯的人影，霍然分開。

凝目望去，只見那中年婦人眉宇間，汗水隱現，文嘯風卻是鬚髮怒張，背上的駝峰，也似乎高了很多，駝腰向前探出，似有向前猛撲之勢。

顯然，兩人在一輪快速惡鬥之中，各遇險招，只因兩人搏鬥太過快速，使人無法看清那招術的險惡變化。

只聽文嘯風冷笑一聲，道：「夫人好精命的『流雲掌法』。」

中年婦人道：「閣下的『羅公拳』，也到了爐火純青之境。」

文嘯風道：「好說，好說。」右掌一探，斜斜劈了過來。

中年婦人右手一抬，纖纖玉指，迎向文嘯風脈門點去。

文嘯風右腕一挫，疾快地收回右臂，左手卻立掌如刀，橫裡削去。

中年婦人原地不動，左手反向文嘯風肘間點去。

兩人這番動手，情景又自不同，表面上看去，兩人各站原地不動，雙掌忽伸忽縮，點到就收，掌指從不相觸，毫無凶險可言；實則兩人正各憑胸中所記所學，見招破招，見式破式，只要一方露出破綻，給對方以可乘之機，那看似虛招的攻勢，即將以迅雷下擊之勢，取敵之命。

兩人這等掌來指往，點到就收的招術，包羅奇廣，並非是一套掌法、拳法，也非一門一派所有的武功，其間有少林派的拳掌，也有崑崙派的手法，言家拳、譚家腿、嵩陽大九拿、岳家十二散手，應有盡有，有甚多精妙招術，都是武林中極少見到的武功，看得人眼花撩亂，神往不已。

兩人又鬥了數招，突聞文嘯風大喝一聲，虛招變實，劈向那中年婦人的前胸。

中年婦人右手疾起，硬接下一掌。

雙掌接實，響起了一聲大震。

文嘯風疾快地向後退了兩步，突然一揚右手，虛空一抓。

慕容雲笙看他發招神情，心中突然一動，暗道：「看情形，這定是那文嘯風生平絕技『九步追魂手』了。」

日光下，隱隱見那文嘯風揚起右手，指尖上透射出條條白氣。

只見那中年婦人挽髮玉簪，突然折斷，長髮無風自亂，素衣波動中，突然欺身而上，點出一指。

文嘯風大喝一聲，揚起的右臂，陡然收回，全身如受重擊一般，不自主地向後退了兩步。

李宗琪閃身而出，伸手扶住了文嘯風，退回客棧。

那中年婦人擊出一指，也似已累得筋疲力盡，臉色蒼白，步履不穩。

兩個佩劍的青衣少女，雙雙飛躍而上，扶住那中年婦人。

那中年婦人疾然雙臂一甩，拋開兩個青衣少女，舉步向篷車行去。

她似是想入篷車之中，但行近篷車，卻似已無力跨登，望了那篷車一眼，突然席地而坐。

火王彭謙突然冷笑一聲，右手一揚，兩枚紅色彈丸，脫手而出，直向那中年婦人飛去。

慕容雲笙目睹他火燒篷車的經過，知他這紅色彈丸十分惡毒，如用兵刃封擋，彈丸破裂，立時化成團團毒火，見物即燃。

心中念動，忍不住大聲喝道：「火彈惡毒，不可用兵刃封擋。」

那中年婦人跌坐篷車旁側之後，兩個手執虎頭拐的大漢，和兩個佩劍少女，突然散開去，各守一方，護住那中年婦人。

火王彭謙火彈出手時，那兩男兩女已然布成方陣，一個勁裝大漢，正舉起手中虎頭拐，準備擊落飛來暗器，聽得慕容雲笙喝叫，拐勢一沉，縱身避開。

兩粒紅色的彈丸掠頂而過，擊在對面客棧的牆壁之中。

火彈爆裂，就在那牆壁上化成了兩團火焰，熊熊燒起來。

這不過是一瞬間功夫，在西面客棧中，也展開了一場惡鬥。

原來，火王彭謙聽得慕容雲笙喝叫之聲，回頭冷笑一聲，道：「我早已對你動疑了，果然不錯。」

目光掠向兩個隨來的青衣童子，道：「把他拿下，我要好好拷問一下。」

兩個青衣童子應聲而至，分由兩側撲向慕容雲笙。

慕容雲笙疾拍兩掌，擱住了兩個青衣童子的攻勢，左右雙手分向兩人各攻一招。

兩個青衣童子閃身避開，分由兩側攻上，慕容雲笙掌揮指點，封擋兩個青衣童子攻勢，如論慕容雲笙此刻武功，收拾這兩個青衣童子，只不過三、兩招，就可重傷兩人。

但慕容雲笙卻故意和兩人纏鬥，暗暗分析大局，忖道：「看今日三聖門的布置，文嘯風和這火王彭謙，並非是最厲害的人物，雪山三怪尚未出現，顯是他們還在等待；但飄花門也似乎是有著準備，那青衣老者和中年婦人次第現身，明知身入重圍，卻不肯退走，顯然是要測出對方實力，也許飄花門已有高手混在此中了。」

只聽火王彭謙冷笑一聲，說道：「你們兩個給我閃開。」

兩個青衣童子應了一聲，同時退開。

這時，全廳中數十個手執兵刃的大漢，全都把目光投集於慕容雲笙身上，有幾個霍然起

身，大有立時撲上救人之心。

火王彭謙已知遇上了第一流的高手，右手輕揮，低聲說道：「你們坐下。」

目光轉到慕容雲笙的臉上，接道：「閣下是飄花門中人了？」

慕容雲笙淡淡一笑，道：「不是。」

火王彭謙怔了一怔，道：「那你的膽子很大，既非飄花門中人，卻敢和三聖門作對。」

突聞一聲大喝，一個執刀大漢，突然棄了手中之刀，一跤跌摔在地上。

但聞大喝聲連綿不絕，片刻間，已有十幾個大漢棄去手中兵刃，跌摔在地上。

那火王彭謙見多識廣，爲人沉著，但處此情景之下，也不禁亂了方寸，顧不得再問慕容雲笙，縱身一躍，伸手抓起了一個倒在地上的大漢，仔細地觀查。

慕容雲笙也藉機仔細看去，見那大漢全身不見傷痕，臉色蒼白，身體還微微抖動。

只見那大漢口齒啓動，道：「冷，冷，冷死我了……」

接著，又是砰砰幾聲大震，餘下的幾人也都倒摔在地。

彭謙伸手放了手中的大漢，仰天打個哈哈，自言自語，道：「定然是他了。」

目光到處，只見那包行，還端坐在原位之上，安然無恙，登時心頭火起，怒叱一聲，縱身直撲過去，人還未到，左手已拍出一掌。

包行霍然起身，右掌一揮，推出了一招「閉門推月」。

但聞砰然一聲，雙掌接實。

彭謙向前撞奔的身子，吃包行一記掌力震得停下來，腳落實地。

包行身子一側，欺身而上，五指箕張，抓向彭謙的右腕脈穴。

彭謙雖然已想到這鄉巴佬是敵人僞裝，但未料到他武功如此高強，不禁心中大爲震駭，立時左臂疾收，避開包行五指，左掌由肘下穿出，擊向包行肋間。

這一招奇幻、快速，迫得包行疾退兩步，避開了一擊。

但包行心記著毒火厲害，如若讓他騰出手來施展，只怕不易對付，當下疾退兩步，又快迅絕倫地向前衝進了兩步，雙手齊出，分取火王彭謙兩處人穴。

彭謙雙掌分出，也硬接一擊。

兩人掌力接實，砰然輕震聲中，各自被震得向後退了一步。

兩人就在小店中，展開了一場惡鬥，這店面雖然不小，但放滿了桌凳，再加上躺了滿地的人，是以兩人的場地，受到了極大的限制。

慕容雲笙抬頭看去，只見兩人著地如樁，文風不動，單憑雙掌，互相攻取，如爲情勢所迫時，就硬拚一招。

細查兩人動手情形，暫時是個半斤八兩之分，看來一百招內，決無法分出勝敗，當下心頭一寬，抬腿兩腳，踢中了兩個青衣童子的暈穴，伸手抽出那青衣童子背後長劍，緩步向外行去。

這時，那中年婦人仍然盤坐在篷車前面調息，那兩女兩男，仍然分別守護在那中年婦人四周。

慕容雲笙轉目望去，只見那長衫老者，並未走遠，只不過停身在三丈開外，和那補鍋老人低聲交談。

慕容雲笙不自禁地微微一笑，暗道：「楊鳳吟果然聰明，三聖門快速絕倫的行動，調集來這多高手，仍然是無法瞞得過她的雙目。」

心中念轉，人卻舉步直對那中年婦人行去。

相距五尺左右時，正等開口，突覺風聲響處，一支虎頭拐，兜頭劈了下來。

慕容雲笙翻身避開，沉聲喝道：「住手。在下是想請問一個人？」

那大漢左手劈出一拐，右手已挺刀而進，聞聲收刀，冷冷喝道：「哪一個？」

慕容雲笙道：「飄花令主是否楊……」

但見寒芒一閃，虎頭拐和雁翎刀一齊攻到。

只見中年婦人緩緩睜開眼睛，望了慕容雲笙一眼，道：「住手。」

那執拐大漢對那中年婦人，應是敬畏異常，立時收住拐勢，向後退開。

中年婦人似是已調息復元，緩緩站起身子，道：「你要說什麼？」

慕容雲笙道：「在下想請教一事，貴主人是否姓楊？」

中年婦人微微一怔，道：「你貴姓？」

慕容雲笙低聲說道：「在下慕容雲笙，夫人可曾聽人說過嗎？」

中年夫人沉吟了一陣，道：「你是慕容公子？」說話之時，雙目盯注慕容雲笙的臉上打量，神色之間，似乎是有些不信的樣子。

慕容雲笙低聲說道：「在下為了掩飾真正的面目，經過了易容改裝。」

中年婦人微微一笑，道：「這就是了……」

突然間，響起一陣蹄聲，打破了中年婦人未完之言。

轉目望去，只見三個白衣人並騎緩行而來，慕容雲笙低聲說道：「雪山三怪。」

中年婦人鳳眉一揚，道：「他們武功很高嗎？」

慕容雲笙道：「在下未和他們動過手，但聽一位老前輩說，他們武功很高。」

只見那青衣老者和補鍋老人，並肩而立，攔在路中，擋住了雪山三怪的去路。

慕容雲笙低聲說道：「他們缺一個人，我去助他們一臂之力。」

中年婦人低聲說道：「不敢有勞公子……」

語聲一頓，接道：「敝上很快就要趕到，我們奉命不能和他們硬拚，三聖門弟子眾多，高手如恆河沙數，但我們卻是精銳盡集於斯，這一戰如是硬拚上，就算我們以一換十，也是得不償失。」

目光轉動，望了兩面的店房一眼，接道：「我相信這兩面客棧之中，埋伏有很多高手，但他們何以不肯出戰呢？」

慕容雲笙道：「在下也在奇怪，就在下停留的客棧而言，三聖門中所有之人，都突然倒摔在地上，不知何故。」

中年婦人微微一笑，道：「這是敝上的安排，公子舉一反三，當知東面這座客棧中，三聖門埋伏之人，也有著同一際遇，全沒了抗拒之能。」

慕容雲笙道：「在下也曾想到，楊姑娘才華冠絕，決不會為三聖門暗算所逞。」

中年婦人嗯了一聲，道：「公子帶有好多人手？」

慕容雲笙道：「區區只有兩人，另一位同來前輩，正在和火王動手博鬥。」

中年婦人目光轉動，四顧了一眼，低聲說道：「敝上安排第三批人手，迄今未至，想是三聖門另派有攔截，一事有誤，事事受牽，此刻，咱們先設法遷入西面客棧之中，憑以拒敵，萬

一敝上預計之事有變，我等也能從容對付。」

慕容雲笙道：「夫人說得是，在下先回店中，助那位長輩制服了火王彭謙，再請夫人入店。」

也不待那中年婦人答話，轉身奔入店中。

抬頭看去，只見神釣包行和火王彭謙，正打入生死關頭。

包行對他施展火彈一事，心中似甚忌憚，是以攻勢極爲猛銳，掌勢綿連，迫得那火王彭謙，無法騰出手來，使用火攻。

慕容雲笙欺身而上，說道：「三聖門一切行動，素來不守江湖規戒，咱們自然也用不著和他們講什麼武林規矩了。」

話落口，右掌一抬，攻出一招，拍向火王彭謙的背後。

火王彭謙大喝一聲，身子一側，右手一招「孔雀開屏」，攔住包行攻勢，左手「拒虎門外」，封擋慕容雲笙的掌勢。

慕容雲笙早已蓄勢以待，待火王彭謙左手一招攻出之後，右手一轉，巧妙絕倫地扣拿住了火王彭謙的脈穴。

彭謙萬沒料到對方竟能在自己攻出一招中，就擒住了自己脈穴，不禁微微一呆。就在彭謙一呆之間，慕容雲笙右手加力，扣緊了彭謙脈穴，左手同時抬起，按在了彭謙命脈穴上，冷冷說道：「閣下如不想死，希望能回答在下幾句問話。」

彭謙冷笑一聲，道：「大丈夫生而何歡，死而何懼，你如想以死亡威嚇彭某人，那是白費心機了。」

包行突然伸手在臉上一抹，擦去了臉上易容的藥物，淡淡一笑，道：「彭兄，識得在下嗎？」

彭謙仔細打量了包行一眼，道：「閣下是神釣包行。」

談話之間，突然步履聲傳入耳際。

回頭望去，只見那手執緬刀的長衫老人，大步而來。

那老者望了火王彭謙一眼，道：「閣下放手。」

慕容雲笙先是一怔，繼而放開了火王彭謙的脈穴。

彭謙長長吁一口氣，道：「多謝大哥。」

長衫老者望了彭謙一眼，道：「兄弟，你可知擒拿你脈穴之人是誰嗎？」

彭謙搖搖頭，道：「不知道。」

長衫老者道：「他就是慕容長青大俠之子，慕容公子。」

火王彭謙轉過臉來，望了慕容雲笙一眼，道：「你是慕容公子？」

慕容雲笙一抱拳，道：「正是晚輩。」

彭謙搖搖頭道：「很難叫人相信。」

慕容雲笙擦去臉上易容藥物，道：「晚輩經過易容。」

彭謙仔細打量了慕容雲笙一陣，低聲說道：「果然有慕容大俠生前的風采。」

慕容雲笙道：「老前輩見過家父？」

彭謙道：「我和義兄三十年前，都受過慕容大俠相救之情。」

長衫老者神情嚴肅地緩緩說道：「兄弟既然還記得，咱們身受慕容大俠的恩情，想來定也

知曉，咱們該如何對待慕容公子吧？」

彭謙道：「兄弟就算有心還情於慕容公子，但形勢格禁，只怕難有所爲……」

黯然嘆息一聲，道：「大哥，可記得你那位賢淑的弟妹嗎？她和你那小姪女，都被三聖門留作人質，小弟不得不爲他們所用了。」

長衫老人臉色一變，道：「有這等事，什麼人這大膽子，敢擄去我那弟妹。」

彭謙道：「小弟只知是那摘星手黃楓道人所爲。」

青衫老者道：「摘星手黃楓，他也在三聖門下嗎？」

彭謙道：「現任三聖門法輪堂主。」

火王彭謙目光轉到慕容雲笙的臉上，道：「慕容公子，拙荊和小女，生死受制，區區昔年積欠慕容大俠的相助情意，無法奉還公子了。」

青衫老者輕輕嘆息一聲，道：「你們夫婦情意深重，這也是沒有法子的事了。」

彭謙道：「大哥能夠原諒小弟，小弟死也甘心了，大哥珍重，小弟要先走一步。」

突然舉手自向頂門之上拍下。

慕容雲笙右手一抬，迅快絕倫地抓了彭謙的右腕，沉聲說道：「閣下苦衷，我等已經知曉，儘管離開就是。」

包行道：「彭兄如肯棄暗投明，兄弟倒有一策，可使彭兄不死。」

四下一掠，低聲說道：「目下這多人中了暗算倒地，彭兄何不仿效他們呢！」

彭謙微微一怔，道：「不錯。」

慕容雲笙右手一鬆，彭謙立時倒在地上，擈入人群之中，混雜其間。

包行轉頭望了青衫老人一眼，淡淡一笑，道：「閣下是流星刀景中天景大俠?」

景中天微微一笑，道：「兄弟退出江湖已久，老邁了。」

包行道：「兄弟聞名已久，今日有幸得晤。」

景中天嘆息一聲，道：「莽莽神州，步步荊棘。兄弟無能披荊斬棘，只好獨善其身，息隱於深山大澤之中了。」

突聞慕容雲笙低聲說道：「雪山三怪來了。」

卅二 計禦强敵

包行抬頭看去，只見雪山三怪，騎著俊馬，並騎站在店外，六隻眼睛，一齊投注在店房之中。

中年婦人帶著兩男兩女，擋在門口處。

包行低聲說道：「雪山三怪，生性殘忍，躁急，見人就要出手，此番竟然是有此耐心，只怕別有圖謀。」

景中天道：「大約三聖門對敝上也有些顧忌，不敢輕視。」

慕容雲笙道：「景老前輩也在飄花門中麼？」

景中天道：「不錯，除了敝上之外，武林中只怕再難有抗拒三聖門的人了。」

突聞一聲淒厲的長嘯，劃空而來，其聲有如傷禽怒嘯，刺耳至極。

厲嘯聲由遠而近，在店門口處，停了下來。

景中天低聲說道：「包兄，可聽得出這聲音嗎？」

包行道：「難道是哨魔邱平？」

景中天道：「不錯，除了哨魔邱平之外，在下還想不出什麼人能叫出這麼難聽的聲音。」

厲嘯過後，一種出奇的寂靜，使人有著大風暴即將來臨的感覺。

緊張的沉寂中，突然響起了幾聲砑然大震，緊接一個冷森的聲音，傳了過來，道：「我等也擒了你們一人，願以交換本門中火王彭謙，不知諸位意下如何？」

牆壁擋住了慕容雲笙的視線，只聞語音傳入耳際，卻瞧不到講話之人。

景中天嘆息一聲，道：「想不到啃魔邱平，竟也為三聖門羅致而去。」

他似是自言自語，也不待人答語，轉身直對那中年婦人行去。

只見景中天低聲和那中年婦人低言數語，緩步行到門口，道：「可以交換，但我們先要證明，我們的人，是否受傷。」

只見人影一閃，一個全身黑衣的中年大漢，手中抱著那補鍋老人，出現店門口處，道：「他中了在下一掌，但傷得不重。」

景中天望望那補鍋老人，道：「閣下是啃魔邱平的兩個魔僕之一？」

黑衣人森冷一笑，道：「不錯，兄弟是左僕刁松。」

輕輕一掌，拍在那補鍋老人的背上，只聽那補鍋老人輕輕咳了一聲，睜開雙目。

刁松接道：「他還好好的活著，但不知那火王彭謙是否還活著呢？」

景中天道：「自然是還活著了。」

回顧了包行一眼，道：「有勞包兄抱過火王彭謙。」

包行應了一聲，伸手抱著火王彭謙，大步行到門口之處。

景中天伸手接過火王彭謙，包行順手解開了彭謙的穴道。

那火王彭謙把幾人對答之言，聽得十分清楚，也就將計就計，裝作暈迷狀態。

景中天輕輕在彭謙背上拍了一掌，暗施傳音之術，道：「兄弟睜開眼睛，我要把你交還給三聖門了。」

彭謙睜開眼睛，故意長長吁一口氣，望了刁松一眼。

刁松目光轉投到景中天的臉上，道：「現在，咱們可以換人了吧！」

景中天故意在彭謙身上拍了幾掌，放了彭謙。

刁松也拍活了那補鍋老人的穴道，放在地上。

兩人同時舉步向前行去，那補鍋老人奔入店中。彭謙卻奔向刁松身側。

刁松望了景中天一眼，道：「在下還有一事奉告，貴門中第三批趕來援手，已在途中受到截擊，大都死亡，只有兩個逃走之人，也受了重傷。」

景中天心頭震動，表面之上，卻不得不裝出鎮靜的模樣，淡淡一笑，道：「多承相告，在下知道了。」

刁松陰森一笑，道：「諸位也快了，你們結伴同行，黃泉路上，也可稍解寂莫。」

景中天道：「未動手前，鹿死誰手，還難預料，閣下不用誇口過早。」

刁松冷冷說道：「就憑你這一句話，在下也該先行取你之命。」

景中天道：「就憑你一個僕從之輩，也敢如此囂張……」

刁松厲聲喝道：「老匹夫，住口。」陡然欺身而上，一掌劈下。

他撲擊之勢，迅快猛惡，有如一道閃電、流星。

景中天身子一挫，緬刀突然間飛旋而出，劃出一道銀虹。

刁松身子一仰，竄出兩丈多遠，冷冷說道：「好刀法，在下回稟過敝東主之後，再來領教。」言畢，轉身而去

只見那中年婦人低聲對兩個揹刀執拐的大漢，和兩位少女低言數語，四人應了一聲，突然舉步向室外行去，在店門外布成了一座方陣。

中年婦人低聲對景中天道：「景兄，咱們把這些暈倒之人移開，看來，只怕要有一場決戰了。」口中說話，自己搶先動手。

景中天、包行、慕容雲笙一齊動手，片刻時光，把暈倒在店中之人，移入廚房。

中年婦人緩步行到一張大桌子旁邊，坐了下去，道：「諸位請坐吧，賤妾想和諸位共商一個拒敵之策。」

景中天、補鍋老人、包行、慕容雲笙，一齊行了過去，圍桌而坐。

那中年婦人輕輕嘆息一聲，道：「看來，三聖門在這一戰，似是全力對付咱們，重重埋伏，層層阻擊，援手已不可恃，眼下之局，就是要憑仗咱們幾人之力，應付危局，賤妾的看法，咱們如是一對一出手硬拚，勝算機會不大。」

景中天道：「夫人之意，可是想破圍而出嗎？」

中年婦人搖搖頭，道：「三聖門高手無數，突圍談何容易，如是咱們實力分散，正好授敵以可乘之機。」

包行道：「夫人之意如何呢？」

中年婦人接道：「敝上才慧絕倫，我想只要咱們能夠撐過一段時光，必有援手趕來，問題是，這一段時間可能很長，也許要三、四個時辰之久。」

景中天道：「夫人有什麼令諭，直說了吧。」

中年婦人道：「咱們要全力求生，不能逞一時豪勇，而單槍匹馬應人挑戰，要分頭守在這

客棧之中，不論那衝進此店的敵手如何高強，都無法勝得過我們合擊之術。」

包行道：「不錯，夫人果然高見。」

中年婦人長長嘆一口氣，接道：「適才賤妾和那文嘯風硬拚了幾招，才有此悟，三聖門中，確然擁有著不少高手，敵強我弱，不宜硬拚，他們大群圍困住我們，我們以小群合鬥他們高手。」

中年婦人目光一掠那補鍋老人，道：「卜兄還能和人動手嗎？」

補鍋老人道：「勉可助幾位一臂之力。」

中年婦人道：「那很好，卜兄可否先在這店中布下使人暈迷之毒？」

補鍋老人笑道：「他們收去我的藥物，但卻搜得不夠仔細。」

口中說話，右手卻從懷中摸出了一支兩寸長短的黃色之物，執於手中，說道：「這是在下精心製成的斷魂香，一經點燃，就有一股青煙，散布開去，凡是聞得此煙香味之人，立時就手足無力，難再和人動手。」

但聞那中年婦人道：「你如燃起此香，我們豈不也要中毒嗎？」

補鍋老人道：「我帶有解藥，諸位只要把解藥塞住鼻孔，那就不致為毒所傷了。」

包行道：「閣下是毒善人卜元亮。」

補鍋老人突然抹去臉上易容藥物，笑道：「正是區區。」

慕容雲笙心中暗道：「這人的外號很怪，既用毒，又稱善人。」

中年婦人目光又轉到景中天的臉上，低聲說道：「那火王彭謙和你有結義之情，只有你設法對付他了。」

景中天道：「在下盡力而為。」

中年婦人道：「好！咱們死中求生，各盡所能，卜兄，先把解藥分給他們。」

卜元亮依言取出解藥，每人一粒。

中年婦人接過解藥，道：「如非情勢所迫，最好不要施用，看我手勢，再燃你的斷魂香。」

目光轉到慕容雲笙的身上，道：「公子是敝上的貴賓，不能受到傷害，如非必要，公子最好不要出手。」

慕容雲笙想爭辯，繼而一想，她說她的，該出手時，我照樣出手就是，用不到和她爭辯了，當下隱忍不言。

那中年婦人分指了各人停身方位，分進合擊的方法，起身向門口行去。

行到門口之處，舉手一招，說道：「你們退入店中。」

那兩男兩女應了一聲，退回店中。

中年婦人低聲吩咐四人道：「你們守住店門，如是遇上了不易對付的高手，就放他們進來。」

兩個勁裝大漢和兩個青衣少女齊齊點頭，應道：「我等遵命。」

慕容雲笙一側旁觀，看得十分清楚，暗道：「從未聽那楊鳳吟談到過這中年婦人是何身分，見她之時，倒要問個明白。」

這時，景中天、卜元亮，已然把店中的桌椅移開，擋在木窗口處，用作阻拒暗器之用，中間留出一片空地。

突然，一聲刺耳的怪哨，傳入耳際，良久始住。

站在門外的雪山三怪，待那哨聲頓住後，立時放馬疾奔而去。

店中群豪雖聽出那是哨魔的怪哨聲，但卻不知那哨聲用意何在。

三怪去後不久，那左僕刁松，突然大步而來，右手之中多了一把奇形外門兵刃，直行店門口處，停了下來，顯然，這番手執兵刃而來，已然準備出手。

慕容雲笙凝目望去，只見那刁松手中兵刃，十分奇怪，形如一條手臂，後面有一個握手的把柄，前面五指，大指、無名指和小指，都挺直而伸，食中二指，卻半屈半伸。

包行急上一步，行到慕容雲笙身側，低聲說道：「公子小心，那奇形兵刃，乃哨魔門下有名的『鐵鬼手』，那些手指之中，都可噴射出暗器，動手之時，也要特別留心才成。」

緊接著一聲刺耳的怪嘯聲，傳入耳際，一個身著黑袍的老人，緩緩走了過來。

在那老人身後，緊隨著一個全身黑色勁裝，年約三旬左右，也抱著鐵鬼手的大漢。

包行低聲對慕容雲笙道：「那黑袍人，就是哨魔邱平，那後面緊隨的黑衣勁裝人，也抱著一個鐵鬼手的，就是哨魔的第二位魔僕，右僕莫善。」

慕容雲笙凝目望去，只見那哨魔邱平，鬚髮皆白，連兩道眉毛，也呈雪白之色，步履緩慢，不慌不忙地行到刁松身側。

那中年婦人立時舉步行到門口。

哨魔邱平一揚兩道白眉，哈哈一笑，道：「原來是齊夫人，想不到啊，齊夫人竟然投身飄花門下。」

但聞齊夫人緩緩說道：「以哨魔邱平之尊，竟然會投入了三聖門下，賤妾也是感覺到奇怪得很。」

哨魔邱平冷笑一聲，道：「齊大俠在世之日，和老夫有過一餐之緣，念在故去齊大俠的份上，老夫網開一面，妳可以走了！」

齊夫人略一沉吟，道：「敝上花令森嚴，賤妾未得令諭之前，離此一步，就死無葬身之地，邱兄的好意只有心領了。」

邱平怒道：「齊夫人可是想和老夫動手嗎？」

齊夫人道：「人不犯我，我不犯人，只要你們不入此居，我等就不出手。」

哨魔邱平仰天打個哈哈，道：「是了，齊夫人可是在客棧設下了埋伏，想誘使老夫入伏？」

目光轉動，望了刁松一眼，道：「你進去見識一下。」

刁松應了一聲，手中鐵鬼手突然向前一推，護住前胸，大步向前行去。

齊夫人突然向後退了兩步，隱入壁後。

刁松滿臉殺氣地行到門口處，一側身子，衝入店門。

但聞勁風下撲，一支鐵拐，迎頭擊下。

刁松一橫鐵鬼手，擋開拐勢，人卻硬向前欺進了一步。

只見人影閃轉，一柄長劍和一柄雁翎刀，分由兩側遞來。

刁松大喝一聲，右腕舞動鐵鬼手，幻起了一片手掌，噹噹兩聲，長劍和雁翎刀盡爲鐵鬼手震盪開去。

景中天低聲說道：「齊夫人，這鐵鬼手中有奇毒暗器，不如放他進來，由在下等對付他們。」

齊夫人微一頷首，右手一揮，輕輕咳了兩聲。

攻勢綿密的劍拐，突然一頓，讓出一條路來。

刁松見對方並未落敗，突然讓出一條路，心中動疑，鐵鬼手護胸，人卻停步不前，一雙神光炯炯的眼神，四下流顧。

兩個執拐大漢和執劍少女，也各自護守在原位，未再施襲。雙方暫成了一個對峙之局。

刁松目光轉動，看了半天，也看不出室中有何奇異埋伏，當下重重咳了一聲，說道：「你們讓開一條去路，那是誘我刁某入伏了，刁某來也。」緩步向前行去。

兩個執拐大漢和兩個執劍少女，迅快地移動身形，又把店門擋住。

刁松冷笑一聲，突然一回頭，鐵鬼手疾向一個青衣少女的背心點了過去。

那少女回手一劍，噹的一聲，射開鐵鬼手。

刁松正待回手變招，突聞一聲冷笑，一雙手臂伸了過來，直向刁松右肘點去。

刁松目光一轉，右臂同時一挫，左掌一抬，拍出一掌。

掌勢快得幾乎和目光一齊到達，看清了施襲人正是景中天。

景中天一抓未中，心知刁松必有反擊，心中對鐵鬼手中所藏的暗器，確也有幾分畏懼，不待刁松反擊出手，人已向後退去。

刁松一振鐵鬼手，正待暗扳機簧，想先傷了景中天，一挫敵勢，哪知背後掌風勁疾，直襲要穴。

刁松一伏身，藉勢向前奔跑兩步，道：「躺下。」一縷銀絲，疾射而出。
刁松出手雖快，但對方早已胸有成竹，躲得更快，毒針射出，早已不見對方人影。
但聞啵的一聲輕響，鐵鬼手激射而出的毒針，釘入壁中，隱入不見。
刁松一擊未中，又向前急進兩步。
這不過是一眨眼間的工夫，刁松步履未穩，景中天已然飄身而至，劈出一刀。
原來，那發拳施襲不讓他扳動機簧之人，正是卜元亮。
他久在江湖走動，知道那鐵鬼手中暗藏毒針，凌厲無比，在遠不及丈的距離之下，縱然是第一等的身手，也是無法避開去，急發一拳，擊向刁松的背後要穴，人卻同時飛躍而起，貼在屋頂之上。
景中天目睹那鐵鬼手暗藏毒針惡毒，心中又驚又怒，探懷取出緬刀，欺身而上，劈出一刀。
緬刀如電光石火，橫裡削來，刁松一腳還未著地，刀光已攔腰劃到。
刁松急急向前一伏身子，前胸貼地，鐵鬼手捲地掃出。
兩人一錯而過，寒芒掠頂，劃落了刁松頭上一片黑髮，鐵鬼手也同時劃破了景中天長衫一角。
快速無比的一招，各極驚險。
這時，慕容雲笙突然欺身而上，掌勢直擊前胸。
鐵鬼手「暗影浮香」，點向慕容雲笙的左臂！
慕容雲笙左手一沉，誘開鐵鬼手，右手突然伸了出來，橫裡一抄，巧妙絕倫地抓住了刁松

右腕，右肘一抬，撞在刁松肘間。

刁松悶哼一聲，向後退開了三步，鐵鬼手也生生被慕容雲笙奪了過去。

慕容雲笙出手一招，奪下了對方兵刃，又撞傷了對方，連自己也似是有些不信，呆了一呆，才向後退出五步。

包行快速絕倫地向前衝進兩步，一指點中了刁松穴道。

景中天、卜元亮、齊夫人，六道眼神，齊齊投注在慕容雲笙的臉上。

顯然，慕容雲笙奪下刁松兵刃的一手，使三人也爲之驚愕萬分。

哨魔邱平心知那刁松的武功高強，鐵鬼手中的毒針更是惡毒無比，就算難是店中群豪之敵，也要有番激戰才會受傷被擒，邱平和二僕久年相處，常日自有聯絡之法，只要刁松遇險，必會發出求救，再行入援不遲。

哪知慕容雲笙出手奪下刁松兵刃，手法太過奇奧，又被包行點中了穴道，一直未曾傳出求救的警號。直待那室中搏鬥停止下來，仍然未聞刁松求救之聲。

哨魔邱平凝目向店中瞧了一眼，不見了刁松，心中微微一震，暗道：「他們怎能在這極短的時刻中，使刁松一聲未出，就被生擒了不成。」

心念轉動，口中卻道：「莫善，你守在這裡，我進去看看。」

邱平大步行到店門口處，緩緩說道：「齊夫人。」

齊夫人由壁後轉出，說道：「什麼事？」

邱平道：「老夫從僕刁松，是否已死？」

齊夫人搖搖頭道：「他還好好的活著。」

邱平怒道：「老夫不信，當今武林之中，能夠生擒老夫從僕的高手不多。除非你們施展迷藥，卜元亮極善用毒，老夫知道。」

齊夫人淡淡一笑，道：「我們憑真本領擒了他，閣下不信，那也是沒有法子的事了！」

邱平冷笑一聲，道：「放了他。」

齊夫人淡然一笑，道：「我們擒了閣下的魔僕，必得釋放才成，但如是閣下之僕傷了我們，閣下要怎麼辦呢？」

邱平道：「你們不放，老夫也會救他。」突然舉步，直向客棧中行去。

齊夫人心知自己之力，不宜和他硬拚，右手一揮，迅快地向左側退出三步。

那執拐大漢和佩劍的青衣少女，也迅快向後避開。

邱平傲然一笑，緩緩向前行了四、五步，停下身子，日光轉動，只見四周各有高人守候於方位之上。

邱平聲音突變冷厲，道：「景中天、卜元亮，妳齊夫人，再加上魚痴包行……」目光轉到慕容雲笙的身上，接道：「這一位年輕的是何許人物？」

齊夫人略一沉吟，道：「邱護法既不是和我們論交而來，似是用不著問的太清楚吧？」

其實，哨魔邱平面對著武林甚是有名的幾大高手，心中亦是毫無把握，能夠獨對四人。

雙方心中各有顧忌，一時間，暫都忍下未動。

這時，雙方都暗中提聚真氣，已到了劍拔弩張之境，如若再不出手，勢必要收勢退下。

但雙方心中都明白，此時此刻，誰也不能收勢，只要勢道一收，對方即以排山倒海之勢，攻了進來。

全場中人，只有慕容雲笙未作繭自縛，眼看著雙方都無法再挺下去，片刻之間，非要動手不可，心中突然一動，暗道：「我如能夠設法，引動那哨魔邱平向我發出一擊，其必將露出甚多破綻，包行、景中天等都可乘勢施爲，暗行攻襲，也許可以把此人傷在手下了。」

心念一動，立時施爲，突然大喝一聲，揮掌向哨魔邱平攻了過去。

那哨魔邱平提足真氣，已到了難自駕馭之境，慕容雲笙這一撩撥，本能地反擊過去。

只見他雙掌齊揚，一股強厲絕倫的力道，反撞過去。

慕容雲笙心中早有算計，並未存心和對方硬拚，掌勢攻出，人卻借勢騰空而起，斜裡飛出八尺。

哨魔邱平掌勢擊空，因爲力道太過強猛，竟是無法自主，身不由己地向前衝行兩步。

但聞一陣轟轟之聲，塵土飛揚，慕容雲笙停身處後面的牆壁，吃那哨魔邱平強烈的掌力擊中，一堵牆壁撞了一個兩尺見方的大洞。

就在慕容雲笙腳落實地的同時，景中天突然飛躍而起，直向哨魔後背，攻出一掌。

邱平吐氣出聲，右膝跪著實地，穩住了向前奔撞的身子，左手反臂擊出。

雙掌接實，響起了一聲大震。

景中天向前奔飛的身子，和邱平對了一掌之後，生生被震得倒退回去。

幾乎在同一時刻，卜元亮、包行，雙雙向前攻出，各出右掌，分襲哨魔邱平兩處大穴。

邱平雙掌一分，左拒卜元亮，右擋包行。

三個人四隻手掌在同時間接觸，各憑內功，硬拚了一招，掌勢相觸，連續響起了兩聲大震，包行吃那邱平強猛的掌力，震得身子一顫，向前奔衝之勢，陡然間停了下來。

卜元亮卻被震得身不由主地一連向後退了四、五步遠。

在片刻時光，哨魔邱平和景中天、包行、卜元亮各對一掌，慕容雲笙凝目望去，只見那包行、景中天，雖未閉上雙目調息，但神色之間卻可瞧出，正自暗中運氣壓制著激動的氣血。

邱平和三大高手各對一掌，雖然稍佔上風，但亦覺真氣不繼，肅立原地，運氣調息，不敢輕易出手對人施襲。

慕容雲笙打量過店中形勢，心中暗暗忖道：「這邱平武功如此高強，如若任他留在店中，那可是一大禍害，三聖門中再有高手施攻，邱平在內出手，裡應外合，我等是死無葬身之地了。」

心中念轉，突然暗中提聚真氣，欺身而上，拍出一掌，邱平對慕容雲笙最是惱恨，如不是慕容雲笙引他一掌發空，那蓄勢一擊，至少可擊斃一人。眼看慕容雲笙一掌擊來，立時一側身子，反手一招，疾向慕容雲笙脈穴之上扣去。

慕容雲笙一挫腕，避開一擊，左掌疾快穿出，點向邱平肋間。

只見兩人掌指交錯，展開了一場惡鬥，彼此都以快速絕倫的手法過招，片刻之間，兩人已互相攻出二十餘招。

齊夫人蓄勢戒備，只要一見那慕容雲笙有何危險，立時出手相救，哪知兩人交手二十餘招，慕容雲笙竟然仍能支撐不敗，心中大感奇怪。

同時，哨魔邱平，臉上也露出驚異之色。

只見他疾攻兩掌之後，突然向後退出三步，道：「住手。」

慕容雲笙暗暗吁了一口氣，這老魔頭攻勢綿密，掌指攻勢中，混著擒拿、點穴手法，實叫人防不勝防，如在未學亡父的武功之前，只怕難以接他三招。
但聞邱平冷冷說道：「你是慕容長青的什麼人？」
慕容雲笙道：「那是先父。」
邱平冷哼一聲，道：「原來是慕容公子，老夫失敬了。但令尊在世之日，對老夫也還有三分客氣，你卻對老夫如此無禮。」
慕容雲笙冷笑一聲，道：「先父爲三聖門所害，閣下來自三聖門，在下就算想尊敬閣下，也是敬不起來了。」
邱平道：「公子怎知令尊是三聖門所害呢？茲事體大，公子不可隨口胡言。」
慕容雲笙道：「就在下所聞所見中綜合所得，大概是三聖門了。」
邱平道：「公子有何證明？」
慕容雲笙微微一怔，暗道：「看來，他對我很容忍了，只是證明卻是無法提出。」
心中一急，終被他想出一事，道：「家父故居和埋骨之地，都有三聖門中人守護，凡是前往奠靈、拜墓者，一律搏殺，那還不足證明嗎？」
邱平道：「不足證明，慕容大俠被害一事，天下震動，公子如想替父報仇，必得找出確切證據，那時登高一呼，自有人爲你助力。如若只憑臆測，只怕要陷入歧途，不克自拔了。」
慕容雲笙道：「如若在下能找出證據，閣下是否能夠助我呢？」
邱平道：「自然老夫也將助你一臂之力。」
慕容雲笙大感意外，呆了一呆，道：「閣下既已知我身分，不知準備如何？」
邱平道：「老夫與慕容長青有過數面之緣，他人雖已死去，但老夫心中對他仍極敬仰，因

此，不願傷害公子。」

慕容雲笙道：「但你奉命而來，豈能就這般撒手而去？」

邱平道：「老夫奉命搏殺飄花門人，並未奉命對付慕容公子。」

邱平長長吁一口氣，道：「不過，老夫要先說明白，老夫對公子放手，只此一回，公子如有需老夫相助之處，亦望說出，此次過後，下不爲例了。」

慕容雲笙拱手說道：「盛情心領，等在下找出殺我父母的確切證據之後，再請老前輩相助不遲。」

邱平道：「好！看在公子份上，老夫也放他們一馬。」轉身向外行去。

慕容雲笙緩步隨在邱平身後，行到店門口，拱拱手，道：「老前輩多多保重，晚輩不送了。」

邱平霍然轉過身子，雙目盯注在慕容雲笙的臉上，瞧了一陣，道：「慕容公子，老夫想請教一事。你是飄花門中人？」

慕容雲笙道：「不是。」

邱平道：「那很好，三聖門和飄花門的事，希望公子能夠置身事外。」

慕容雲笙道：「好！老前輩金玉之言，晚輩會仔細考慮。」

語聲一頓，接道：「晚輩也想請教一事，不知老前輩肯否見告？」

邱平道：「只要老夫知曉，大約不會使公子失望。」

慕容雲笙道：「晚輩聽到一點消息，貴門中除了對付飄花門和女兒幫外，還準備殲滅一部分武林高手，那些人都是先父昔年的故交，準備起而扶助晚輩，覓尋昔日殺害晚輩父母的仇人。」

邱平道：「有這麼一件事，但傳言卻有誤會，顯然有人故意嫁禍。」

慕容雲笙道：「此語何意？」

邱平道：「三聖門因實力擴展迅速，引起了很多門派的不安，據老夫所知，有一部分武林高手，暗中聯合，準備對付三聖門，挑破三聖門各地分舵，只是他們事不機密，消息卻提前走漏，三聖門亦準備在他們行動之前先予殲滅。」

慕容雲笙點點頭，道：「多承指教了。」

邱平突然長長吁一口氣，道：「公子，老夫之言，只怕難消你心中之疑。」

慕容雲笙道：「諸般事跡巧合，叫晚輩很難在片刻間，盡除心中之疑。」

邱平道：「不論公子是否相信，你都必須在半個時辰內動身離此，老夫看在令尊份上，網開一面，決不讓他們留難公子，如是公子在半個時辰之內還不離開，老夫也就無法維護閣下了。」

慕容雲笙一拱手，道：「你已盡心，晚輩就戰死斯地，也一樣感激盛情。」

邱平點點頭，不再多言，帶著莫善轉身急步而去。

慕容雲笙退回店中，低聲對包行說道：「老前輩對那邱平爲人知曉多少？」

包行道：「武林中不稱他爲哨仙、哨聖，而稱他哨魔，其人如何，不言可喻了。」

慕容雲笙道：「適才他和晚輩一番對答之言，老前輩都聽到了麼？」

包行道：「都聽到了。」

只見卜元亮睜開雙日，輕輕嘆息一聲，道：「這魔頭好惡毒的掌力。」

目光轉到那中年婦人身上，道：「齊夫人，咱們要死守此地呢，還是要破圍而去？」

齊夫人探首望望天色，道：「咱們再等一個時辰，如是還不見令主或援手趕來，諸位就各憑手段，逃離此地。」

目光轉到包行和慕容雲笙臉上，又道：「兩位非我飄花門中人，如若不願守此，儘管請便。」

包行輕輕咳了一聲，道：「既然我等遇上了，總不好半途棄手而去。」

突聞夫人的聲音，傳了過來，道：「卜元亮，準備燃放你那毒香，咱們以寡敵眾，施些手段，也是應該。」

卜元亮一挺胸道：「香早備好，夫人隨時下令，在下即可點燃。」

突聞景中天冷哼一聲，道：「果然，他們要用火攻。」

慕容雲笙橫移兩步，順著窗口向外望去，果見四個大漢，手執火把，大步行了過來。

包行回目一顧，只見那壁角處堆滿了兵刃，順手撿起了兩把單刀，握在手中。

慕容雲笙也選了一把長劍，揹在身上，順手又撿了兩把匕首，藏入懷中。

火光一閃，一支火把，直向店中投了過來。

齊夫人冷哼一聲，道：「看來，他們準備施用火攻，連數十個屬下存亡生死，也不顧及了。」

景中天右手一伸，接住火把。

只見卜元亮右手一伸，迅快地由景中天手中搶過火把，投擲出去。

同時，左手從懷中摸出一個玉瓶，打開瓶塞，倒出很多白色的丹丸，道：「諸位各自含在口中一粒，這火把冒起藍煙不對。」

只見景中天身子一顫，向地上倒去。

包行和齊夫人見情勢嚴重，急急伸手取過藥丸，含在口中。

卜元亮蹲下身子先把一粒丹丸，投入景中天口中，才抱起景中天隱入壁後。

齊夫人長長吁一口氣，道：「和三聖門中打交道，當真得小心才成。」

語聲甫落，只見火光連閃，六、七支火把，直向店中飛來。

包行一閃身，行出店外，兩手開出，接住了兩支火把，反擲過去。

齊夫人冷冷說道：「以牙還牙，你們也準備施用暗器。」

兩個大漢應了一聲，突然舉起手中虎頭拐。

只見兩人虎頭拐在手中轉了一轉，嗤嗤兩聲，兩支強力的鋼箭破空而出，緊接著兩聲慘叫傳來，四個投擲火把的人，登時有兩個應聲而倒。

兩個大漢一轉虎頭拐，又是兩支強箭射出，四個手執火把而來的大漢，盡傷在強力的鋼箭之下。

忽見包行一躍入店，道：「雪山三怪來了。」

慕容雲笙突然對齊夫人一抱拳，道：「在下想迎戰雪山三怪，還望夫人允准。」

齊夫人怔了一怔，道：「你一個人麼？」

目光轉到包行臉上，道：「包兄意下如何？」

包行面現為難之色，略一沉思，道：「在下想為慕容公子掠陣。」

齊夫人道：「既是如此，兩位請出手吧，如是我等應該相助之時，自會及時出手。」

包行神情肅然地緩步行到慕容雲笙身前，道：「雪山三怪，各擅暗器，世兄要小心一些。」

卅三　再現花令

慕容雲笙大步行出店門，包行緊隨其後追了出去。

這時，慕容雲笙已然抽出長劍，平橫胸前，和雪山三怪對峙而立。

雪山三怪並肩而立，白色衣袂和長髮，同時在風中飄動。

只聽雪山三怪居中一人，冷冷說道：「你是什麼人？」

慕容雲笙道：「區區慕容雲笙。」

那居中白衣人似是三人之首，只見他目光一抬，冷冷地望了慕容雲笙一眼，道：「在下未聽過這個名字。」

慕容雲笙冷笑一聲，道：「一個人在江湖上的盛名，未必就能代表他真實的武功，恕在下不願請教三位姓名了。」

居中一怪道：「好大的口氣。」

右手一揮，接道：「老三去教訓他一頓。」

站在右首的白衣人應聲而出，緩步直對慕容雲笙行來，右手同時從背上拔出一支似筆非筆，似劍非劍之物，道：「你要和在下動兵刃嗎？」

慕容雲笙道：「嗯！兵刃奇怪，未必就能證明一個人的武功高強。」

三怪臉色一變，原來白中透青的臉上，此刻更泛起一片茫茫青氣，道：「湯三爺蛇頭判下，從無走過百招之人，你要小心了。」

語聲甫落，蛇頭判一振，幻起兩股寒芒，分刺慕容雲笙前胸兩處大穴。

慕容雲笙手中長劍平平遞出，忽的一翻，噹的一聲，格開三怪手中蛇頭判。

這一劍看似平淡，但卻難在那恰到好處時的劍翻身，正是三怪兵刃遞老，變化已盡之時。對手一招，慕容雲笙已從三怪手中，搶回主動，一連反擊五劍。

這五招劍勢，招招緊接，名雖五招，實則綿延不絕，有如一劍。

五招連環而出構成了一片緊密劍網，迫得三怪連退五步，連封帶躲，才算把一輪急攻避開。

慕容雲笙這連環劍勢，本是八招一氣呵成，但他尚未能完全純熟，用出五劍，第六招變化忘記，凌厲的攻勢，陡然一緩。

慕容長青拳劍成就，雄峙江湖數十年，未遇敵手，自有它獨特之處，原來，他收集天下劍法之長，以無上智慧，把它連結成一套一套的連環式，再加上自己獨出心裁的變化，構成他劍法上特性，平常高手，大都難擋他一輪連環快攻，是以慕容長青生前，手下很少有十回合以上的敵手。

慕容雲笙忘去的三招，也是這一套連環快劍較厲害的招數。

就在慕容雲笙思索劍招，攻勢一緩之際，那三怪陡施反擊，蛇頭判伸縮搶攻，閃起了點點寒芒。

慕容雲笙由攻改守，一掄長劍，幻起了一片護身劍幕。

但聞一陣叮叮咚咚之聲，三怪的蛇頭判，盡為那幻起的劍光震盪開去。

三怪連攻了十餘招，都為慕容雲笙幻起的劍氣封擋開去。

但慕容雲笙雖都封擋開三怪蛇頭判一輪快攻，卻未藉勢反擊，一時間，執劍肅立當地。

三怪蓄勢待敵，卻不見慕容雲笙出手，不禁膽氣一壯，暗道：「這小子大約是只學得一、兩招奇異劍法，無以為繼了。」

心中念轉，陡然大喝一聲，挺動蛇頭判，直攻過來。

就在三怪發動施襲的同時，慕容雲笙也振劍而起，反擊過去。

長劍打閃，直襲過去，蛇頭判也撒起了漫天寒芒，攻了過來。

原來，三怪想一招傷敵，蛇頭判施出了一招「狂風落英」的惡毒招數。

長劍和蛇頭判懸空一接，響起了一陣金鐵交鳴。

慕容雲笙長劍有如神龍出雲，長劍暴伸而起，從三怪頭上掠過。

三怪卻疾忙而下，腳落實地。

這一招太快，快得人無法看得清楚。

只見慕容雲笙一掠丈餘，由大怪、二怪身側飛過，才落實地，一個旋身，陡然回飛，連人帶劍，回射而來。

慕容雲笙去時，掠過二怪身側，舉動太過快速，沒有出手的時間，此番揮劍回襲，二怪早已有了準備，聽風辨位，頭未轉顧，腳未移動，右手一揮，銀芒疾閃，攻了慕容雲笙一招。

但聞一陣金鐵交鳴之聲，傳入耳際，一條蛇頭軟索鏈，吃慕容雲笙那流星閃電一般的劍光，直震開去。

不過，慕容雲笙受此一擋之勢，長劍頓然一緩，攻向三怪的劍勢，大爲減弱。

三怪借勢身子一閃，避開了一劍，蛇頭一伸，點向慕容雲笙的前胸。

慕容雲笙原本搶得的先機，又爲三怪佔去。

但他防守劍式，記得純熟，隨手揮劍，章法自然。

三怪連攻五招，都爲慕容雲笙長劍擋開，由守變攻，展開反擊。

一輪快劍，有如排山倒海，又迫得三怪沒有還手之力，連連倒退，險象環生。

大怪、二怪，眼看慕容雲笙劍招奇幻，牛不僕見，再打下去，三怪非傷在劍下不可。

兩人心意相通，相互望了一眼，齊齊欺身而上。

二怪身子一動，兵刃隨即出手，軟索蛇頭鏈一招「流星趕月」，連連擊出。

此一軟索鏈，索鏈極長，可攻到一丈開外的敵人，蛇鏈挾勁風，點向了慕容雲笙的背心。

包行目睹二怪出手，立時大喝道：「世兄小心。」

口中喝叫，人卻疾向前面衝去。

慕容雲笙一伏，長劍「浮雲掩月」，幻起一片劍芒，橫削過去，寒芒過處，削落了三怪頭上一綹長髮，雖未及肌膚，但已嚇得三怪一身冷汗，暴退五尺。

慕容雲笙一劍驚退三怪，身形斜轉，「巧看七星」，身子半蹲半臥，長劍斜裡劃出，一劍斬在二怪軟索之上。

但那二怪鏈上軟索，乃髮絲合以金線絞成，韌度極強，慕容雲笙劍勢，雖然斬中軟索，卻是無法傷它。

二怪一擊未中，人已欺到慕容雲笙身前三尺左右處，右手一頓，收回蛇頭鏈，左手匕首一

抬，一縷寒芒，指向慕容雲笙握劍的右腕。

慕容雲笙一提氣，身子陡然向後退了兩步，長劍一振，反擊過去，劍勢直刺向二怪小腹。

二怪不退反進，左手匕首揮動，擋開了慕容雲笙攻來的一劍，匕首伸縮，攻出三招。

慕容雲笙長劍封開匕首，還了五劍，把二怪迫退兩步，這時，三怪又從慕容雲笙身後攻上，兩人布成了合擊之勢，二怪右手軟索蛇頭鏈遠攻，手中匕首近取，再加上三怪的蛇頭判，攻勢銳猛至極。

包行飛步而出，卻爲大怪橫身攔住，兩人赤手空拳，以肉掌相搏。

這兩人雖不動兵刃，但掌勢的纏鬥，卻也是激烈絕倫，不時響起了劈劈啪啪之聲。

慕容雲笙初戰雙怪時，確有些手忙腳亂，應付不暇，但鬥到二十招後，逐漸沉著下來，劍招連轉，力鬥二怪。

包行振起精神，獨拚大怪，雖然身居劣勢，但暫時可保持個不敗之局。

慕容雲笙力敵二怪，劍勢矯若游龍，縱橫自如，反而佔了一點上風。

搏鬥間，突聞一陣急促的馬蹄聲，傳了過來。

大怪急攻兩掌，迫退包行，大聲喝道：「退下。」

二怪、三怪應了一聲，齊齊向後躍退。

慕容雲笙初經大敵，雖未落敗，但卻打得十分緊張，二怪退去，也未追趕。

轉頭望去，只見兩匹健騾，拉著一輛黑色篷車，快速地奔行了過來。

雪山三怪望了那篷車一眼，迅快地退回對面店中。

仔細看去，只見那篷車要較其他的篷車小些，車前用水晶石做成兩處小窗，車中黑暗，外面之人，無法瞧得車中景物。

那篷車突然緩了下來，轉向慕容雲笙等停身的店中行來。

齊夫人、景中天、卜元亮，突然迎向篷車，欠身作禮，道：「參見花主。」

一股濃重的花香，隨風飄了過來，撲入慕容雲笙鼻中。

慕容雲笙抬頭看去，只見那篷車頂篷之上，放著四個白玉盆，盆中各種一株奇花，盛開著雪白花朵，強烈的花香，就從那盆花中飄了過來。

只聽一個輕柔的聲音，由篷車中傳了出來，道：「不用多禮。」

齊夫人、景中天、卜元亮，齊齊挺身肅立車前。

篷車中又飄出那柔柔清音，道：「三聖門設下了重重埋伏，而且不擇手段，以致趕援而來的第三批好手中伏苦戰，全數死亡，你們竟然能安然無恙，這倒是大出我意料之外。」

齊夫人道：「如非慕容公子仗義相助，屬下等怕也早已身遭毒手了。」

篷車中傳出了一陣清脆的笑聲，道：「多承公子相助我的屬下，謝謝你了。」

慕容雲笙心中暗道：「她如是楊鳳吟，何以不下車和我相見，她既不肯下車相見，我倒也不便冒昧呼叫她了。」

心中念轉，雙手一抱拳，道：「不敢當，在下和貴門中人，合力求生，算不得助拳。」

篷車中再傳出那清脆的聲音，道：「剛才和你們動手的，可是雪山三怪嗎？」

齊夫人道：「正是雪山三怪，此番三聖門中雲集於斯的高手，除了雪山三怪之外，還有哨魔邱平和文嘯風等幾人。」

車中人道：「他們可都在對面的店中嗎？」

齊夫人道：「不錯，都在客棧之外。」

車中人道：「知道了。」

突見篷車啓動，一片紅花，由車中飄飛而出，直向對面店中飛去。

齊夫人、景中天等心中明白，花主在殺人之前，必先傳出花令，是以肅立觀變。

只見那紅花飄飛入對面店中，消失於視線之中。

片刻之後，突見雪山三怪，並肩而出，直對那篷車行了過來。

只見雪山三怪到篷車七尺左右處，突然停了下來，欠身道：「花令相召，不知有何吩咐？」

這變故，不但看得慕容雲笙爲之一呆，就是齊夫人、包行等，也都看得瞠目結舌，不明所以。

車中傳出一聲冷笑，道：「兩個月之前，你們立下的誓言，還記得嗎？」

雪山三怪齊聲應道：「記得。」

車中又道：「你們圍攻我的屬下，算不算有背誓言呢？」

居中而立的首怪，抬頭應道：「不算，咱們答應花主的是，遵從花主之命，花令所諭，我等遵命行事，但花主的屬下，並非花令。」

車中人語聲一變，冷然說道：「三位現在是否要遵從花令呢？」

大怪道：「我們兄弟已經立過重誓，自然要遵從花令了。」

車中人道：「好！你們現在去幫我生擒哨魔邱平過來。」

大怪一欠身，道：「我們盡力而爲。」三怪一齊轉身而去。

車中人道：「慕容公子，你是否和人訂有一個約會呢？」
慕容雲笙道：「不錯，在下和人訂有一個約會，在九華山中，不過約期還未到。」
車中人道：「我還道你忘記了。」
慕容雲笙只覺其間疑竇重重，但卻又想不出原因何在，這時，突聽到一陣呼喝之聲，傳了過來，抬頭看去，只見那哨魔邱平帶著從僕莫善和雪山三怪，由對面客棧中打了出來。
雙方惡鬥，愈來愈見激烈，二怪、三怪各被邱平逼得亮出了兵刃動手。
搏鬥中突聽到邱平大喝一聲：「著。」
砰然一聲，擊落了三怪手中的蛇頭判。
大怪怒喝一聲，一掌擊中莫善，只打得莫善一連向後退了三步。
三怪人極剽悍，左手疾攻一掌，右手一探，又撿起了地上蛇頭判。
哨魔邱平冷冷說道：「爾等當真想死嗎？」喝聲中雙掌一緊，攻勢更見猛惡。
慕容雲笙低聲說道：「哨魔武功，果非小可，看來雪山三怪難是他的敵手。」
語聲未落，突聞刺耳驚心的哨聲，傳入耳際，哨聲震耳中，邱平掌勢更見凌厲。
三怪首先不支，棄去兵刃，倒摔在地上。
這時，二怪手中兵刃，也已脫手而飛，身軀晃了幾晃，倒坐在地上。
雪山三怪已然有兩個人倒摔在地上，只有大怪一人，還在拚力苦撐。
突然聽那大怪慘叫一聲，身子搖了幾搖，噴出一口鮮血，摔倒地上。
那刺耳扎心的難聽哨聲，亦突然間停了下來，哨魔邱平似是累到了無法再行支持的地步，雙肩晃動了一陣，才穩住了馬步。

只聽篷車中傳出一聲冷笑，道：「邱平，你傷害雪山三怪，回到聖堂後，如何交差？」

哨魔邱平似是盡量保持自己的平靜，長長吁一口氣，道：「他們逼迫老夫動手，如何能怪老夫？」

只見篷車啓動，一片紅花，飄飛而出，直向哨魔邱平臉上飛了過去。

邱平右手一抬，接住紅花，忍不住低頭看去。

只見哨魔邱平望了那紅花一眼，臉色突然一變，望著紅花，呆呆出神。

場中一片靜寂，但那靜寂中卻有著一種無形的力量，迫得人喘不過氣。

片刻之後，邱平恭恭敬敬地撿起地上的紅花，略一沉吟，直對篷車行了過來。

只見哨魔行近篷車後，停了下來，恭恭敬敬一抱拳，道：「交還花令。」

車中人道：「放在車前那玉盒之中。」

邱平望了那玉盒一眼，左手揭起盒蓋，緩緩把手中一片紅花放入玉盒之中。

車中人低聲說道：「退後五步。」

邱平依言向後退了五步，一抱拳，道：「邱平敬候花諭吩咐。」

慕容雲笙心中暗道：「她饒過那雪山三怪之命，那雪山三怪又立下過誓言，聽她之命，還說得過去，但這哨魔邱平明明和她初次相會，何以竟也會聽她之命？難道那花令之上，有什麼震懾人心之處不成？」

但聞車中人緩緩說道：「去把那文嘯風帶來見我。」

邱平略一沉吟，應了一聲，回身而去。

片刻之後，只見那哨魔邱平，帶著文嘯風大步行了過來。

邱平行近篷車，一抱拳，道：「在下幸未辱命，帶到了文嘯風。」

文嘯風望望篷車，道：「在下文嘯風，不知花主有何見教？」

車中人緩緩說道：「邱平，你們三聖門在此的主腦人物，還有何人？」

邱平道：「都在此地了，雪山三怪，區區在下，和這位文嘯風兄。」

車中人冷笑一聲，道：「雪山三怪都傷在你的手中，文嘯風親目所睹，這件事，他豈能隱匿不報？」

邱平道：「雪山三怪，逼我出手，那也是沒有法子的事。」

車中人道：「我爲你借箸代籌，不知肯否聽從？」

邱平道：「請教高見。」

車中人道：「殺死文嘯風滅口，豈不是死無對證了。」

邱平道：「雪山三怪背叛三聖門，逼迫在下出手，咎由自取，在下自動投訴聖堂說明經過，在下乃爲情勢所迫，權變保命，情有可原。」

車中人發出一串銀鈴般的笑聲，道：「眼下有兩條路由你選擇，一條你等待著，一個時辰後死亡臨頭，一條是殺人自救，掌斃文嘯風換你之命。」

邱平望了文嘯風一眼，道：「這個，恕在下無法從命。」

車中人冷笑一聲，道：「你很有豪氣，面對死亡，卻毫無所懼。」

邱平回顧了文嘯風，道：「文護法請回吧。」

文嘯風對邱平似是極爲敬重，應了一聲，回身而去。

車中人對文嘯風的離去，渾如不見，也未出言阻止。

雙方都沉默下來，一時間寂靜無聲，靜得可聽到彼此的呼吸之聲。

突然間，哨魔邱平縱身而起，直向篷車撲去，一語不發，陡然發難，快得有如電光石火一般，慕容雲笙等雖然都距篷車不遠，但卻無一人能夠及時出手阻擋。

只見邱平左手一探，揭開了窗，右手一揮，直向車內劈出。

慕容雲笙等，站在篷車一側，無法看到篷車中的景物。

但聞邱平冷哼一聲，整個的身子，飛入了篷車之中。

那原本停住的篷車，也突然向前奔馳而去，哨魔邱平身陷篷車之內，隨車而去。

這一變，不但大出了慕容雲笙等意料之外，就是齊夫人、景中天等，也不明所以，呆呆地站在原地。

但見兩片紅花，由那飛馳的篷車中飄了出來，一片飛向齊夫人，一片飛向慕容雲笙。

慕容雲笙左手一伸，直向紅花抓去，只見上面寫道：「速回洪州杏花樓，賤妾今夜造訪，閱後妥為收藏。」

回頭看去，只見齊夫人也正把收得花令，藏入懷中。

慕容雲笙一抱拳，道：「今日得遇夫人，至感榮幸，但願還有見面討教之機。」

齊夫人微微一笑，道：「我等也奉得花主令諭，趕援他處，公子珍重了。」

慕容雲笙回顧了包行一眼，道：「咱們走吧！」轉身向前行去。

齊夫人目睹包行和慕容雲笙去處，才帶著景中天、卜元亮及四個僕人，轉奔向東南而去。

慕容雲笙道：「咱們快些回去吧，希望申二叔、雷五叔、程老前輩，都安然無恙。」加快

腳步，向前行去。

兩人趕回杏花樓，直奔南跨院之中，只見申子軒、雷化方、程南山正在廳中等得焦急，目睹兩人安然歸來，大喜過望，齊齊迎了上去。

申子軒目光望著慕容雲笙，口裡卻對包行說道：「包兄，沒有遇上麻煩嗎？」

包行哈哈一笑，道：「麻煩大了，兄弟數十年經歷中，今日是最凶險的一戰。」

雷化方吃了一驚，道：「遇上的什麼人？」

包行道：「雪山三怪、哨魔邱平和他那兩個魔僕，再加上文駝子文嘯風，和火王彭謙，夠了嗎？」

申子軒呆了一呆，道：「有這等事，這些人都在三聖門中嗎？」

包行道：「都在三聖門中。」

申子軒神情木然地說道：「這多高手環伺之中，你們能安然回來，包兄的武功，真叫兄弟敬服了。」

包行望了慕容雲笙一眼，道：「今日世兄鋒芒，不論三聖門，或是飄花門中人，都對他刮目相看。」當下把經過之情，很仔細地說了一遍。

申子軒長長吁一口氣，道：「原來如此，但這杏花樓中，卻是毫無警兆。」

慕容雲笙輕輕嘆息一聲，道：「目下飄花門，似是已經正式和三聖門為敵，咱們未了解全盤局勢之前，倒不便貿然行動了。只有待今夜見過那飄花令主之後，再作計議。」

申子軒道：「怎麼？楊姑娘今晚要來。」

慕容雲笙道：「現在還不知道，待今夜見過之後，才能知曉內情。」

申子軒道：「那麼，咱們剪燭候駕就是，你們力鬥強敵，該好好休息一下了。」

慕容雲笙道：「包叔也要好好休息一下才是。」緩步行入室中，盤坐調息。

半日易過，不覺間，已到掌燈時分。

申子軒、雷化方，心中都認定那飄花令主，必然是楊鳳吟，吩咐店家，準備了一桌上好酒席，準備迎待佳賓。

三更時分，店家送上酒席。

雷化方燃起四支紅燭，照得廳中耀如白晝。

大約三更左右，虛掩的廳門，突然大開。

申子軒、雷化方齊齊站起身子，說道：「是楊姑娘嗎？」

只聽一陣清脆的嬌笑，一個身著青衣的少女，緩步行了進來。

只見她美目流盼，掃掠了廳中一眼，緩緩說道：「我不是楊姑娘。」

只見她眨動了一下圓圓的大眼睛，道：「哪一位是慕容公子？」

慕容雲笙緩步由室中行了出來，道：「區區便是，姑娘有何見教？」

青衣少女道：「花主臨時有了要事，不能趕來，特別遣小婢來此，奉告公子一聲。」

慕容雲笙有一種被輕視的感覺，陡然間泛上心頭，當下冷然一笑，道：「姑娘辛苦了，敬請回覆貴上，就說在下也有事待理，不能在洪州多留，明日就要離此，貴上既是很忙，此約就作罷論。」

青衣少女怔了一怔，道：「小婢來此之意，就是想告訴公子一聲，把今夜之約，移向明晚……」

慕容雲笙接道：「不用了，在下等明日午時之前，一定要動身。」

青衣少女鎖起了柳眉，道：「小婢奉命而來，旨在挽留公子，更改約期，如若公子一定要走，豈不是叫小婢爲難嗎？」

慕容雲笙道：「在下並非飄花門中人，貴上的令諭，在下也未必定要遵從，而姑娘把話傳到，已然完成了貴上之命，等與不等，那是在下的事了，姑娘歸見貴上時，據實而言，在下想不出，貴上有何理由，要責備姑娘。」

青衣少女柳眉聳動，似要發怒，但她終於又忍了下去，緩緩說道：「既是如此，小婢只有據實回報花主了。」

那青衣少女無可奈何，轉身緩步而去。

申子軒目睹那青衣少女去遠，才輕輕嘆息一聲，低聲對慕容雲笙道：「賢侄，這是爲何呢？至少，咱們目下不能再和飄花門爲敵，何況那楊姑娘遣女婢來此通知咱們，那也不算失約了。」

雷化方低聲對申子軒道：「賢侄頗有大哥之風，外和內剛，飄花令主不守信約，似是傷害了賢侄自尊。」

慕容雲笙沉聲說道：「咱們和飄花門毫無淵源，和那楊姑娘也不過是一面之識，人家願幫助咱們，咱們應該感激，如是人家不願相助，咱們也要盡力而爲，查出殺害先父的仇人。」

申子軒道：「賢侄決心明日離此，是否已胸有成竹？」

慕容雲笙道：「小姪想先到少林寺中一行，一則瞻仰一下那座名聞天下的古刹，二則，也好順便訪查一下少林寺的情形。」

程南山道：「不論咱們行向何處，都無法逃出那三聖門、飄花門的耳目監視。」

雷化方道：「程兄之意，是咱們要易容改裝？」

程南山道：「在下不相信，我們就沒有方法改裝得掩過三聖門的耳目。」

突見人影一閃，包行陡然間出現在廳中。

申子軒一拱手，道：「包兄，見到了什麼？」

原來，包行在那青衣少女到此之前，已暗中爬在一棵高樹之上，監視著四周的情勢、舉動。

包行搖搖頭道：「咱們這住處，似是有不少人在暗中監視。」

慕容雲笙道：「咱們要有所作爲，必需要設法擺脫三聖門和女兒幫的耳目。」

包行道：「不錯，敵暗我明，他們處處可搶去先機，氣勢上、實質上，咱們都輸了一籌。」

程南山道：「在下倒有一個擺脫他們耳目的法子，不知是否可行？」

慕容雲笙道：「請教老前輩。」

程南山點點頭，道：「在下之意，由慕容公子和雷兄，分騎兩虎，帶雙鷹，行於預定之處，等待咱們，兄弟與申兄、包兄，咱們各掩本來面目，裝作不同的身分，放單而行……」

申子軒接道：「這個不大妥當吧。」

程南山道：「我知道，名雖放單，實則咱們前後都有呼應，相互保持著一個適度的距離，如是一人被人盯上，第二個就可盯上那人，設法下手。」

包行道：「法子是高明得很，不過，兄弟覺著人事上得稍爲調整一下。」

程南山道：「包兄指教。」

包行望了慕容雲笙一眼，笑道：「慕容世兄的武功和臨敵的機變，恐怕都非咱們能及得，除非遇上絕頂的高手，都難是慕容賢侄之敵……

「兄弟之意，最好由程兄、雷兄，騎虎先行，分散他們注意，然後，兄弟、申兄和慕容世兄動身，咱們在指定地方會齊，再度進入江湖，形貌已變，三聖門縱然耳目眾多，但他們無跡可尋，也是沒有法子了。」

程南山道：「包兄之意甚佳，咱們在……」

包行接道：「程兄寫在紙上。」

程南山微微一笑，取過白箋，寫了會面之地，隨手燒去，道：「諸位記下了。」

群豪齊齊點頭。

程南山道：「好，咱們中午時分動身，先到洪州郊外，天色入夜時，兄弟和雷兄動身。」

一宵易過，第二天中午時分，慕容雲笙等離開了杏花樓。

出得店門，包行和程南山等都覺著情勢有些不對，就是慕容雲笙，也有著大雨欲來風滿樓的感覺。

只見大街上往來的行人之中，大都是武林中人，佩劍帶刀，搖擺過市。

包行回顧了申子軒一眼，道：「申兄，這是怎麼回事？」

申子軒道：「兄弟能看出來的是，這些人，大都不是三聖門中人。」

包行道：「從這些人衣著形貌上看，來自四面八方，問題是他們爲何在此集中，一夜間，

都趕了來。」

這時，正有兩個勁裝佩刀的大漢，直對杏花樓行了過來。

那當先大漢目光一轉，瞧了包行一眼，拱手說道：「閣下可是神釣包行？」

敢情，來人竟然是認識包行。

包行只好一抱拳，道：「原來是龍虎雙傑，久違了。」

那當先大漢舉手一招，道：「老二過來，我給你引見一個隱俠高人。」

第二個，年紀較輕，大約在三旬左右，白面無鬚，行了過來，不等那當先之人介紹，一抱拳道：「神釣之名，在下久已耳聞，今日有幸得會。」

那當先大漢哈哈一笑，道：「想不到啊！想不到。包兄一向飄然物外，不肯捲入武林之中，想不到今日竟也趕來洪州，參與這場盛會了。」

包行微微一怔，道：「什麼盛會？」

那大漢似是有些不信，雙目盯注在包行臉上，道：「包兄不是接奉花令而來嗎？」

包行心中暗道：「原來是飄花門鬧的把戲。」

心中念轉，口中卻說道：「沒有，兄弟一向行蹤無定，四海爲家，那人就算要送給兄弟一片花令，只怕也無能爲力了。」

那大漢大約是相信了包行之言，四下望了一陣，低聲說道：「近月中，江湖上突然出現一種花令，凡是接過花令之人，如不肯遵照令上所書，不是死亡，就是突然失蹤，一日間，常常有數十個武林同道被殺、失蹤，哄傳了江湖，雖三聖門，亦不及那花令厲害。」

包行心中了然，接口說道：「貴兄弟可是也接到了花令嗎？」

那大漢道：「是的，那花令之上，限定我等，在今日趕到洪州，兄弟雖然不畏死亡，但卻好奇之心甚重，所以依限趕來，想見識一下那位花令主人。」

包行淡淡一笑，道：「你們幾時可以見到花令主人？」

那大漢沉思一陣，道：「不知道，反正我們要日落之前，趕到『純陽宮』前聽命。」

慕容雲笙心中一動，暗道：「純陽宮，那片荒涼的地方，一個老邁的香火道人，守著一個空曠的廟宇。」

那大漢目光一掠申子軒、慕容雲笙等，說道：「這幾位都是包兄的朋友麼？」

包行不願把申子軒等引見於龍虎雙傑，當下說道：「幾個新交，兄弟要先走一步。」也不待對方答話，一抱拳，轉身向前行去。

幾人加快腳步，匆匆出城，沿街所見，又遇上不少武林人物。

行到城郊，四顧無人，包行才長長吁一口氣，道：「看來，花令已然威震江湖，在三聖門狙殺威脅之下，仍有這多人趕來洪州。」

申子軒道：「三聖門怎會對飄花門這番大舉動，坐而不問？」

包行道：「三聖門原想集中全力，一舉間擊潰飄花門的主力，爲了使舉動隱秘，不使打草驚蛇，對雲集來此的武林人物，未予狙殺。」

慕容雲笙道：「小姪想不通，飄花令主召集了這多武林高手，集於斯地，用心何在？」

包行道：「經昨日洪州郊外一戰，三聖門中局部主力，一敗塗地，除非他們從聖堂再派頂尖高手趕來主持其事，大約千里周圍地面上，再無法和飄花門交手了。就算從聖堂再遣高人來，也非數日內能夠布置就緒，飄花門召集的這次大會，定可風平浪靜的度過。」

包行沉吟了一陣，道：「飄花門這番大舉集會，有何用心，咱們應該摸個清楚才是。所以我們不妨晚幾個時辰上路，不知諸位意下如何？」

申子軒道：「在下亦覺著此事十分重大，不可等閒視之，晚行上幾個時辰，能了然了飄花門今後動向，咱們今後的行動，也好有個準則。」

幾人一番議論，決定改變行程，去純陽宮前看個究竟。

卅四　群豪畢集

一向荒涼的純陽宮，此刻卻熱鬧了起來，百位以上來自四面八方的豪雄人物，齊集在「純陽宮」大殿之前。

慕容雲笙身著青衫，腰佩長劍，顎下裝了短鬚，緩步行到殿門口處。

轉目望去，只見大殿中一片靜寂，冷清，不見一個人影，心中大感奇怪。

只見晚霞漸消，暮色蒼茫，已到了掌燈時分。

大殿中一片幽暗，景物已然模糊不清。

奇怪的是，百位以上的豪雄人物，都有著無比的耐心，靜靜地站著等待。

突然間，火光連閃，大殿中亮起了兩支火燭。

夜暗、寂靜中，火光閃動，引得群豪齊齊轉目相顧，只見四個佩劍的少女，緩緩由大殿中行了出來，分排於殿門口處。

一個清冷的聲音，傳了過來，道：「諸位都是花令邀來之人，請右手執著花令，緩步行入殿中。」

群豪中無人答話，但卻遵命行動，各自取出花令，執於右手，緩步向前殿中行去。

慕容雲笙站在距離那殿門口處最近，也看得最是清楚，不禁為之一呆。暗道：「這一手倒是未曾想到，人人手中都有花令，我等如何混進去呢？」

忖思之間，只見包行和申子軒等，緩步行了過來。

雷化方低聲說道：「賢侄，爲叔的取得一片花令，賢侄請獨自混進去吧，我們在五里外來路上，那株連身柏樹下面會面。」悄然把一片花令，遞到慕容雲笙手中。

也不待慕容雲笙答話，包行、申子軒、雷化方等立時轉身退去。

這時，已有一半人行入了大殿中去。

慕容雲笙心想如再猶豫，可能露出馬腳，當下舉步插入行列之中。

四個佩劍的少女，右首兩人，全神貫注在花令之上，另外兩人，監視著全場的舉動。

慕容雲笙隨在人後，魚貫行入了大殿。

目光轉動，只見那些行入大殿之人，整整齊齊地排坐地上，每人的臉色，都很嚴肅，靜得聽不到一點聲息。

慕容雲笙打量了四下的景物一眼，也緩緩坐了下去。

又過了片刻工夫，突聞砰然一震，殿門關了起來，右首兩個佩劍少女，行入殿中，只見兩個少女行到供台後面，欠身道：「一百一十一張花令，人數全齊。」

但聞一陣輕微步履之聲，傳出耳際，兩個老人，緩步而出。

當先一人儒巾青衫，年在五十左右，右手執著一柄銀尺，左手掌著一本厚厚的羊皮封面冊子。

第二個，身著深藍色勁裝，年也在五十以上，背上插劍，腰中掛刀。

緊隨二個老人之後，又行出兩個少女，一個是護花女婢唐玲，另一人卻使慕容雲笙大爲震

駭，原來，第二個少女，竟然是齊夫人的女兒齊麗兒。

但聞唐玲清脆的聲音說道：「花主傳下花令，召請諸位到此，先想請問諸位一事，我們飄花門，決不會強人所難，諸位願意投入我飄花門，我們固然是歡迎萬分，但如是不願投入我飄花門下，我們也不勉強。」

在場之人似都已被花令震懾住了，無人敢隨便答話。

唐玲回顧了齊麗兒一眼，道：「在這大殿之後，我已準備豐盛的酒席，爲投入我飄花門中人接風，至於不願投入我飄花門中人，敬請自便，隨意離此。」

只見那手執銀尺、書冊的老人，把銀尺插入頸上衣領之內，右手探入懷中，摸了一支硃砂筆，道：「哪位願入我飄花門的人，請在老夫這裡報名。」

只見一個大漢站起身子，行了過去，道：「在下張清臣，願入飄花門。」

那執筆老人翻開書冊，匆匆寫了一陣，道：「請入後殿吧！」

一人帶頭，緊接著很多人站了起來，在那執筆老人處留下姓名，魚貫向殿後行去。

但仍有大部分人，坐在原地不動。

唐玲目光轉動，掃掠了端坐在殿中的群豪一眼，緩緩說道：「諸位，都不願入我飄花門嗎？」

只見一個年約六旬的老者，站了起來，道：「這些人既是坐著不動，自然不屬捲入江湖紛爭之中，還望姑娘履行諾言，放我等離開。」

唐玲點點頭，道：「如是諸位都有心，我等決不勉強，不過，有幾句話，我不得不先行說個明白……

「諸位接得花令，如限赴約而來，只怕此事早已爲三聖門中知曉，恐怕三聖門中人，不肯放過諸位。」

果然這幾句話發生了極大的力量，又有十餘人站了起來，留下姓名，行入殿後。

餘下的仍然靜坐不動。

唐玲舉手一揮，道：「打開殿門！不願留此之人，請把花令放在殿外的木案之上，各自回家去吧。」

慕容雲笙冷眼旁觀，只見數十人出殿而去，但卻仍有十餘人，留在大殿之上，顯是不知所措，難作決定，不禁微微一笑，暗道：「眾生形相，各有不同。」

突然覺著兩道冷森的目光，直逼過來，不禁轉眼瞧去。

只見那盯注在自己臉上的人，正是齊麗兒，不禁心頭一震，暗道：「這丫頭目如冷電，炯炯逼人，顯是內功有著很深的造詣，上次見她時，我竟然一點也瞧不出來。」

只見齊麗兒兩道目光，停頓在自己身上，久久不離開去。

慕容雲笙霍然警覺，急急站起了身子。

原來，大殿中所有的人，都已站了起來，只有自己一人，還坐著未站起來。

只見大殿中人數愈來愈少，又有數人出殿而去，也有數人投入飄花門中走入後殿。

慕容雲笙心知已無法再拖延下去，必須極快地決定行止，如再拖延，勢必要露出破綻。

他生性好強，略一沉吟之後，舉步向殿後行去。

那舉筆老人一橫身，低聲說道：「報上名來。」

慕容雲笙早已想好了假名，隨口應道：「常三峰。」

那老人在簿上記下了姓名，退一步，讓開了去路。

慕容雲笙舉步向前行去。

從來未問事的齊麗兒，突然說道：「常英雄。」

慕容雲笙已經行過了齊麗兒，聞名停了下來，道：「姑娘有何吩咐？」

齊麗兒道：「壯士可否把你的花令，給我看看？」

慕容雲笙也不多言，緩緩把花令遞了過去。

麗兒接過花令，淡淡一笑，道：「常英雄何處來？」一面把花令交還慕容雲笙。

慕容雲笙似是未料到她多此一問，不禁一怔，道：「曹州府。」

齊麗兒道：「嗯，辛苦了。」

慕容雲笙接過了花令，行入殿後，只見燭光輝煌，果然已擺著很多桌椅。

入殿英雄，三五成群地圍坐一桌，低聲交談。

慕容雲笙目光四顧，全場中不見有一個飄花門中人，這奇怪的情勢，激起了慕容雲笙的好奇之心，暗道：「這情形撲朔迷離，倒要看個明白不可。」

心念一轉，緩步行到一張桌位之上，坐了下來。

突聞一個清脆的女子聲音，說道：「諸位請隨便入席，隨便交談，酒菜就要上席了。」

慕容雲笙轉眼看去，只見那說話之人，正是齊麗兒。

這時，唐玲和兩個老者，也都退了回來，想來那殿中事，已然結束。

只見唐玲、齊麗兒和兩個老人，圍在一桌坐下。

片刻後，酒菜送上，佳肴擺滿一桌。

齊麗兒站起身子，舉杯說道：「此刻正是用飯之時，諸位腹中，想有些饑餓了，不要客氣，儘管動筷，賤妾先敬諸位一杯。」舉杯就唇，一飲而盡。

慕容雲笙看四周群豪，都舉酒杯，只好也舉起杯子。

這些江湖豪雄，吃了兩杯酒，豪氣漸生，立時下筷如飛，杯到酒乾。

飄花門準備的酒菜，極爲豐盛，川流不息地送了上來，而且大都是山珍海味，名貴之物，但慕容雲笙一直有著戒心，不敢吃菜喝酒。

突然間，幽香撲鼻，齊麗兒已然無聲無息地到了身側，端起慕容雲笙面前酒杯，道：「常英雄酒冷了，該換杯熱的。」

舉杯飲乾，執壺新斟了一杯，放在慕容雲笙的面前。

齊麗兒溫柔地說道：「喝一杯吧！就算你不會喝酒，喝一杯，也不會醉。」

慕容雲笙道：「姑娘的盛情，在下是卻之不恭。」端起面前的酒杯，一飲而盡。

齊麗兒嫣然一笑，道：「多謝賞臉。」緩步行向另一張桌面之前。

齊麗兒人極美麗，笑語如珠，每行到一張木桌面之前，立時引起了滿桌笑聲，但聞呼喝之聲，響徹全場。

齊麗兒似是對慕容雲笙特別注意，兩道目光不時投注到慕容雲笙的身上。

慕容雲笙心中一動，暗道：「看來，齊麗兒似是已對我動疑？如若再無變化，我似是可以離開這裡了。」緩緩站起身子，向外行去。

原來，在他下意識中，希望進入殿後，能夠見得那楊鳳吟一面，哪知事與願違，竟是無法見到楊鳳吟，一種茫然的感覺，使得慕容雲笙意興索然，不願再坐下去，他悄然行到大殿，只

見殿門緊閉，兩個佩劍青衣少女，站在殿門兩側。

他心知這兩位少女或不會輕易放行，但心中卻毫無懼意，舉步直行過去，一拱手道：「兩位姑娘請打開殿門。」

只聽一個清脆的聲音，傳了過來，道：「常英雄。」

慕容雲笙一聽聲音，已知是齊麗兒，頭也未回地說道：「在下想出去走走。」

齊麗兒快步行了過來，直逼到慕容雲笙的身側，道：「現在嗎？」

慕容雲笙道：「是的，在下不善飲酒，也無法猜拳。」

齊麗兒嫣然一笑，道：「常英雄該走的時候不走，不該走的時候，卻又想走了。」

慕容雲笙道：「姑娘之意，可是說現在不能走了。」

齊麗兒道：「如是閣下一定要走，那也是沒有法子的事，我們不能強留，不過……」

慕容雲笙道：「不過什麼？」

齊麗兒臉色一寒，冷冷說道：「不過要先接我十招，如若你能夠接下十招，儘管請便。」

慕容雲笙暗道：「不知她武功如何，試她十招也好。」

心中念轉，當下說道：「好吧！在下恭敬不如從命，但姑娘也請小心一些。」

齊麗兒道：「好！我是主人，讓你先機，現在，你可以出手了。」

慕容雲笙心中忖道：「拖延時刻，對我大是不利，不如早些出手，打完十招，早些離開得好。」

當下立掌當胸，腳下不丁不八，左手一抬，拍出一掌。

齊麗兒臉色嚴肅，靜站原地不動，直待那慕容雲笙掌勢近身，才輕輕避開，右手回掌，扣向慕容雲笙左腕脈穴，手法快速，疾逾電閃。
慕容雲笙雙掌連環拍出，眨眼間攻出了四掌。
齊麗兒運指如風，突穴斬脈，封開了慕容雲笙四掌快攻。
四招封打過後，彼此都大爲吃驚，不約而同各自後退一步。
齊麗兒道：「常英雄真人不露相，我幾乎看走了眼。」
慕容雲笙接道：「在下亦有同感，所以，餘下的五招，似是用不著再拚了。」
齊麗兒冷冷說道：「不行，這五招非拚不可，而且咱們要想法子，在這五招之中，拚出個勝負出來才是。」
慕容雲笙道：「不知如何一個打法，才能使咱們之間，在五招內分出勝敗？」
齊麗兒道：「不准讓避，硬打力拚，我想，在五招之內定可分出勝敗了。」
右手一揮，劈出一掌。
慕容雲笙蓄勁掌心，接下一擊。
只覺對方掌力中，挾著一股陰柔之勁，循臂而上，攻入了內腑之中，不禁大爲震駭。
他本來心存善意，只想接下對方五招之後，就可離開此地，並未存有傷害對方之心，卻不料齊麗兒攻出的掌勢中，竟然有著一股特殊的陰勁。
震驚之下，運力反擊，揮手一掌，拍向齊麗兒。
齊麗兒微微一笑，揚手接下一擊。
慕容雲笙這一掌，用的力道甚強，雙方掌力接實，齊麗兒被震得向後退了兩步。
但見齊麗兒一退即上，又揮手攻出一掌。

這時，慕容雲笙已覺出內腑中，似是被一股迴蕩之力震動，不敢再接齊麗兒的掌勢，當下一吸氣，縱身避開。

慕容雲笙雙目中神光如電，凝注在齊麗兒的身上，道：「妳剛才用的什麼邪門武功？」

齊麗兒淡淡一笑，道：「你感覺到了，你此刻有何感覺？」

慕容雲笙道：「感覺到內腑之中，受了震動。」

齊麗兒道：「那現在只有一個辦法了，你要認輸。」

慕容雲笙道：「姑娘難道瞧不出，在下還有再戰之能嗎？」

齊麗兒道：「此時此情，你需運氣調息！」

語聲一頓，接道：「不錯，你還有再戰之能，不過，你內腑已然受了傷，如若強行運氣和我動手，就算你拚過五招，但你內腑的傷勢，就無法再行療治了。」

慕容雲笙藉齊麗兒說話之機，暗中運氣一試，果覺內腑中隱隱作痛，心中已確知沒有再戰之能，不禁暗暗一嘆。

齊麗兒淡淡一笑，接道：「常英雄，一著失錯，滿盤皆輸，我們雖然交手幾招，但我心中已明白你武功比我高強，如是我不施用此手段，決然無法勝你。」

慕容雲笙看她說得洋洋自得，不禁心頭火起，冷笑一聲，道：「這麼說來，姑娘是一定要把在下留在此地。」

齊麗兒道：「識時務者爲俊傑，常英雄請吧。」

慕容雲笙緩緩舉步向殿後行去。

齊麗兒緊隨在慕容雲笙後，行入大殿，情勢的轉變，使慕容雲笙不得不臨時改變了決定。

兩人行入大殿之後，齊麗兒突然微微一笑，道：「常英雄請借一步說話。」
慕容雲笙不禁一皺眉頭，道：「姑娘又有什麼事嗎？」
齊麗兒淡淡一笑，道：「賤妾帶路。」緩步向前行去。
慕容雲笙緊隨齊麗兒的身後，穿過人群，行入了一座雅室之中。
齊麗兒回手掩上了室門，緩緩說道：「那壁角有一盆清水，我們特地準備為常英雄之用。」
慕容雲笙道：「這是何意？」
齊麗兒道：「好要常英雄洗去臉上的易容藥物，讓我們見識一下廬山真面目。」
靠在壁角一張木架上，果然放著一盆清水。
一支高燒的紅燭，放在木案上。

請續看《飄花令》第三冊

國家圖書館出版品預行編目資料

飄花令／臥龍生作. --初版. -- 臺北市：
風雲時代, 2012.08
冊； 公分. -- （臥龍生精品集；21-24）
ISBN: 978-986-146-916-4（第1冊：平裝）
ISBN: 978-986-146-917-1（第2冊：平裝）
ISBN: 978-986-146-918-8（第3冊：平裝）
ISBN: 978-986-146-919-5（第4冊：平裝）

857.9 101013821

臥龍生精品集 22

書名 飄花令（二）

作者 臥龍生
封面原圖 明人入蹕圖（原圖爲國立故宮博物館典藏）

發行人 陳曉林
出版所 風雲時代出版股份有限公司
地址 105 台北市民生東路五段 178 號 7 樓之 3
風雲書網 http://www.eastbooks.com.tw
官方部落格 http://eastbooks.pixnet.net/blog
Facebook http://www.facebook.com/h7560949
E-mail h7560949@ms15.hinet.net
服務專線 (02)27560949
傳真 (02)27653799
郵撥帳號 12043291

執行主編 劉宇青
封面設計 風雲編輯小組

法律顧問 永然法律事務所 李永然律師
北辰著作權事務所 蕭雄淋律師

版權授權 春秋出版社 呂秦書

出版日期 2012年9月

訂價 240 元

總經銷 成信文化事業股份有限公司
地址 新北市新店區中正路四維巷二弄2號4樓
電話 (02)22192080

ISBN 978-986-146-917-1

行政院新聞局局版台業字第 3595 號
營利事業統一編號 22759935